毒を喰らわば皿まで

その林檎は齧るな

ヨルガ
パルセミス王国の騎士団長。
アンドリムの番。
清廉潔白だと思われているが、
アンドリムを執愛しており、
彼のことには
嫉妬深さを垣間見せる。
アンドリム
パルセミス王国の元・悪の宰相。
日本人男性だった前世の記憶がある。
自身の一族にかけられた短命の呪いを
解く術を探すため、東国・ヒノエを目指す。

ノイシュラ
パルセミス王国と並ぶ強国リサルサロスの現国王。
盲目だが、厳格な性格で、「凶王」とも呼ばれる。
タイガ
リサルサロス王国の将軍。
獣人の血をひくムタニ族の
出身でノイシュラの幼馴染。
トキワ
東国・ヒノエから来た
シラユキの従者の一人。
シラユキ
東国・ヒノエの国主の娘を名乗る子供。
自国に巣食う魔物を討伐するため
ヨルガに助成を頼む。
Characters

プロローグ

この世界は、未だ、余韻に満ちている。

パルセミス王国の歴史に新たな頁《ページ》が記されてから、半年ほどの時間が過ぎた。

俺――アンドリム・ユクト・アスバルは、乙女ゲームの悪役令嬢であった娘――ジュリエッタと共に、運命の日である竜神祭を無事に生き延びている。そして、当時就いていた宰相の地位を退き、現在は悠々自適《ゆうゆうじてき》の隠居生活を送っている――はずだったのだが、その目論見《もくろみ》は見事に覆《くつがえ》されていた。

何故《なぜ》か現国王ウィクルムから国政の相談役に任命された俺は、新宰相であるモリノとその補佐官のベネロペに請《こ》われる形で、王宮にほぼ日参する日々を余儀なくされている。

これでは宰相職を務めていた時とあまり変わらない。

そうぼやいても、お父様は皆から頼りにされているのですねと愛娘《まなむすめ》のジュリエッタに微笑《ほほえ》まれ、流石《さすが》は父上ですと親子の絆《きずな》を取り戻した息子のシグルドから尊敬の眼差《まなざ》しで見つめられては、押しつけられた責務をおいそれと放り出せず。辛《つら》いところだ。

日本人男性だった前世の記憶を俺が思い出し、この世界が乙女ゲームの世界であると気づくきっかけとなった、あの衝撃の日――ジュリエッタが王太子ウィクルムから婚約破棄を宣言された日から、既《すで》に一年あまり。俺の手練手管《てれんてくだ》に篭絡《ろうらく》され、従順な番犬となったヨルガとの関係は、相変わらず良好だ。どちらかというと、良好すぎて些《いささ》か身が持たない。

清廉潔白《せいれんけっぱく》な騎士団長様である彼が澄ました表情の下に隠し持っていた独占欲と情熱は、俺の想像を遥かに超えていた。

俺に奪われた幼馴染《おさななじみ》の婚約者と、傷心の彼に寄り添ってくれた二番目の妻。愛した二人の女性を、かつてのヨルガは心のままに慈《いつく》しんだことだろう。……しかし、ひたすらに慈《いつく》しむという行為は、支配しているという一面も併《あわ》せ持つ。注いだ愛が返ってくることを疑わず、両腕が届く中に納めて安心する、自慰に近い。その対象をなくした反動が、あの杓子定規《しゃくしじょうぎ》な騎士団長の姿であったとしたら、なかなかのお笑い草だ。

だが俺は当然ながら、そんな一方的な愛は望まない。噛みつかれれば噛みつき返すし、時には愛するヨルガすら欺《あざむ》き、純情は靴底で踏みつける。肉欲に溺れ、堕落《だらく》の蜜を啜《すす》る。清冽さを最上としていた男が知った、支配される悦《よろこ》び。それを与えた俺に対するヨルガの執着は、異常なまでに強い。

「……それでも、そんなところも可愛いと思うのだから、俺も仕方がないな」

決算の書類に記されていた丁度《ちょうど》一年前の日付を切っ掛けに、つらつらとこれまでを振り返っていた俺が呟《つぶや》いた言葉に、同じように城の執務室でデスクワークに勤《いそ》しんでいたモリノが顔を上げて目を瞬《またた》かせる。

「何かおっしゃいましたか？」

「いや、何でもない」

苦笑して再び書類に目を落とすのと同時に、失礼しますと断りを入れてから補佐官のベネロペが部屋に入ってきた。

彼女が腕に抱えた新たな書類の山にモリノは肩を落としているが、問題はないだろう。若く優秀な二人の頭脳《ブレーン》は、驚くほどの速さで国政のノウハウをものにしていっている。この様子なら、俺が長期間パルセミス王国を不在にしても、さして問題はないはずだ。

「そろそろ、国外調査の準備を本格的に進めるとするか」

俺の言葉に、ベネロペが驚いた表情を浮かべる。

「アンドリム様、噂には聞いておりましたが……やはり本当に、ヒノエに赴《おもむ》かれるのですか」

「そのつもりだ。まだ、明確な日程は決めていないが」

愛娘《まなむすめ》のジュリエッタを生贄《いけにえ》に陥《おとしい》れようとした王妃ナーシャを離宮に送り出してから、暫《しばら》くの後。俺は自分とジュリエッタにかけられた短命の呪い——賢者アスバルの末裔《まつえい》がその血脈の中に引き継ぎ続けた、古代竜カリスの呪いについて詳しく調べ始めた。

千年前。勇者パルセミスの持つ【竜を制すもの《クイスタシス》】で魂を削り取られた古代竜カリスは、地下に封じられる寸前に、パルセミスに死の呪いをかける。それは『一族の者は二十二歳で必ず命を落とす』という呪いだったが、勇者パルセミスを庇った賢者アスバルが、身代わりにその呪いを引き受けたのだ。アスバルは呪いにかかった直後に古《いにしえ》の秘術を使い、古代竜カリスが掛けた『二十二歳で必ず命を落とす』という呪いを『五十五歳で必ず命を落とす』と書き換えたと伝えられている。

ジュリエッタの手で奪われていた半身を取り戻し、地上に舞い降りた古代竜カリスと密かに対話を重ね、俺はこの呪いについて詳細を聞き出していた。

古代竜カリス曰《いわ》く、自分が元々かけた呪いのままであれば、それを解くのは容易であると。しかしアスバルの秘術で歪《ゆが》められたこの呪いは、古代竜の力を用《もち》いた強力な呪いでありながら、彼の管轄を外れてしまった。無理やり呪いを解くことはできるかもしれないが、それがどんな結果を齎《もたら》すかは、カリス自身でも分からないという。つまり、安全に呪いを解こうとするならば、俺とジュリエッタの血筋に流れる歪《ゆが》められた呪いを、一旦『元の呪い』に戻す必要があるわけだ。

そう結論を得た俺は、今度は賢者アスバルと勇者パルセミスの出身について調べた。丁度《ちょうど》、俺の居候先《いそうろう》であるヨルガの家——オスヴァイン家は建国期から続く旧家であり、当時の資料も多く残されている。それとパルセミス王城の資料室で見つけた古い記録とを照らし合わせつつ、独自に調査を進めていく。

結果、記録の示す幾《いく》つかの符牒《ふちょう》がひっそりと指し示したのは、この国があるユジンナ大陸の最東端にある小国、ヒノエの存在だった。

† † †

あの国《ヒノエ》には、おそらく名残がある。

零《ゼロ》から壱《イチ》は生まれず、壱《イチ》を零《ゼロ》にするのも、また難しい。人は忘却の生き物ゆえに、記録を残し、絵に描き、過去を残そうと努力する。

勇者パルセミスと賢者アスバルの出自が東国ヒノエではないかと当たりがついた。それは同時に、建国期から主要家臣の一員に名を連ねるオスヴァイン家も、ヒノエの出身ではないかとの予想ができることになる。オスヴァイン家の家系には武勇に優れた者が多く、これまでにも騎士団長を次々と輩出してきた。しかし、勇者パルセミスの手にあったはずの宝剣、【竜を制すもの《クイスタシス》】が何故《なぜ》代々の騎士団長所有となったのか、その理由は明かされていない。

「……記録とは、忘れたくないからこそ、記すものだ。後世に伝えたいからこそ、残すものだ。それでは逆に、伝えたくないものは、どうなると思う？」

オスヴァイン家の書庫の片隅で眠っていた冊子の背を指でなぞり、俺は背凭《せもた》れ代わりに寄り掛かっていたヨルガの顔を見上げる。窓際のソファに腰掛けた俺の隣で黙々と【竜を制すもの《クイスタシス》】の手入れをしていた彼は、その問いかけに僅《わず》かに首を傾《かし》げた。

「記録に残さなければ、忘れ去られていくだけではないのか？」

「普通は、そう考えるだろうな。だがな、ヨルガよ。記録に残さず、痕跡を消そうとしても、名残はあるものだ。完全に消し去るのは、難しい」

「……例えば？」

「例えば、か。そうだな……勇者パルセミスと賢者アスバルの出身がヒノエかもしれないという話は、既《すで》にしたな」

「あぁ、この前書庫をひっくり返すのを手伝った時に聞いたな」

そしてそれは、オスヴァイン家も同様だ。ヨルガの祖先もまたヒノエの出身だと推察できる。なのに何故《なぜ》か、その記録が正式な形で残されていない。

記録が残されていないとなると、遺伝子学が未熟なこの世界で祖先のルーツを探るのは、困難を極める。人類学に対する専門的な知識までは有していないのだが、前世の何処《どこ》かで【俺】が耳にした話を、俺は何となく覚えていた。

「その根拠の一つが、耳垢《みみあか》だ」

「……みみあか」

キョトンとするヨルガの耳を掴み、耳掻きで掃除してやったばかりの耳穴に、ふぅと軽く息を吹き込む。ビクリと肩を揺らすその反応に気を良くした俺は、形の良い耳朶《みみたぶ》を指先で弄《もてあそ》びつつ、がっしりとした肩の上に頭を乗せる。

「パルセミス王国では、耳の掃除に小さな匙型《さじがた》の『耳掻き』を使う。だが隣国のセムトアやサナハでは、使われていないんだ」

「そうなのか？」

「あぁ。セムトアやサナハで耳の掃除に用《もち》いられるのは、小さな細い棒の先端に布を巻きつけたもの。この違いは、耳垢《みみあか》の質による」

前世の世界でも、耳掻きは東アジア圏に多く見られる耳垢《みみあか》掃除の道具だ。耳掻きは乾性の粉っぽい耳垢《みみあか》掃除に適し、湿性のぺっとりした粘着性のある耳垢《みみあか》掃除に適しているのは、綿棒だろう。元々乾いた耳垢《みみあか》の遺伝子は突然変異によるものとも言われていて、欧米では極端にその分布が少ない。

「貿易業を営んでいたベネロペ様にも確認していただいたが、ユジンナ大陸の中で『耳掻き』を使っているのは、パルセミス王国と、東国ヒノエだけだ。各地に人を向かわせて更なる調査を進めてはいるが……時間と根気が必要な研究となるだろう」

「成るほど……記録に残されていなくても、その名残《なごり》が、俺達のルーツを指し示すということか」

「そうなるな。……だからと言って、疑問は解決されない。何故《なぜ》それが、史実として残されていない？　勇者パルセミスと賢者アスバルは、どうして出自を頑《かたく》なに隠そうとした？　ルーツを秘匿《ひとく》する理由が、何かあったはずだ」

「……難しいな」

東国ヒノエは、国主国家だ。龍を屠《ほふ》る術《すべ》を知り、鍛え上げた鋼《はがね》を携《たずさ》え、海を越えてきたと言われる一族、その長であるササラギ家が国を治める。一方で、彼らの中には大陸を西へ西へと移動した一団があったらしい。千年の昔、ユジンナ大陸を巡った彼らの足跡は、各地で少しずつ確認できる。

賢者アスバルの血脈にかけられた、早逝《そうせい》の呪い。それを歪《ゆが》めてしまった、古《いにしえ》の秘術。

アスバルの使った秘術がヒノエから持ち出されたものであるならば、それを『元に戻す』鍵となるものが、旅の始まりである場所に——ヒノエに残されている可能性は高い。

それを調べるために東国ヒノエに向かうことを決めた俺だった。

ところが、ヨルガが騎士団長を辞してその旅に同行すると言い出したものだから、王国騎士団が右往左往している。俺としてはもちろんヨルガの同行はありがたいが、国防的に騎士団長の不在は大打撃だろう。

「やれやれ……」

俺は眼鏡のブリッジを指先で押さえ溜息《ためいき》をつく。どうしたものかと、思っていたのだが。

数日後。従者達に守られてパルセミス王国に辿り着いた幼い姫の言葉で、事態は急変することになる。

「――私はヒノエ国主モトナリが娘、シラユキにございます。ヒノエでは潰《つい》えてしまった使い手が――【龍屠《ほふ》る剣】を手にできる剣士がこの国に存在すると聞き及び、藁《わら》にも縋《すが》る心地で馳《は》せ参《さん》じました。どうか、我が国をお救いくださいっ……!」

第一章　ヒノエ

呼び出しを受けて宰相の相談役として登城した俺を待っていたのは、甚《いた》く懐かしい「着物」を身につけた幼い少女と、侍風の男達だった。

幼くも凛《りん》とした佇《たたず》まいを見せる少女——シラユキ姫の年齢は、十歳。まだ充分子供と呼べる年頃にもかかわらず、国家の命運を賭けた使節とあってか、表情は硬い。

「ヒノエ国主モトナリが娘、シラユキにございます。急な来訪にもかかわらず、こうして謁見の機会を設けていただきましたことを、陛下に深く感謝いたします」

家臣達が居並ぶ謁見室の中。玉座に座る国王ウィクルムに対して折り目正しく頭を下げる幼い姫君は、七人の家臣達に護《まも》られて、ヒノエから遠路遥々《はるばる》パルセミス王国まで旅をしてきたと聞く。

それはなかなか、困難な旅路だったはずだ。

ヒノエからパルセミス王国に到るには、最短だと北回りのリサルサロス王国とセムトア共和国を通過してくる必要がある。だが、リサルサロス王国は東海に面したヒノエを属国にしようと虎視《こし》眈々《たんたん》と狙い続けている国家だ。国主の娘であるシラユキ姫が国土を横断するのをおとなしく見ているわけがない。

従って、リサルサロス王国の領土を避ける経路を取り、大きく南に回ってダルデニア王国とオアケノス大公国を通過したのだろう。けれど、その先にあるのもセムトア共和国だ。セムトア共和国は大陸内の各国と良好な関係を築いている共和制国家だが、雨季に入ると交通の利便性が極端に低下しがちだ。沼地に適した乗り物などの移動手段を持ち合わせていなければ、整備された街道を進むことすら困難になる。

そんな旅路を越えてまでわざわざパルセミス王国に援助を求めなければならなかった理由は、シラユキ姫の視線の先にあるようだ。

「……」

玉座と謁見者の間に立ち、泰然とした姿勢を見せつつも、隙のない眼差《まなざ》しをヒノエからの使節達に注ぐ、一人の男。

姫君が口にした【龍屠《ほふ》る剣】に近い名を持つ【竜を制すもの《クィスタシス》】の使い手、ヨルガ・フォン・オスヴァイン。オスヴァイン家の当主にして、パルセミス王国騎士団の現騎士団長。

そして、俺の番《つがい》でもある男。

「シラユキ姫。国主たるモトナリ様のご息女である貴方様がご足労されるほどの事態だ。余程の理由があることとは私も理解できる。しかし、まずは話を伺いたい。ヒノエ国で何が起こったのですか？」

国王ウィクルムに促《うなが》されたシラユキ姫は頷《うなず》き、傍《そば》に控えていた従者の一人から、丁寧に布が巻かれた細長いものを受け取った。

姫が両手で受け取ると、肘が伸びきるほどの重さがある。

「私が生まれた年に、ヒノエでは大きな地鳴りがありました。大地に亀裂が走り、多くの人々が呑み込まれ、命を落としたと聞きます。……しかもその亀裂から鋼《はがね》の鱗《うろこ》を持つ大蛇が姿を現し、毎年のように生贄《いけにえ》を要求するようになったのです」

生贄《いけにえ》。

よく知る言葉に、俺達の間に、緊張が走る。

「ヒノエには、古くから伝わる伝承があります。私達の祖先は、遥か外国《とつくに》よりユジンナ大陸にやってきたと。神話の時代、海の向こうの祖国には凶悪な大蛇が生息し、今のヒノエと同じように毎年一人ずつ、若い乙女を生贄《いけにえ》に要求していたそうです。ササラギ家の遠い祖先が大蛇を酒に酔わせることで退治に成功し、その尾の中から一振りの剣を得たと言われています」

あぁ、成るほど。ヤマタノオロチ伝説だな。

興味深そうに彼女の話に耳を傾けるパルセミス王国の家臣達に混じりながら、俺はさりげなく「シラユキ」姫とその従者らを観察する。

真剣に説明を続ける姫君に従う七人の従者。姫のすぐ後ろに控えているのは、俺の息子シグルドやヨルガの息子リュトラと同じ年頃、二十歳前後と思《おぼ》しき二人の青年。二人とも従順に頭を下げてはいるが、先程から何度もヨルガに注意を向けている。

「その剣は一度熔《と》かされ、特殊な加工を経て、二振りの剣に打ち直されました。……こちらは、そのうちの一振りです」

姫君が掲《かか》げた細長い包みを背後に控えていた青年の一人が受け取り、ウィクルムの腰掛けた玉座の下までにじり寄って両手で差し出す。ウィクルムに視線で促《うなが》されたシグルドが包みごと受け取りそれを包んでいた布を外すと、中から姿を見せたのは、緋色の下げ緒で鞘《さや》と鍔《つば》をしっかりと固定された一振りの刀だった。

「これが……？」

「はい。当家に伝わる霊剣……【龍屠《ほふ》る剣】にございます」

「……紐が解けないが」

緋色の下げ緒を解こうとしたのは、俺の元長男であり、今は愛娘《まなむすめ》ジュリエッタの夫となったシグルドだ。固く結ばれたその結び目は、彼が指をかけて引いてもびくともしない。

ヨルガの息子であり、今はシグルドと共にウィクルムを護《まも》っているリュトラが試しても同じく駄目で、シグルドの手から【龍屠《ほふ》る剣】を受け取ったウィクルムも試してみたが、結果は同様だった。

「その紐は、剣を扱う器量の持ち主でしか解けないと言われております。……ヒノエでは、既《すで》に十年近く、解かれたことがございません」

「なんと」

「……我が父は武芸の才に恵まれませんでした。近代では唯一、武芸達者の祖父が扱うことができたとの話ですが、祖父が天に召されて後、国主の家は使い手を失いました。【龍屠《ほふ》る剣】は鋼《はがね》の鱗《うろこ》すら斬り裂くと伝えられている剣。大蛇を滅ぼす手段が目の前にあるのに、それを振るうことが敵わない……国中の腕自慢達にも扱えないか試してもらいましたが、剣は反応を見せませんでした」

成るほどと、【龍屠《ほふ》る剣】を手にしたままのウィクルムが軽く頷《うなず》く。

「……それで、パルセミスに参られたのか」

「はい。こちらの国の騎士団長様は、【竜を制すもの《クィスタシス》】と呼ばれる宝剣の使い手だと聞きました。竜と大蛇、似て非なる存在ではありますが、そこに一縷《いちる》の望みをかけるしか、私達には時間が残されていないのです」

姫君は俯《うつむ》き、唇を噛む。

「リサルサロス王国が、大蛇討伐を口実に、我が国に攻め入ろうとしています。表では隣国であるヒノエの救済だと謳《うた》っていますが、真の目的がヒノエの征服であることは明らかです。ヒノエの国土に入ればそのまま兵を置き、居座るつもりでしょう」

……ふむ、賢いな。兵を置いてしまえば、こちらのものというわけか。乱暴な遣り口ではあるが、理には適っている。

俺が感心している間に、ウィクルムはヨルガを玉座の近くに呼び寄せる。

「騎士団長」

「はっ」

「試してみてくれ」

「御意に」

ウィクルムが差し出した刀を、近くまで歩み寄ったヨルガが両手で受け取る。

「っ！」

「おぉ……！」

謁見室の中に、響《どよ》めきが走った。

ヨルガが受け取った瞬間、【龍屠《ほふ》る剣】を縛《いまし》めていた下げ緒の結び目が、するりとひとりでに解けたのだ。

ヨルガは榛色《はしばみいろ》の瞳を僅《わず》かに眇《すが》め、軽く鯉口《こいくち》を切って、刀の本体を鞘《さや》の中から引き抜いた。

美しい刃紋が刻まれた刀身は、十年ほど鞘《さや》の中で眠っていたにもかかわらず、錆《さび》一つ浮いていない。

確か八岐大蛇《ヤマタノオロチ》の尾から出た天叢雲《あまのむらくも》の剣は三種の神器の一つで、ヒヒイロカネという特殊な金属を使ったものだ。その特徴の一つに、決して錆《さ》びない、というのがあったような気がする。

「あ、あぁ……やはり、やはり貴方様が……！」

両手を口に当て、驚愕《きょうがく》と歓喜の混じった声で叫ぶシラユキ姫とは真逆に、姫の背後に控えていた二人の青年は奥歯を噛みしめ床につけた両手の拳《こぶし》を震わせて、射殺すような強さでヨルガの顔を睨《にら》み付《つ》けている。

それは剣に認められた技量を持つ者に対する嫉妬《しっと》か、それとも、別の何かか。

「陛下。どうか、どうか我が国を救っていただけないでしょうか。ヨルガ様に、ご助力をお願いしたいのです。このままでは、ヒノエは大蛇とリサルサロスに滅ぼされてしまいます」

掌《てのひら》をつき懸命に頭を下げる幼い姫の姿は、庇護欲を充分に刺激するものなのだが。

「ふむ」

俺はやんわりと顔を上げ、玉座の傍《かたわ》らに立つ宰相モリノに目を留める。刀を抜いたヨルガをじっと見定めていた彼は俺の視線に気づくと、小さく頷《うなず》きウィクルムに声をかけた。

「国王陛下。恐れながら、ご意見申し上げたいことがございます」

「モリノ……構わない。発言してくれ」

「ありがとうございます。まずはシラユキ姫と従者の皆様のパルセミスまでの道程は、決して平坦ではなかったことでしょう。その努力と信念に、心からの尊敬を抱いてなりません。姫君がお伝えくださいましたヒノエの窮状につきましては、これよりすぐにこちらでも調査させていただきますが、持参された【龍屠《ほふ》る剣】を拝見する限り、よほど急を要するかと感じております」

「……ありがとうございます」

柔らかいモリノの言葉に、シラユキ姫は少しほっとした表情を見せる。

しかしこう見えても、モリノは既《すで》にパルセミス王国の宰相だ。遠路とはいえ、他国からいきなり王城に押しかけ国王に直訴までしてのけた集団に、甘い顔だけをするはずがない。

「しかし、オスヴァイン団長をヒノエに派遣願いたいと申されるのであれば、話が別です。団長は国防の要《かなめ》、そう易々と国を空けることは許されません……お分かりですか？」

「……分かっております。国の守護神たる方にご助力を願う。その対価も、私達なりに考えてまいりました。……アサギ」

「はい」

今度は二人の青年より一歩後ろ側に控えていた五人の従者達の一人が、風呂敷包みをシラユキ姫に差し出した。

唐草模様の風呂敷を開いたその中に納められていたのは、上品な光沢を備えた美しい純白の生地。

「これは『絹』と申します。ユジンナ大陸の中でも、ヒノエのみが製法を持っている特殊な織物で、どの国においても価値が高く、金と同じ値段で取引されることもあるほどです。こちらを……」

「蚕《かいこ》だな」

「っ！」

俺がさらりと発した言葉にシラユキ姫は凍りつき、従者達は揃って目を丸くする。

「ど……何処《どこ》、で、それを」

「絹の製法は門外不出の秘伝。それを、どうして……」

ヒノエの使節達から穴が開きそうなほど凝視されているが、俺はただニヤリと笑ってみせた。そもそも、そんなに驚くほどのことではないと思うのだが。

製造業に他人を使う以上、情報が漏れるリスクは、予想して然るべきだ。まぁ今回のものに限っては、俺に前世の知識があるだけなのだが。

「先に言っておけば、パルセミスでは『桑』栽培も盛んだ」

「マルベリーの収穫にあわせて、畑が増えていますからね」

「……そういうことだ。煮ては食えぬものだがな？」

俺とモリノが交わす言葉に、シラユキ姫の顔色は更に悪くなった。

桑の葉は蚕《かいこ》の主食、そして絹糸を取り出す作業には、湯を使って繭《まゆ》を煮る工程が含まれる。

相手に「その原料も餌《えさ》も加工法も知っているぞ」と暗に伝えられたからには、もう絹製品を交渉材料にするのは難しい。

「……さて、お聞かせ願いましょう」

俺の言葉に追い討ちをかけるように、モリノがゆっくりと問いただす。

「シラユキ姫様。騎士団長を借り受ける代償に……何を、差し出しますか？」

青褪《あおざ》めて動けなくなってしまったシラユキ姫の顔をじっと見下ろしたモリノは、ふぅと息を吐いた。彼も、宰相職を拝命してからそろそろ一年だ。人を見下す仕草が、そこそこ板についてきたと見える。

「そちらからの意思表示がなければ、こちらからご提案させていただきましょう……騎士団長」

「はっ」

今は公式の場であるので、宰相であるモリノは騎士団長よりも立場が上だ。モリノに呼ばれたヨルガは短く応え、玉座の下で臣下の礼を取った。

国王ウィクルムが頷《うなず》くのを待ってから、宰相モリノがシラユキ姫に視線を注ぎ、表情を和らげる。そして、天使めいた相貌《そうぼう》が舌に乗せた言葉は、ヒノエから訪れた使節達にとってかなり衝撃的なものだった。

「ヒノエ国王女シラユキ姫様。騎士団長ヨルガ殿に助力を仰《あお》ぐ見返りとして、悲願が達成された暁《あかつき》には騎士団長殿の妾《めかけ》となることをご提案いたします」

最初に動いたのは、シラユキ姫の後ろに控えていた二人の青年だ。腰に手が伸び、踏み出す足と同時に振り抜かれた刀を、シグルドとリュトラの剣がそれぞれ受け止める。

「っ……！」

「何だと……!?」

まさか止められるとは思っていなかったのだろう、驚愕《きょうがく》の表情を浮かべる青年達の前で、シグルドとリュトラは不敵に笑ってみせる。

「確かに、重い！」

「へぇ、凄《すご》いな……！」

シラユキ姫の徒者は二人ともかなりの使い手のようだが、初動を見抜かれた居合は弱い。予め俺からヒノエの侍が使う可能性のある居合い抜きについて説明を受けていた若手騎士の二人は、ヨルガが【龍居る剣《ほふ》】を抜いた時の鯉口《こいくち》を切る動作も参考にして、見事に侍達の攻撃を受け止めていた。

背後に控えていた五人が動こうとする前に、いつの間にかシラユキ姫の前に立っていたヨルガの持つ【竜を制すもの《クイスタシス》】の切っ先が、幼い姫君の眼前に突きつけられている。ひくりと頬を痙攣《ひきつ》らせたシラユキ姫が、それでも微動だにせずヨルガを睨《にら》み付《つ》けているのは、流石《さすが》と言うべきだろうか。

「おやおや」

この緊張感に満ちた謁見室の中でも、モリノはのんびりとした口調を崩さない。

「ヒノエの民は温厚で和議を重んじると聞き及んでおりましたが……どうやら、勘違いだった様子」

「……それくらいにしてやれ、モリノ」

「はい、陛下」

ウィクルムに窘《たしな》められ、おとなしく頭を下げたモリノだが、その表情は柔らかい微笑《ほほえ》みのままだ。

どう動くかと見守っていた俺の前で、まず自分を取り戻したのは一番幼いシラユキ姫だった。

「あにう……セイジ、トキワ、お止《や》めなさい！」

……最初に口走りそうになった単語は、聞こえなかったフリをしてやるのが大人の対応だろうか。成るほど。「青磁《せいじ》」と「常盤《ときわ》」の正体、そして姫の様子を踏まえると、少しずつこの騒動の根本が見えてくる。

軽く目配せをして、モリノの背後に控えていた補佐官のベネロペが動いたのを見届けてから、俺はいつものように少し芝居がかった仕草でパンパンと手を叩《たた》く。謁見室に集《つど》った人々の注目が自分に集まるのを感じつつ、国王ウィクルムに向かってまずは恭《うやうや》しく優雅に一礼を捧げた。

「ウィクルム陛下、相談役としての発言のお許しをいただけますでしょうか」

「……あぁ、許そう」

「ありがたき幸せ。……さて、ヒノエよりお越しくださった皆様。宰相閣下のご提案は、果たしてそんなにも受け入れ難いものだったでしょうか？」

「当然だろう！　姫はまだ幼い……それを、妾《めかけ》などと……！」

一旦刀を鞘《さや》に納めたものの、再び腰を浮かせそうになって俺に吼《ほ》える青年の肩を、シグルドの持つ大剣の重みが押さえつける。

「おや、何故《なぜ》ですか？　聞けばシラユキ姫は当年で十歳。国を治める役割を担《にな》う一族の娘であれば、国同士の絆《きずな》を深めるために嫁《とつ》いでもおかしくない頃合いでしょう。それとも、何でしょうか」

俺は指先で、鼻根にかかった眼鏡のブリッジを少しだけ押し上げた。

「シラユキ姫には、嫁ぐことができない何か特別なご理由でも？」

「そ、れは……！」

青年の顔が強張る。

おいおい、大丈夫か。国を導く為政者の一門が、そんなことで動揺をしてどうする。

「セイジ……ありがとうございます。私、は、平気です」

「シラユキっ……姫！　ダメだ！」

「いいえ……悲願達成の後に妾《めかけ》になると私が誓えばヒノエを助けてくださるとおっしゃるのであれば……それを断る理由も猶予も、私達には残されておりません」

再び床に手をつくシラユキ姫の歪《いびつ》な爪と白い指先は震えていたが、その言葉に迷いはない。

「どうぞヒノエ国をお救いください。そのためであれば、私は妾《めかけ》になろうと奴隷になろうと、構いません。どうぞお願いいたします……！」

「……決まりですね」

どうやら覚悟だけは、『本物』の様子。

俺は頷《うなず》き、黙って俺の言葉を待っているヨルガの顔を見上げる。

「騎士団長殿、差し当たって、何かご要望は？」

「特にない。私は陛下と宰相閣下のご意志に従うまで」

「宜《よろ》しい……では宰相閣下のご提案に沿いましょう。シラユキ姫は、パルセミスにご逗留《とうりゅう》の期間中、オスヴァイン家の屋敷に滞在されたら良いでしょう。近い将来、貴方の家にもなる屋敷ですから」

「は……はい」

俯《うつむ》き唇を噛んだシラユキ姫を無視して、視線で射殺せたらと言わんばかりに睨《にら》み付《つ》けてくる二人の青年に向かい、俺は笑みを作る。

「セイジ殿……そしてトキワ殿、でしたかな。貴方達二人もシラユキ姫と共に、オスヴァイン家の屋敷に来るように。大蛇の話を詳しく説明していただく必要がありますしね。他の従者の方々は、城内で待機を」

その言葉には、二人の青年達ではなく、その背後に控えた男達が先に反応した。

「そんな、我々もお連れください！」

「姫から離れることはできませぬ！」

「一度引き受けた仕事は投げ出せない性分でな……」

「私達もシラユキ姫の従者です。どうか、ご一緒に」

「人質のような真似を、シラユキ姫に負わせるわけには……！」

口々に声を上げる五人に対して俺は再び大きく手を叩《たた》き、黙り込んだ男達の前で深い溜息《ためいき》をつく。

「姫君の従者ともあろう者達がなんですか、かしがましい。人質のような、ではない。単刀直入に申せば、もちろん人質です。こちらは我が国で最大戦力を有する騎士団長を、わざわざヒノエ国に派遣しろと要請されているのですよ。見返りが大きくなるのは、何らおかしくないでしょう」

「くっ……」

「で、でも……！」

「それが嫌であれば、もっと良い条件を持ってくることですね。あんな『絹』程度で見合うほど、騎士団長を貸し出す対価は安くはない」

「そこの……聡明な佳人」

淡々と続けられた俺の言葉に、五人の中でも一番年嵩《としかさ》に見える隻眼《せきがん》の男が、頭を低く下げて希《こいねが》ってきた。

「騎士団長殿、そしてアンタは……相談役とかおっしゃいましたか。貴方方のおっしゃることはご尤《もっと》もだ。しかしどうか、この老いぼれの身柄辺りで、勘弁してはもらえないだろうか」

「……トリイチ⁉」

シラユキ姫が叫ぶが、トリイチ翁の言葉は止まらない。

「儂《わし》は既《すで》に老い先も短い。例えば試し斬りに使っていただいても、少しも惜しくなどない。どこか敵国の偵察でも構いませぬぞ。それでシラユキ……姫が、ヒノエが助かるのであれば何ら悔いもありゃしません」

「トリイチ！　早まるな！」

トリイチ……酉市、だろうか？

その外見からして、鍛冶《かじ》師といったところか。

「……宜《よろ》しいでしょう。従者の方々も全て、オスヴァイン家の屋敷にご案内します……ただし」

俺は先程からじっと俺を観察しているトリイチ翁と視線を合わせ、ニヤリと笑う。びくりと肩を揺らした彼は、思わずといった様子で拳《こぶし》を握りしめた。

どうやら、俺を『得体が知れない相手』と、判断したようだな。

「トリイチ……様、でしたか。貴方は王城に残りなさい。話は、後から宰相閣下より聞くように」

「……承知いたした」

老人が頷《うなず》いたので、俺はまたもや片手を胸に当てて、国王ウィクルムに向かって一礼をする。

「では陛下、一旦ご前を失礼いたします。姫君達をオスヴァインの屋敷までご案内しましょう」

「あぁ、頼む」

「……陛下は宰相閣下とご一緒に、どうぞ『確認』を」

「分かった」

ウィクルムと俺が交わした短い会話の内容にヒノエからの使節達は一様に首を捻《ひね》っているが、彼らがその意味合いを理解できるのは、もう少し後になるだろう。

謁見室の扉が開放され、トリイチ翁を除いた六人の従者と、シラユキ姫が部屋を退出する。少し足取りが覚束ないシラユキ姫をそっと後ろから支えているのは、『セイジ』と『トキワ』の二人だ。

王城の正面扉を開いた先には、オスヴァイン家所有の馬車が、先を見越してか二台準備されていた。俺はヨルガにエスコートされたシラユキ姫とヨルガ、そしてシラユキ姫の側近と思《おぼ》しき『セイジ』と『トキワ』が乗り込んだものと同じ馬車に乗り込む前に、御者に一言告げる。

「遠回りを」

「……承知いたしました」

おそらくベネロペ辺りが既《すで》に手を打ってくれているだろうが、王城を出てからほど近い場所にあるオスヴァイン家に馬車で向かうと、ものの十分も経たない内に到着してしまう。常ならば時間が掛からないほうが良いのだが、今回に限っては、時間が足りない。

俺はこの馬車の中で過ごす数分の間に、シラユキ姫から、幾《いく》つかの重要な案件を聞き出さなければならないのだ。

「……さて」

馬車の中に乗っているのは、シラユキ姫を中心に左右に分かれて座っている『セイジ』と『トキワ』。そして対面座席の扉側に腰掛けたヨルガと、シラユキ姫の正面に座った俺の、全部で五人だ。

従者の残り四人は、二台目の馬車に乗ってもらっている。これに従者達は不服だった様子でぶちぶちと言っていたが、結果的に俺に押し切られ、まとめて後方の馬車に乗った。

ここまでは良いとして、早めに確認を済ませてしまわねば。

俺は座席に腰掛け、足を組んだ膝の上で左右の手指を重ねる。

何を言われるのだろうと身構えるシラユキ姫の顔色は、ひどく痩せた体質も影響しているのだろうが、青褪《あおざ》めていた。加えて、あの爪と、白眼部分の変化は。

「あまり時間に猶予がございませんので、まずは大事な確認だけをいたしましょう。……私は『若君』の考えを知りたい。大蛇は今も実在していると、お考えですか？」

俺がシラユキ姫に投げかけた疑問に、ヒノエ国の王族兄弟三人は、揃って絶句した。

この態度だけで、俺の指摘が図星であったと分かってしまう。もう少し王族としてリアクションに注意したほうが良いと思うぞ。まぁ、これはパルセミス王国の国王に対しても同じことが言えるのだが。

「……心配せずとも、この馬車の中で交わした会話は、誰にも聞き取ることができない」

「ど、どうして……」

どうして分かったのですか、かな？

「気づいた理由は幾《いく》つかあるが、残念ながら、今はゆっくりと説明をしている暇がない。馬車が屋敷に着くまでに、君達の関係性をはっきりさせておきたい。……まず、君達は兄弟だ。それに、間違いはないだろうか？」

「貴方は何故《なぜ》、そこまで……！」

「トキワ殿、だったな。国政に携《たずさ》わっていると、見えてくるものもある。これも詳しい説明は後からするとして、君達はシラユキ姫を害する【敵】がいることに気づいている。これも間違いないだろうか？」

「は、はい……」

「成るほど。では、次だ。『シラユキ姫』を特使に任命したのは誰だ？　おそらく、国を治める立場に近い人物だとは思うのだが」

「……私の母です」

先程俺に噛みついてきたセイジが、小さな声で答える。私の母と言うからには、おそらくこの兄弟達は、異母兄弟なのだろう。

「分かった。……そしてシラユキ姫、貴方は、何番目の王子だろうか？」

「……四番目、です」

ふむ。想像通りだな。

「シラユキ姫、そしてセイジ殿とトキワ殿。貴方方が最後に大蛇をその目で見たのは、いつのことだ？」

並んで座っていた三人は顔を見合せて頷《うなず》き、代表してトキワが口を開く。

「三年前、……八人目の生贄《いけにえ》を捧げる前です。長兄のスサノイ兄上が、生贄《いけにえ》に選ばれていた三女のミユキを救うために、大蛇に立ち向かった年で……結局、兄もミユキも帰らず、次の年も、次の次の年も、生贄《いけにえ》を捧げました」

「……当たってほしくはなかったが、それなりに複雑な状況だな」

俺は座席の背凭《せもた》れに身体を預け、眉間を軽く指先で押さえながら息を吐く。

何とか国内情勢が落ち着いてきたと思っていたところで、今度は他国の問題に首を突っ込まないといけないのか。

本来であれば放置しても構わないのだが、これから呪いを解く術《すべ》を探しに行きたいと思っていたヒノエが相手なのだから、ここで恩を売っておいても損はない。とはいえ、面倒でならない。

「では、これで最後だ。シラユキ姫が【生贄《いけにえ》】にされるのは、いつ頃になる？」

この問いかけには、対面に座った三人だけでなく、隣のヨルガまでも驚いた表情を浮かべる。

シラユキ姫は暫《しば》しの間逡巡《しゅんじゅん》したものの、隠しても仕方がないと思ったのか、顔を上げて俺の目を見つめ、静かに言葉を紡《つむ》いだ。

「……四ヶ月後の、予定です」

ヒノエからパルセミス王国まで、この時期に南回りの経路を取れば、順調な旅路を辿れたとしても一ヶ月はかかる。これからすぐにパルセミス王国を出立しても、ヒノエで事態の解決に費《つい》やせる時間は、三ヶ月ということだ。これを短いと思うか、充分と思うかは、流石《さすが》の俺でも、判断できない。

「……さしあたっては、シラユキ姫の治療と安全確保だな。屋敷に着いたらすぐにマラキアを呼んで診察してもらうとするか」

「え……？」

「治療？」

「シラユキに、何かあるのですか」

俺は頷《うなず》き、きょとりとしているシラユキ姫の両手を、掬《すく》い上げた。

相手が本当の姫君ならば非難される行為であるが、中身は王子だからまぁ良いだろう。

俺も体温が高いほうではないのに、掌《てのひら》に乗せたシラユキ姫の指先は更に冷たく、まるで氷のようだ。そして指先で切り揃えられた小さな爪は、その表面が凸凹《でこぼこ》に歪《ゆが》んでしまっている。俺の行動を不安そうに見つめる瞳は仔鹿《こじか》のように丸く黒目がちだが、見え隠れしている白眼の色は明らかに黄ばんでいた。

「相手を全て燻《いぶ》り出《だ》すのは、王国滞在中は困難だろうな。ヒノエに帰る旅路の間に見つけ出せると良いが」

「どういう意味ですか……？」

「説明してやりたいが、そろそろ屋敷に到着する。また、何処《どこ》かで時間を作ろう。……シラユキ姫、屋敷の中では、決して一人にならないように」

やれ往来で喧嘩が起きているだの道がぬかるんでいるだのと言って、先導する馬車を操る御者は、オスヴァイン家の屋敷に到着するまでの道のりを充分に遠回りしてくれたようだ。

屋敷の門を潜《くぐ》ると、すっかり俺とも馴染《なじ》んでしまったオスヴァイン家の執事長が出迎えて馬車の扉を開き、先に馬車を降りたヨルガに恭《うやうや》しく頭を下げた。続いて馬車を降りた俺がまだ座席に座ったままのシラユキ姫を視線で示し、「ヨルガの新しい嫁さん候補だ」と教える。なかなかの胡乱《うろん》な目つきになった執事長が面白い。

「揶揄《からか》うなアンドリム……レゼフ、ヒノエからの客人が七人だ。滞在の準備を頼む」

「はっ」

セイジとトキワに手を引かれて馬車から降りたシラユキ姫のもとに、後続の馬車で到着した四人が駆け寄ってきた。シラユキ姫の無事を確かめほっとした表情を見せている彼らは、名目上全員シラユキ姫の従者ということになる。

シラユキ姫と年齢が近そうな『アサギ』、穏やかな表情をしている『ツララ』、筋肉質な身体つきの『フカガワ』、飄々《ひょうひょう》とした雰囲気の『ヨイマチ』。四人ともシラユキ姫の身体を案じ、得体の知れない不届き者の馬車に無理やり乗せられた姫の様子を気遣っているように見えた。

しかし俺は言うに及ばず、仮面を被るのが得意な人物は何処《どこ》にでもいるのだ。ましてや、犯人がそうとは思わず、知らないうちに犯罪に手を貸しているパターンも有り得る。

客人の世話を執事のレゼフに任せ、俺は旧知の仲である神官長のマラキアを呼び寄せる手配をしてから、ヨルガの部屋に向かう。

屋敷の二階にある主人の部屋を訪《おとな》うと、軍服を脱いで楽な服装に着替えたヨルガが、俺を待っていた。部屋に入るや否や、腰に腕を回して引き寄せられ、深く重ねた唇の隙間から舌を絡めとられる。少し乱暴さを感じるその行為は、表面では平然としていた彼が苛立《いらだ》ちを感じていた証拠だ。

「んっ……ふ……」

求められるままに唇を吸い上げられながら、俺はヨルガの身体に手を這《は》わせる。

逞《たくま》しい二の腕と、厚い胸板。引き締まった腹筋と、太い腰回り。俺が踏んでもびくともしない、強靭《きょうじん》な脚。最近は貴婦人達に愛想を振りまくことに慣れてきた艶《つや》のある視線が、熱を孕《はら》んで俺を見つめている。

何度確かめてみても、佳《よ》いものは佳《よ》い。

不惑が近づいているというのに、俺の番《つがい》は魅力を増すばかりで何よりだ。

「なぁ、アンリ」

「ん……？」

「ご褒美をくれても、良いのでは？」

「ご、ほうび……？　んっ……」

口づけの隙間に強請《ねだ》られた言葉の意味は、シンプルだ。

ヨルガにとっては不本意極まりない、娘よりも幼い少女を妾《めかけ》とする提案を、唯々諾々《いいだくだく》と受け入れてみせたのだから。

もちろん俺とモリノに何らかの意図があると理解していたからこそであろうが、これでもヨルガは、俺と番《つがい》となって以降わざわざ貞節を誓ってくれている。それを、対外的に踏みにじったことになり、気分が当然良くないのだろう。

つまりは、拗《す》ねているわけだ。

「……可愛いヨルガ。そんなにいじけるな」

「誰のせいだと」

「ふふっ……ん。俺のせい、だが」

ブラウスの隙間から忍び込んだ指先が、飾りのついた胸の上をゆっくりと摩《さす》った。貝殻を削ったボタンに阻《はば》まれた先がもどかしいが、これ以上進めてしまっては、客人を待たせたまま足腰が立たなくなる状況になる。

仕方なく鼻先を軽く噛んで拒否を示すと、ヨルガは苦笑しつつ、あっさりと俺の身体から手を離す。

余裕を見せるようになった彼の態度は、無心に俺を求めていた頃と比べて執着が薄くなったようにも思えるかもしれない。だがどちらかというとこれは、後から必ず俺を抱けると確信しているがゆえの、余裕から来る行動だと受け止めている。

もちろん俺のほうとて、やぶさかではない。俺は釣った魚にも餌《えさ》をやるし、更に太らせる方向を目指すタイプだ。

「安心しろ、ヨルガ。今夜は寝かせんぞ」

「……普通その言葉は、俺が口にするものではないのか？」

ソファに腰掛けたヨルガの膝に乗り、顎《あご》を撫《な》でてやりながら宣言する俺の腰に、再び腕が回る。

だが今度は俺を誘うものではなく、あくまで座る姿勢を安定させるために回してくれたものだ。

「それでアンリ……あの客人達から、何を読み取った？」

「何を読み取ったというか、何を察したか、だな。何処《どこ》の国もドロドロしていると見える」

「……ほぉ？」

俺はヨルガの右手を掴み、手を開かせる。そこにあるのは当然ながら、親指から小指までの五本の指と掌《てのひら》だ。その隣に俺も同じように手を開き、併《あわ》せて十本の指が並ぶ。

「ヒノエの国主であるササラギ家の情報はあまり入っていないが、家族構成程度は分かっている。家長のモトナリには十人の子供がいる。……正確には、いた」

内訳は、息子が五人、娘が五人で、丁度《ちょうど》十人。

「姫を称していたシラユキは、本当は第四王子だ。セイジ殿とトキワ殿は第二王子と第三王子で、おそらくそれぞれ側室の子だろうな」

「……ふむ」

「十年と少し前、ヒノエで大きな地震があったという事実は、俺も覚えている。その時に大蛇が現れたという話だったよな」

「あぁ」

「暴れ回り、生贄《いけにえ》を捧げられると暫《しばら》くおとなしくなるが、一年後には再び生贄《いけにえ》を求める……その繰り返しが十年も続いていながら、何故《なぜ》ヒノエは他国に助けを求めていないと思う？」

例えば、このパルセミス王国においても古代竜カリスという生贄《いけにえ》を求める生き物がいるが、彼は犠牲と引き換えに莫大な恩恵を王国に与えてくれている。しかし、ヒノエに巣食う大蛇が何らかの恩恵を齎《もたら》しているという噂はついぞ聞かない。

あの大蛇は十年前以前の歴史でも、何度となくヒノエに被害を出しては、その度に駆逐されてきた。

だが、ヒノエ国側から他国に救済を求めたのは、今回のパルセミス王国に対してが初めてのアクションになる。隣国から侵略されかけているからかもしれないが……

「何か事情があるのだろうな。……同時にこの話は、後継ぎ問題でもある」

「……そうなのか？」

俺が口にした問題が大蛇の存在と頭の中で結びつかないヨルガは、首を捻《ひね》っている。

「これは後からセイジ殿とトキワ殿に確かめようと思うのだが……多分その大蛇は【八岐大蛇《ヤマタノオロチ》】と呼ばれている巨大な蛇神だ……そしてその『倒し方』を、ササラギ家の者は知っていた」

つまり、おそらくは――

「八岐大蛇《ヤマタノオロチ》は、既《すで》に退治されているかもしれん……しかしその存在を、利用されている可能性が高い」

その事実を踏まえて予想を立てれば。八人目の生贄《いけにえ》とそれを助けようとした長兄は、【大蛇に負けた】のではなく、【大蛇の退治後に、誰かに殺された】のではないかと、考えられるのだ。

更に、パルセミス王国に特使として向かったシラユキ姫も命を狙われている。

幼い姫の命を狙うならば、旅路の供に名乗り出るのが一番有効だ。

シラユキ姫の左右を固める二人の兄は、その母親の出自は一旦置いておけば、シラユキ姫を大事にしている様子が窺《うかが》えるので一応除外していいだろう。

王城に残してきたトリイチ翁は刀の管理のための人物に見えた。まぁ、彼が裏切り者ならそれはそれで、後々に判明してくる。

――残ったのは、二番目の馬車に乗ってきた、あの四人。

† † †

オスヴァイン邸を訪れた神官長マラキアは、応接室のソファにちょこりと腰掛けた幼いシラユキ姫の姿を目にするや否や、いつも笑みの形を崩さない切れ長の目を僅《わず》かに眇《すが》めた。

俺はその表情には敢えて気づかない素振りで、少し緊張した面持ちのシラユキ姫にマラキアを紹介する。

「シラユキ姫。パルセミス王国の国教神殿で神官長を務めているマラキアだ。医療の心得があり、優れた治癒魔法の遣い手でもある。ヒノエに戻る前に、診察をしてもらうと良いだろう」

「……シラユキの姫君。東国ヒノエより遠路遥々《はるばる》、パルセミス王国にようこそおいでくださいました。カリス猊下《げいか》を奉る神殿にて、神官長を務めております、マラキアと申します。シラユキ姫様におかれましては、お身体の具合に幾分か難ありの兆《きざ》しが見受けられるとのこと。若輩者の私で宜《よろ》しければ、どうか姫様にお力添えをさせてくださいませんか」

元々人心掌握術《しょうあくじゅつ》に長《た》けている神官長マラキアの声は、すんなりと受け止め易い、落ち着きを与える響きをしている。ほっと安心したように微笑《ほほえ》んだシラユキ姫が「お願いいたします」と頭を下げると、マラキアはシラユキ姫の前で軽く膝を折り、姫と目の高さを合わせて「失礼しますね」と優しく声をかけた。そのままシラユキ姫の下瞼《したまぶた》を指先で少し押し下げて白眼の色を確かめ、細い手首に二本の指を軽く当てて脈を取り、続いて顎《あご》の裏から首の後ろまでを丁寧に触診していく。

「……成るほど」

一通りの診察を終えた彼は、得心したように呟《つぶや》き、対面のソファに腰掛けていた俺の顔を見上げた。どうやら、俺と同じ結論を出したと見える。

「アンドリム様。既《すで》に、お気づきですか？」

「まぁ、何となくだが、な」

「そうですか。……姫様には、診察結果をそのままお伝えしても、宜《よろ》しいのでしょうか？」

「構わん。治療には、理由と理解が必要だ」

俺は頷《うなず》き、シラユキ姫と、姫が腰掛けたソファの背後を守るように立っていたトキワとセイジもマラキアに頷《うなず》き返した。他の従者達も同じ部屋の中に控えているが、これは彼らにもわざと結果を聞かせるためのデモンストレーションでもある。

「シラユキ姫様は、毒を盛られている疑いがあります。精査は必要ですが、現在の症状を診た限りでは、鉛毒あたりではないかと」

マラキアが口にした言葉に、息を呑んだシラユキ姫は一気に青褪《あおざ》めた。

同時に、ヒノエの客人達が揃う応接室の中が騒然となる。

「鉛毒⁉」

「な、何でそんなものが……」

「それで姫君は、姫君は大丈夫なのですか⁉」

「許せねぇ……誰がそんなことを……！」

喚《わめ》き合っている従者達を暫《しばら》く放置し騒がせた後で、俺はパンパンと軽く手を叩《たた》き、客人達の注目を集める。

「落ち着きなさい、お客人達。まだ決定打ではありませんが、私は前にこのような症状が出ていた慢性の鉛毒患者を目にした経験があったので、何となく気づいたのです」

白眼の黄疸《おうだん》変化は肝臓がダメージを受けていることを表し、爪の変形と冷たい指先は、極度の貧血に陥《おちい》っている証拠だ。

慢性の鉛中毒について俺自身はあまり詳しくはないものの、昔、白粉《おしろい》に鉛白が利用されていたために遊女や役者が鉛中毒になりやすかったという話を聞いたことがある。もっと時代を遡《さかのぼ》ると、古代では今のように白い皿を作る技術がなく、為政者達は見た目の美しい青銅の器《うつわ》で食事を摂ることが多かった。彼らは食物に溶け出した鉛を一緒に摂取することで少しずつ鉛中毒になり、人格に変化が及んだ者もいたらしい。若い頃は名君と呼ばれていた慈悲深い王が、歳月を重ねるうちに狂暴化して残虐な王へ変貌《へんぼう》する理由の一端には、この鉛中毒があるのではないかとも言われていたはずだ。

「……しかし誰がシラユキ姫に毒を与えているかは、残念ながら我々の与《あずか》り知らぬところになります。オスヴァイン家としては、シラユキ姫が健康なお身体を取り戻し、騎士団長が大蛇を退治した後に妾《めかけ》として嫁《とつ》いでくださるのであれば、特に問題はありませんからね」

「そ、そんな乱暴な……」

ツララと呼ばれていた青年が非難の声を上げるが、俺はそれに軽く首を横に振って答える。

「交換条件をお忘れではないでしょう？　シラユキ姫はあくまでも、騎士団長ヨルガがヒノエに赴《おもむ》き、大蛇を倒す対価としてオスヴァイン家に与えられるもの。妾《めかけ》に来ていただくからには子供の産める身体であることが望ましいですし、治療の手筈は整えます」

お家騒動が絡む国家事情に、部外者が口を出すのは良くないことは明白だ。

傍観を貫く姿勢を最初から示し、それがオスヴァイン家の立場だと見せつけることで、姿の見えない敵に対して『牽制』を先んじる。もちろん水面下では色々と動くつもりだが、それはヒノエ国に恩を売り、アスバルの血脈に掛けられた呪いを解く方法についての情報収集をし易くするための布石だ。

悔しそうに唇を噛むツララを余所《よそ》に、俺は改めてマラキアに声をかける。

「それでマラキアよ。治療は可能か？」

「そうですね、姫様はまだお若く、回復力も強いでしょう。一番弱っている肝臓だけを治癒魔法で回復させて、貧血などの諸症状は、食事と服薬での治癒が望ましいかと。少しばかり時間はかかりますが、治らない病ではありませんよ」

「本当ですか……！」

マラキアの見立てに、一番表情を輝かせたのはシラユキ姫自身だ。

「わ、私でも……城の外に出て、陽の下で遊んでも大丈夫な身体に、なれますか……？」

「えぇ。心配いりませんよ。もう少し詳しい検査を行った後からになりますが、一緒に治療を頑張りましょうね」

「……はい！」

花も綻《ほころ》ぶ笑顔とは、まさにこのことだろう。喜ぶシラユキ姫の後ろに控えた二人も嬉しそうだ。

「それでは治療の方針も決まったところで、まずは旅の疲れを癒《いや》していただくとしようか。……レゼフ」

「はい、旦那様。お部屋の準備は既《すで》に整っております。皆様、どうぞこちらにおいでくださいませ」

レゼフと荷物を持ったメイド達に誘導されて、ヒノエからの客人達は揃って二階の客室に移動する。それと時を同じくして、シグルドとリュトラが王城から戻ってきた。二人は応接室から二階の客室に移動している客人達とすれ違いざま軽く会釈《えしゃく》を交わし、そのまま振り返らず、真っ直ぐに俺とヨルガの待つ応接室に入ってくる。

俺は二人を応接室に招き入れ、木製の重い扉をしっかりと閉じて鍵までかけた。

「……ただいま戻りました！」

「……戻りました」

俺の合図に頷《うなず》いたリュトラは、応接室の中央に置かれたソファのスプリングを軋《きし》ませるほど勢い良く腰掛けて声を上げる。その後、絨毯《じゅうたん》の上に静かにブーツの爪先《つまさき》を下ろし、猫のように足音を立てないまま、するりと壁際まで移動した。

「それでシグルド、王城のほうはどうだ」

「概《おおむ》ね、想定通りです。ご指示をいただいた通り、トリイチ殿を鍛冶《かじ》場にお連れしました。鍛冶《かじ》長とすぐに打ち解けていて、早速鍛造についての談義に花を咲かせていたご様子です」

「それは良かった。鍛造の技術において、ヒノエに勝る国はないと聞くからな……武器精錬の技術が発展するのは良いことだ」

「そうですね」

俺とシグルドが会話を交わす傍《かたわ》らで、俺の隣りに座っているヨルガが指でリュトラに指示を与える。

「では陛下は、宰相閣下の提案を承認するおつもりと考えて間違いないな」

「はい。何と言っても騎士団長を派遣するのですから、軍事力の低下に対する補填としてトリイチ殿に滞在していただき鍛冶《かじ》スキルの全体的な底上げを図りたいという希望を主軸に、更に幾《いく》つか条件を重ねるかと」

「成るほどな。まぁ、ヒノエは小国といえども豊かな国だ。多少の無理を言っても良いだろう」

「何処《どこ》まで要求できるかは、モリノの手腕次第ですね」

「あぁ」

貼りつくようにして壁際をそろそろと移動していたリュトラは、壁紙が僅《わず》かに捲《めく》れている場所を見つけ、ヨルガと静かに頷《うなず》き合う。

隙間の多い日本家屋と違ってこの屋敷のような西洋式の建築物は、覗き見には向いていない。柱で建築物を支えるのではなく壁で支えているために、壁そのものに丈夫な厚みがあるからだ。そうなると、情報を得る手段としては、音が頼りになる。

視界は簡単に増強させることができないが、音は小さなグラス一つあればその縁を壁につけて耳を押し当て、漏れ聞こえる音を集めて大きく変換することが可能だ。

「それでヨルガよ。あの姫君を本当に妾《めかけ》にするつもりか？」

「……冗談を言うな。息子達の妾《めかけ》にならばともかく、俺にとっては子供より幼い姫だぞ」

「フフ。五年もすれば美しく成長すると思うが？」

他愛のない会話を続ける俺とヨルガが横目で見守る中。リュトラは、撓《たわ》んだ壁紙の前で手をかざす。そして壁の向こう側で隙間に耳を押し当てている『誰か』に向かって、強く掌《てのひら》を叩《たた》き合わせた。

それは、部屋の中にいる俺達ですら少し腰を浮かせてしまうほど大きな音だった。

「っ……！」

明らかに、誰かが動揺した気配。

すぐに部屋を飛び出したシグルドが、応接室前から繋がる廊下の曲がり角——死角になり易い位置で耳を押さえて転がっていた従者の一人を捕まえて戻ってくる。

「……貴方でしたか」

先程までは少し眠そうな雰囲気を醸《かも》し出《だ》していたその従者の表情は、打って変わってひどく険しい。

従者四人の中で、この男だけは何となく掴みどころがないと思っていたのだが、どうやらそれはフェイクだったようだ。

「ヨイマチ殿……でしたね。盗み聞きとは。何か興味を惹《ひ》かれることでもありましたか？」

「いけしゃあしゃあと……大事な姫様を嫁《とつ》がせる先だ。慎重になるのは当然だろう」

「フフ、それならばヨルガだけを捕まえて話せば良い。何も私達の会議を盗み聞きする必要はない……君は、『草』だろう」

「っ！」

「呼び名を私が知っていたので、驚いたか？　情報は遍《あまね》く集めるものだ」

まぁ、これも前世で知っていた呼称なのだが。

時代劇や映画でよく耳にした名である『草』は、所謂《いわゆる》、忍者を表す言葉だ。

「……アンタ、何者だ。単なる相談役ではないな」

他の従者達の前ではあまり言葉を発しなかった『ヨイマチ』が、ひたりと俺の顔を見据《みす》え、問いかけた。

どうやら彼もトリイチと同じように、俺にきな臭さを感じたと思われる。

「見たところかなり若い、セイジ殿やトキワ殿と同年輩のように感じるが……。だとすると、その老獪《ろうかい》な思考の説明がつかない。何処《どこ》の地獄を超えてきた」

やたらと大層な想像をしていただいているが……さて、何から説明しよう。

まぁまず、これから聞いておくか。

「質問には可能な限り答えたいが、その前に、確かめさせてほしい。……大蛇はもういないな？」

「うっ！」

「君は、誰の配下だ？　シラユキ姫の護衛は、君だけだろう」

「どうして、それを……！」

ヨイマチはかなり驚いているが、これは不確定要素を排除していけば、すぐに出る答えだ。

セイジとトキワはシラユキ姫に対して好意的だが、その母親がどう出るかはまだ不明で護衛として充分とは言えない。トリイチは想像通り鍛冶《かじ》職人で間違いないだろう。これは【龍屠《ほふ》る剣】の手入れ要員だから違う。アサギと呼ばれていた青年は様子を見ていたヨルガ達曰《いわ》く、剣の腕前がそれほどではないはずとのこと。年齢的にも外せる。

そうなると、残りは三人。その中で行動を起こした者が、一番の姫の味方だ。

今パルセミス王国側は、シラユキ姫とヒノエ国に対して少しでも多くの要求を挙げようとしている最中だ。

パルセミスの弱みを握り、交渉を有利に運ぼうと行動を起こしたヨイマチは、シラユキ姫サイドの人間と言える。逆に動かなかったからと言って、確実に敵であるとは判断できないが。

ただそれを、残りの従者達には気づかれないようにしているのだろう。

「……さて、説明してくれないか？　この茶番劇の裏に隠された、ヒノエとササラギ家に纏《まつ》わる因《いん》縁《ねん》を」

† † †

幼少の頃よりササラギ家に『草』として仕え、前国王のモトチカに重用されて多くの敵と相対してきたヨイマチは、対峙した相手の大まかな力量を推し量る能力に長《た》けていた。

それは経験の豊富さが与えてくれたある種の勘に近いものだが、主に情報を持ち帰るには勝敗の結果よりも生き残ること、逃げのびることが何より肝要だ。その『勘』は今までに何度もヨイマチの窮地を救ってくれたことがあり、その精度に疑う余地は少ないと自負している。……はずだった。

「何か？」

その言葉の欠片《かけら》に含まれた澱《よど》みの気配に、ヨイマチの背筋はひやりと凍りつく。

長い脚を組んでソファに腰掛け、背凭《せもた》れにゆったりと体重を預けた、若く美しい男。パルセミス王国宰相の相談役であるというその男の口には緩い笑みが浮かんでいるが、弧を描いた唇の形に反して、翡翠《ひすい》色の瞳に友好の感情はこれっぽっちも湛えてはいない。

線の細い身体つきと理知的な雰囲気は、如何《いか》にも彼が荒事を苦手とする文官であると示している。それなのに、幾度思考を巡らせても、彼を物理的に屈服させるヴィジョンが浮かばない。どころか、ヨイマチの脳裏に入れ替わり立ち替わりで浮かんでは消える映像の断片は、男に危害を加えようとした後に待つ、惨《むご》たらしい場面ばかりだ。

逃げることは敵わず、かと言って国の内情を易々と漏らすこともできず、結果的に口を噤《つぐ》むことしか選択の余地がないヨイマチを、男は喉の奥でくつりと笑う。

「全てを明かす必要はない。君が明かして良いと判断できるものだけで構わないさ」

それは、その程度の情報でも、お前を丸裸にしてやれるぞと宣言されたのと同義だ。

底知れぬ相手の態度に腰に差したままの脇差に手が伸びかける。

しかし、隣に悠然と腰掛けていた男からぶわりと漏れ出た殺気と威圧感に、情けなくも指先まで動きが固まった。せめてもの矜恃《きょうじ》で睨《にら》み付《つ》けた榛色《はしばみいろ》の瞳が薄《うっす》らと眇《すが》められる。それは獲物を前にした獣の眼差《まなざ》しに外《ほか》ならず、ヨイマチは自然と『最早これまでか』と穏やかな覚悟を決めた。

しかしその牙が直接ヨイマチに届く前に、溜息《ためいき》と共に獣の頭を軽く叩《たた》いて簡単に制してみせたのは、今まさにヨイマチが刃を向けかけた相手だ。

「やめろ、ヨルガ」

「……何故《なぜ》だ？」

「お前の殺気を正面から浴びて、まともに話せる相手がそうそういると思うな。話が進まんだろう」

「……フン」

鼻を鳴らし乱暴に隣に腰掛けた騎士団長の顎《あご》を、笑みを浮かべた相談役の男が掌《てのひら》でするりと撫《な》でてやる。その仕草は親愛や友愛の情と言うよりも、己だけに懐いている子飼いの獣を主人が窘《たしな》めるような、秘めやかな主従関係が窺《うかが》えるものだ。

一方若い騎士の二人は、やや胡乱《うろん》な表情で二人を黙って見ている。

ヨイマチには、彼らの関係性が見当もつかない。

「あぁそうだ、問われる前に申告しておこう。私はアンドリム・ユクト・アスバル。宰相の相談役として王宮に赴《おもむ》くことが多いが、現在の立場としてはオスヴァイン家の居候《いそうろう》だ」

「……居候《いそうろう》」

「そんな居候《いそうろう》がいてたまるかとでも言いたげだな？」

「そ、そんなことは」

「フフ……まぁ、構わんさ。私はこう見えても、パルセミス王国の元宰相。君が想像しているよりも、ずっと歳《とし》を食っている。何せこの騎士団長殿より、四つほど歳上だからな」

「……なんと」

これには流石《さすが》のヨイマチも言葉を失う。

騎士団長の年齢は、予め知っていた。それより四つ上となれば、彼の年齢は優に四十を過ぎていることになる。しかしその外見はどうみても、二十代そこそこでしかない。

「……まるで、人魚の肉でも喰らったかのようですな」

ヒノエに古くから伝わる話が自然とヨイマチの口から出た。首を傾《かし》げる騎士団長と若い騎士達とは逆に、アンドリムはほう、と興味深げな声を漏らす。

「それは八百比丘尼《やおびくに》の話か？」

「っ！」

「ふむ……様々な伝承が繋がっているのか。……ますます、ヒノエに行く必要があるな」

「貴方は……」

「ん？」

「貴方様はどれだけ博識なのだろうか。八百比丘尼《やおびくに》の逸話は、ヒノエですら知る人が少ない」

人魚の肉を口にして、八百年にも亘《わた》る若さと美しさを手に入れた尼僧の話は、それこそ書物に残されることはなく、ただ口伝《くでん》のみで伝わっている物語だ。それを知る人物がこんな遠い異国の地に存在するとは。

「国家戦略において、情報は血液だ。情報収集は私の得意とするところでね」

そして手にした情報の欠片《かけら》から、あらゆる事態と真実を推測し得る、常人離れした明晰《めいせき》の遣い手。

元宰相などと嘯《うそぶ》いているが、表舞台を退《しりぞ》いてみせているだけで、その実は未だに国家の中枢に近い人物だろう。

これはどうあがいても、一介の草にすぎない自分が単独で相手にできる相手ではない。

ならば取る行動は、一つだけ。

ヨイマチはソファから下り、改めて両手を床についてアンドリムに深々と頭を下げた。

「……非礼はどうか、ご容赦を。金剛石のごとく磨き上げられた、貴殿の知見にお縋《すが》りしたい。……私はシラユキ様を——北の方に残された唯一の御子《みこ》様を、お守りしたいのです」

——全ては、十年前。丁度《ちょうど》シラユキが生まれたのと時を同じくして、ヒノエを襲った大きな地震から、始まった。

地震で生まれた地割れの隙間から長い身体をくねらせて這《は》い出《で》てきたのは、八つの頭を持つ巨大な蛇だ。その大蛇は手当たり次第に付近の集落を襲い、圧倒的な力で破壊の限りを尽くした。蛇の身を覆う鋼《はがね》の鱗《うろこ》には通常の刀や弓矢では少しも歯が立たず、人語を解する頭脳の前では数多《あまた》に仕掛けた罠も役に立たない。

やがて大蛇はヒノエの都にほど近い山を塒《ねぐら》にしてとぐろを巻き、あろうことか、若い娘を供物《くもつ》に捧げるよう要求してきた。

最初に贄《にえ》となったのは、壊滅した集落唯一の生き残りである、その村の長の娘だ。彼女は自分の身一つでヒノエ国を救えるならばと自ら名乗りをあげ、最初の供物《くもつ》として大蛇に捧げられた。

しかし案の定、大蛇はその翌年も、その次の年も、供物《くもつ》を求め続ける。何度も討伐隊が組まれたが、その全ては、失敗に終わった。

そして捧げられた贄《にえ》の数が片手の数を超えた後。これ以上国民の命を犠牲にするわけにはいかないと、初めて王族の一人が贄《にえ》となった。それがササラギ家当主モトナリの長女、ヒフミだ。その翌年には、次女のフタバが贄《にえ》となり。そして三女のミユキが八回目の供物《くもつ》として、大蛇に捧げられることが決まった。

ササラギ家はその年、総力を挙げて大蛇を倒そうとしている。八年をかけて大蛇に仕込み続けた毒が功を奏す日が、訪れようとしていたのだ。

これまでに贄《にえ》となった七人の乙女達は、大蛇に喰われる前に毒の包みを胃に呑み込み、我が身を毒の器《うつわ》と化して、大蛇に与え続けてきた。

それは少しずつ大蛇の力を削《そ》ぎ、八年目を数えたその年には、八つある大蛇の頭の中でまともな動きを見せるのは、一つだけになっていた。

これぞ好機と、ヒノエ国の第一王子であるスサノイを中心に結成された精鋭部隊は、贄《にえ》に誘われて這《は》い出《で》てきた大蛇を追い詰め、弱っていた七つの頭を叩《たた》き潰《つぶ》すことに成功する。

そして最後に残された一つの頭と戦っている最中、急に濃い霧が付近に立ち込めたのだ。

「私自身もその時、戦場にいました」

ヨイマチは低い身分ゆえ、表立って精鋭部隊の一員として戦うことはなかった。後方支援として、大蛇の邪気に誘われて集まる魑魅魍魎《ちみもうりょう》の処理に追われていた彼は、霧に覆われて白く塗り潰されていく視界の中、大蛇が擡《もた》げた最後の首を斬り落としたスサノイの影を、確かに見た。

これで苦難は終わるのだと、ヒノエに平穏が戻るのだと、思ったのに。

† † †

「――霧が晴れた後に残されていたのは、無惨に腹を引き裂かれた、スサノイ様の骸《むくろ》でした」

大蛇は山から程近い渓谷に逃げ延び、木々に覆われた深い谷底に身体を横たえ、ササラギ家を呪う言葉を吐きつつ傷を癒《いや》した……らしい。

「……らしい、なのか？」

伝聞を示す説明にアンドリムが問いかけ、ヨイマチは頷《うなず》き返す。

「スサノイ様をお護《まも》りできなかった咎《とが》より、私は前線から廃されました。……あの戦場以降、私自身が大蛇の塒《ねぐら》に近づいたことはありません」

「ふむ」

「その翌年も、更に次の年も、また大蛇から供物《くもつ》の要求があったと聞きます。それに対して四女のシオリ様、五女のサツキ様が供物《くもつ》となり……結果的にモトナリ様のご息女全てが贄《にえ》となりました」

「惨《むご》たらしい……」

ヨルガも顔を歪《ゆが》めている。

古代竜カリスも贄《にえ》を求める存在ではあるが、間隔は十年に一度であり、それがパルセミス王国全土を潤《うるお》す恩恵の糧《かて》になる。ヒノエ国の大蛇のように、純粋な暴虐とは意味合いが違う。

しかしヨイマチの語る話を聞く限り、ヒノエを取り巻くこの災厄は、そう単純なものではない。

「ヨイマチ殿。君はその『二人』は余分の供物《くもつ》ではないのかと、勘付いているのだな」

「お察しの通りです」

確かめる言葉にヨイマチは俯《うつむ》き、問いかけたほうのアンドリムは嘆息して瞳を閉じた。

若い騎士二人は顔を見合わせ、黙って話を聞いていた神官長は胸の前で指を組み、小さく冥福の祈りを捧げる。

「それで逃げ出したのか……ヒノエに潜《ひそ》む大蛇から。真の姿も掴めないままに」

「……お恥ずかしながら。モトナリ様の北の方、ヒルガオ様の御子《みこ》はスサノイ様、フタバ様、サツキ様、そしてシラユキ様の四人でした。しかし既《すで》に三人が……犠牲となってしまった」

「成るほど。国主モトナリ殿の御子《みこ》は、男女五人ずつの十人。ご息女の全てが供物となり、更に長子のスサノイ殿が亡くなった今となっては、残るは四人の王子のみ」

「ええ。第二王子であるセイジ様と第三王子のトキワ様は弟君にあたるシラユキ様を可愛がってくださっていますが、お二人とも、それぞれ異なる側室のもうけた御子《みこ》。ご母堂が絡めば、どう転ぶか分かりません。そして国元にはシラユキ様より六つ年下の第五王子、イツガエ様もいらっしゃいます。イツガエ様のご母堂も、お兄様方とは異なる側室の一人です」

「ハッ……何処《どこ》も彼処《かしこ》も、面倒なことだ」

唇を歪《ゆが》めたアンドリムは組んだ腕の肘を指先でトントンと叩《たた》き、暫《しば》しの間、思考を巡らせる。

「……お家騒動の内訳は、何となく掴めた。まずヒノエ国には、八つの頭を持つ大蛇がいた。それを正室の嫡子である第一王子スサノイ殿が討伐した。しかしスサノイ殿は、混乱に乗じて何者かに殺《あや》められる。そのせいか、討伐されたはずの大蛇は生きていることになり、更にササラギ家の姫が二人、供物《くもつ》として無駄に命を捧げる羽目となった」

最初は確かに、乙女達は大蛇を倒すための、尊い犠牲だった。

しかし今やそこには女の気配が確実にある。執念深く、絡めるように手を伸ばし、我が子こそを国主にと望む、母親の願いが見え隠れしていた。ササラギ家にとっては男子を産んだ母親達であるがゆえに、そうそう無下にも扱えず、調べも入り難かったのだ。

「そして、シラユキ姫が贄《にえ》に選ばれた。敵の姿ははっきり見えないが、目的は実に分かりやすい。その魔手から少しでも離れるために、空虚となる可能性が高い使節の任を敢えて断らず、パルセミス王国までやってきた……というところか」

「……ご慧眼《けいがん》に驚くばかりです」

「そうか……しかしここからは、幾《いく》つか情報の整理が必要となる。シグルド」

「はい、父上」

「ヨイマチ殿から聞いた話の中で、お前が疑問に思う点を挙げてみろ」

ヨイマチの顔に視線を注いだシグルドは、そうですねと呟《つぶや》き、軽く顎《あご》に手を当てる。

「未熟者ゆえ、家督争いについてはあまり申し上げることができませんが……大蛇退治の件において私が一番気になったのは、何故《なぜ》『八回目』だったのかという点です。言っては何ですが、八つある大蛇の頭のうち、七つまでは力を削《そ》ぐことができたのです。確かに後一人の犠牲が必要となりますが、八つの大蛇の頭全てを弱体化させてから討伐に臨んだほうが、勝利を確実にしたのではないでしょうか」

「そうだな。確かにそれは、疑問に感じる点だ。ではリュトラ、お前は何かあるか」

アンドリムに促《うなが》され、壁際に立っていたリュトラは、背中を壁に預けたまま、視線を宙に彷徨《さまよ》わせた。

「俺は何と言いますか……悪意が強すぎる気がしてなりません」

「強すぎる？」

「家督争いがあるとはいえ、血を分けた我が子です。ましてやシラユキ姫はまだ十歳。それなのに何故《なぜ》、ここまで重責を背負わされているのか、それとも何か他の理由があるのか、う一ん……」

上手く説明できないと自らの髪を掻《か》き乱《みだ》して唸《うな》るリュトラに、アンドリムは微笑《ほほえ》みかける。

「鋭いな、リュトラ。その『違和感』は大事だ」

「え……」

「残念ながら、ササラギ家を取り巻く因縁《いんねん》は複雑かつ難解と推察できる。それこそ、大蛇の持つ頭の数のように、な。しかし、確証にはまだまだ情報が足りない……だから、揺さぶりをかける」

「揺さぶり、ですか」

言葉を繰り返したヨイマチに対して、アンドリムは指を三本立ててみせた。

「敵が姿を現さないならば、こちらから炙《あぶ》り出《だ》してやれば良い。敵が動揺すること、嫌がること、実行してほしくないこと。それを現実にしてやれば、相手はどこかしらで尻尾を出す。まずは陛下にお願いして、ヒノエ国からの依頼を正式に受諾していただく。まさか『絹ごとき』でパルセミス王国側が討伐隊を準備してくれるとは思っていなかったはずだ。更にシラユキ姫の治療を神官長主導で施術し、同時進行で『パルセミス王国騎士団長が、大蛇討伐のためにヒノエに向かう』という噂話を流布《るふ》する……まずは、ここ辺りからだな。シグルド、リュトラ、宰相閣下と補佐官殿とも協議を」

「はい」

「分かりました」

「それとマラキア、できるだけ目に見えて分かる結果が欲しい。シラユキ姫の治療を頼む」

「承知いたしました。施術の許可が下り次第、治療に取り掛かりましょう」

第二章　沈黙は金、雄弁は銀

「焦って行動すると身を滅ぼすという、典型例だな」

静かな、朝のダイニングルーム。俺は床に押さえ付けられた男を睥睨《へいげい》し、テーブルクロスの上に取り落とされた銀のスプーンを摘み上げる。

表面が黒く変色したそれは、今しがたシラユキ姫が、銀色の皿に満たされた芳ばしい香りのスープを丁寧に混ぜたばかりのもの。

手にしていたスプーンが変色した驚きのあまり、姫は小さな悲鳴を上げた。

舌打ちをして隠し持っていた匕首《あいくち》を引き抜こうとした男を掌底で殴り飛ばし素早く組み敷いたのは、俺の傍《そば》に控えていたシグルドだ。そのままリュトラが男の衣服を確認すると、身につけていた着物の袂《たもと》から、掌《てのひら》に収まるほど小さな薬瓶が転がり出てきた。

「ヒノエで使われる器《うつわ》は、漆器か磁器が多いと聞く。銀食器の持つ役割を知らなかったか？」

ヒノエから持ち込まれた『茶番劇』に俺達が便乗することを決めてから、二週間余り。食事の管理をオスヴァイン家に任せ、神官長マラキアから施される治療を受けるようになったシラユキ姫の顔色は、見違えるほどに改善されている。

加えて、年の近い友人が必要だろうとカインとアベルが遊び相手として神殿から呼ばれた。彼らはマラキアが孤児院で面倒を見ている優秀な双子の兄弟で、いずれ領主補佐となるための教育を受けている最中だ。

二人は自分達と一つしか違わないシラユキ姫が国の使節として遠いヒノエ国から旅をしてきたと教えられ、憧憬にも似たキラキラとした眼差《まなざ》しで「すごいね」「えらいね」とシラユキ姫を褒めそやした。

子供特有の素直さと人懐っこさにシラユキ姫はすぐに絆《ほだ》され、就寝時間以外の殆《ほとん》どを、活動的な双子達と過ごすようになっている。

年端《としは》もいかぬ子供達に手を引かれ、屋敷の中で遊ぶ姫の行動範囲が自然と従者達から離れた場所に移されていったことに気づいたのは、ヨイマチくらいだろう。彼らの知らぬうちにシラユキ姫の定位置は双子達の隣になり、従者を含めた大人達が寄り添っていると、「おや？」と目を引く状況になっている。

そんな風に自分以外がシラユキ姫に毒を盛っている事実を知らされて驚いているところに追い打ちをかけるように、姫の近くから排された。このままでは密命を果たせぬと危機感を募《つの》らせて行動した結果が、今の状況だ。

シラユキ姫の前に並べられた銀食器は、執事のレゼフが『未来の奥方候補である姫君に』と滞在初日に新しくセッティングしてくれた、手入れの行き届いた美しいものだ。初めて目にした銀食器の輝きにシラユキ姫は感嘆の声を漏らし、従者達は物珍しそうに手に取って調べていたが、銀食器自体には何の仕掛けも施されていない。

「銀は、ある種の薬物に反応すると、こうやって黒く変色する。代表的なものがヒ素だ」

「……っ！」

「ヒ素……⁉」

テーブルから遠ざけたシラユキ姫を背に庇い目を丸くして青褪《あおざ》めるアサギと呼ばれる従者に、俺は頷《うなず》き返す。

「知っての通り、劇毒だ。昔から毒殺には多用されているな。手に入れることも運搬することも、比較的容易だからだ」

例えば硫砒鉄鉱《りゅうひてっこう》などが、その代表格に挙げられるだろう。日本の鉱山でもネズミ捕りを生産する目的で大量に掘られていたもので、鉱石から毒を抽出することは、知識が有れば個人でも実行可能だ。

「ゆえにパルセミス王国のみならず、銀食器をもてなしに用《もち》いるのは、客人に対する善意の証明でもある。ただ銀食器は空気中の物質とも反応して、放っておけば少しずつ黒ずんでしまう。その美しさを保つのは、執事に任せられた大切な仕事だ……レゼフ、見事だぞ」

「恐縮でございます。アンドリム様」

食卓の場で騒動があっても狼狽《うろた》えることなく、黙って窓際に立ち塞がり退路を断つ役目を果たしていたレゼフは、俺の向けた労《ねぎら》いの言葉に僅《わず》かに微笑《ほほえ》み、恭《うやうや》しく頭を下げる。

「まぁとどのつまり、君は勉強不足だな。レゼフが銀食器をシラユキ姫に充てがった時点で、その理由を見抜き、毒殺を諦めて他の手段を考えるか、銀に反応しない毒を用意するべきだった」

「くっ……」

「さぁ、何か言いたいことはあるかな？」

俺は床に這《は》い蹲《つくば》った姿勢でこちらを睨《にら》み付《つ》けている男の前に歩み寄り、革靴の爪先《つまさき》で血反吐《ちへど》に塗《まみ》れた顎《あご》を無理やり上げさせる。端正な横顔が苦痛と恥辱に歪《ゆが》むが、それはこの男とて覚悟の上だろう。

「ツララ、どうして……！」

悲痛さの滲むトキワの叫びに、シラユキ姫を護衛する従者の一人であった男――ツララは、ただ奥歯を噛みしめ、静かに目を閉じる。

「申し上げることは、何もございません」

「……ほう？」

「どうぞ、ご処分を」

「ククッ……」

くつくつと肩を揺らして笑う俺の振動が、顎《あご》の先から伝わったのだろう。ツララは目を開き、見下ろす俺の表情を直視して、息を呑む。

「甘い、なぁ」

「うっ……」

「ヒノエでは、捕虜に尋問を行ったりしないのか？　優しい国だ」

無論、そんなことはないはずだ。

しかしこの手の忠節が高いタイプは、多少の拷問で簡単に口を割りはしない。

では、どうすれば歌ってくれるのか。

それは、俺が得意とする分野だ。

「肉体的な苦痛を与えるのも、悪くはないがな。それでは、面白味がない……カイン、アベル」

俺は顔を上げ、レゼフの隣に控えていた双子を呼び寄せる。

「二人とも、シラユキ姫を自室にお連れしてくれ。そのまま暫《しばら》く待機を。朝食は後からワゴンで運ばせる」

「分かりました。……シラユキ姫、行こう？」

「大丈夫だよ、俺とカインが一緒だから！」

双子に手を差し出されたシラユキ姫は、アサギとヨイマチにも促《うなが》され、双子に付き添われて部屋を出る。その後で、リュトラがぴたりと扉を閉ざした。これで多少の悲鳴は二階の部屋にまで届かないだろう。

「……さて、どうするか」

ツララの顎《あご》を爪先《つまさき》で弄《もてあそ》びつつ、俺は思案を巡らせる。

「何も申し上げることは『ない』そうだから、これは俺の勝手な独白だが」

ツララは流石《さすが》に何の反応もしない。

「君は、トキワ殿の家臣だな」

これはこの二週間余りの間、屋敷で過ごす従者達の行動を観察していて、簡単に見抜けた。トキワは何か頼みごとがある時は必ずツララの所に行くし、セイジは必ずフカガワの所に行く。シラユキ姫はアサギに頼むことが多い。

「しかも、その容貌からして血が繋がっている。年頃を考えると、従兄弟あたりか」

「……っ」

「顔色を変えるな、未熟者。沈黙をしていれば隠し通せるとでも？」

どうやらツララはあくまでもトキワ付きの家臣というだけで、ヨイマチのように草としての特殊な訓練を受けている間者《かんじゃ》というわけではなさそうだ。

杜撰《ずさん》すぎる毒殺計画からも、懐《ふところ》に匕首《あいくち》を隠し持っていたことや薬瓶を処分していなかった点からも、それが窺《うかが》えた。無事に本懐を遂《と》げた後は、秘密を抱いたまま全ての罪を被り、自ら命を断つつもりだったと見える。

しかし毒は見破られ、その上、自決する間もなく身体を拘束された。

最悪の状況と言えよう。

「あぁ、浅学《せんがく》の君は知らないかもしれないから予め教えておくが、舌を噛んだぐらいで人は死なない。精々痛みにのたうちまわり、無様な姿を晒すだけさ」

「くっ……」

「……相談役の、アスバル殿」

蛇に睨《にら》まれた蛙のように固まったツララの背後から遠慮がちにかけられた声は、苦々しい表情をしたフカガワのものだった。逞《たくま》しい体躯のその男は、俺と視線を合わせ深々と頭を下げる。

「どうか、慈悲を」

「……ふむ？」

「頭の良い貴方様のことだ。ツララが何故《なぜ》こんなことをしでかしたのか……薄々、勘づいていらっしゃるだろう……承知の上で、希《こいねが》い奉る。確かめさせてやって、くれまいか」

フカガワの視線は、テーブルの上に。

銀の食器が並べられた、飲み干すはずの持ち主が席を立ってしまったスープ皿の上に、注がれる。

「本当に、ツララがそのスープに毒を盛ったのかどうか……確かめてみないと、分からない。無論、分かり切っているかもしれないが……ツララに、確かめさせてやって、くれまいか。その結果については、何も文句は言わぬ……後生だ」

「……フカガワ」

小さく名前を呼ぶツララに向かって、フカガワはその強面《こわもて》に、泣き笑いの表情を浮かべた。

「主人は違えど、同じ釜の飯を食った同輩だ。肩を並べて戦ったこともあるお前に……無様な最期を迎えてほしくない」

この、毒を混ぜたスープを飲ませて――

それで命を絶たせてやってくれと、フカガワは頼んでいるのだ。

そうすれば敵の手にかけられたことにはならず、証拠を消した上で自ら命を絶ったとして、それなりの名目も立てられよう。

「……成るほど。確認が必要、か」

俺は小さく鼻で笑い、ツララの顎下《あごした》から爪先《つまさき》を引き抜いた。

低く呻《うめ》く身体を無視して踵《きびす》を返すと、目当ての人物の前に歩み寄り、にこりと微笑《ほほえ》みかける。

「え……？」

驚愕《きょうがく》に染まったのは、俺がエスコートするように手を引いた相手……

「どうぞ、こちらに」

俺に導かれるまま、シラユキ姫が座っていた席に腰掛けさせられた、一人の青年もだ。

その前のテーブルには、まだ仄《ほの》かに湯気の立ちのぼるスープが注がれた、銀色の皿。

俺の意図に気づいたツララは目を見開き、自由の利かない拘束の下で身を捩《よじ》って主人の名を叫ぶ。

「トキワ様!!」

愕然《がくぜん》としている、ヒノエ国から訪れた面々の前で、意味が呑み込めないでいるトキワの後頭部を鷲掴みにした俺は、その顔面を勢い良くスープ皿の中に突っ込んだ。

「ぐぼっ……！」

「なっ……！」

思わず腰に手が伸びかけたフカガワの喉笛を、ヨルガの手が掴む。毒入りのスープに顔全体を沈められた主人の姿を目の当たりにしたツララの絶叫が、ダイニングルームの中に響き渡る。

「や、やめろ！　やめてくれ!!　トキワ様、トキワ様っ……!!」

俺は一度力を緩め、トキワの顔をスープの中から引き上げてやった。

激しく咳《せ》き込《こ》む青年の口内は既《すで》に、皿の中に注がれていたスープで白く汚れている。

「あ、あぁ……トキワ様、トキワ様……!!」

ツララの仕込んだヒ素に毒されたスープが、その喉を、滑り落ちていった。

自らの所業が、何より大事な主人を、壮絶な死に至らしめようとしている。

泣き叫ぶツララにちらりと視線を注いだ俺は、再びトキワの顔面をスープ皿の中に突っ込んだ。

トキワが苦しさに踠《もが》いた弾みで跳ねたスープの中身が、テーブルの上にセッティングされていた他の銀食器を黒く変色させていく。

「いやだ、いやだ……！　誰か、誰かトキワ様を、助けてくれ……!!」

「貴様……！」

フカガワの身体が怒りに打ち震えるが、ヨルガの指に込められた力も、暴れるツララを押さえるシグルドの腕も、揺るがない。

「……さて、ツララとか、言ったな」

トキワの顔をスープ皿に沈めたまま、涙と洟水《はなみず》に塗《まみ》れたツララを悠然と見下ろし、俺は笑う。

「何か『申し上げること』はあったか？」

「あ、あぁ、あぁあ……トキワ様……！」

「早くせねば、お前の代わりに毒を『確かめて』くれている主人が、どうなるか知らんぞ？」

「ひぐっ……う、あ、アマト様……アマト様の、ご指示です……！」

「ほう？」

「……トキワ様の、ご母堂です」

俺に視線を向けられ、青白い顔をしたヨイマチが静かに答える。

「折を見て、シラユキ様を亡き者にと……！　その咎《とが》を、パルセミス王国に被せるようにと……」

「……ハッ、予想通りすぎてつまらんな」

だがこれで、『言質《げんち》』が取れた。

ヒノエ国側にも、パルセミス王国側にも、血を吐くようなツララの証言を耳にした人数は充分だ。

俺はトキワの頭を押さえつけていた腕から力を抜くのと同時に、シグルドに目配せをして組み敷いていたツララを解放させる。意識を失ってテーブルクロスの上に突っ伏した主人の名前を繰り返し、這《は》いずるようにしてその身体に寄り添ったツララの端正な顔立ちは、絶望に満ちている。

急性ヒ素中毒の齎《もたら》す症状は、呼吸困難を含む全身の痙攣《けいれん》と急激な多臓器不全だ。すぐ息絶えることもできず、長時間踠《もが》き苦しみながら死んでいかなければならない。

「どうか、どうかトキワ様の治療を……！　まだ、間に合うかもしれません……！」

「ハッ、くだらんな」

「お願いいたします、どうか、お願いいたします……！　私にできることならば、何でもいたします……！」

「……ふむ」

俺の足に平伏《ひれふ》すようにして縋《すが》りついたツララの懇願に、俺はほくそ笑む。

「何でも、すると？」

「何なりと、何なりとお申し付けください……！　トキワ様をお救いくださるならば、この身は全て捧げます。どんなことでも、やり遂《と》げてみせます……！」

「フン……まぁ、良いだろう。……ヒノエの面々よ」

恐怖に引《ひ》き攣《つ》った表情を顔面に貼り付けた四人を横目で見遣り、俺は唇の端で笑う。

「聞いたな？　コレは俺が貰い受ける」

ツララを顎《あご》でしゃくってみせた後で、俺はテーブルの上に伏したままの、トキワの肩を叩《たた》く。

汚れた唇からは小さな呻《うめ》き声《ごえ》に加えて、どこか健《すこ》やかそうな寝息が漏れていた。

「そろそろ目を覚ましたらどうだ？　若造」

「……うぅ……ん」

「いい気なもんだ」

俺はトキワの顎《あご》を掴んでやや乱暴に仰向《あおむ》かせ、白いスープに塗《まみ》れた頬をねっとりと舐《な》め上《あ》げた。

「っ!?」

「ん……？」

身体を強張らせるツララ達を余所《よそ》に、頬に押し当てられた生温かい感触に覚醒を促《うなが》されたトキワは、漸《ようや》く薄《うっす》らと瞳を開く。

「お目覚めか。フフッ……顔を洗ってきたほうが良い」

「え、と……いったい、何、が……？」

状況が掴めずに首を傾《かし》げるトキワ。

その顔を見つめ、全身の力が抜けたのか両膝を床につき、はらはらと涙を流し続けるツララ。

「……やられた」

最初に立ち直って俺を睨《にら》み付《つ》けたのは、ヨルガの指に喉を押さえられたままのフカガワだ。

「全部アンタの、掌《てのひら》の上か！」

「クハッ、人聞きの悪い」

俺は唇の端に残ったスープの滴《しずく》を指の腹で拭《ぬぐ》い、舌先でちろりと舐《な》めとる。

「……勉強不足だと教えたではないか。銀が反応するものは、何も毒だけではない」

例えば、硫黄《いおう》を含む温泉水。これも銀を黒色に変化させる代表的なものだ。

俺はレゼフにシラユキ姫の銀食器を準備させた後、オスヴァイン家所有のヴィラから、温泉水を王都の館に届けさせていた。

シラユキ姫にだけ銀食器を充てがったのは、毒を検知させるためだけではない。

「シラユキ姫が必ず利用するものだと、わざわざ、目印をつけてやったのさ」

つまり、毒を入れる対象を分かり易く示してやったことになる。

必ずそれに仕込むと分かっているのだから、監視は楽だ。大鍋での毒味が終わったスープをそれぞれの皿に注ぎ、ワゴンに並べてダイニングルームに運ばれる直前だった銀の皿に一瞬だけ近づいたツララの姿を、オスヴァイン家の給仕達は見逃さなかった。

ツララが離れてから毒の仕込まれた皿を下げ、別に用意していた銀の皿の底に温泉水を入れ、その上から静かにスープを注ぎ直す。そして何食わぬ顔をして、シラユキ姫の前にそのスープを運んだ。温泉水も多量に飲めば害となるだろうが、少量ならば問題にならない。

後は何も知らないシラユキ姫がスプーンでスープをかき混ぜたことで、黒く変色した銀食器が姿を見せる。

こうして、如何《いか》にも滑稽《こっけい》な暗殺劇が、始まった。

「賓客を危険に晒すわけがないだろう？　そちらが茶番で来るなら、こちらも茶番で返すまで。……だが、私は利用できるものは利用する性質《たち》でね」

騙されたとは言え、俺に忠節を誓ってしまったツララ。俺の采配で動かせる手駒をヒノエ側に作れたのは有益だ。

「まぁ、それにしても。そろそろ、ヒノエに赴《おもむ》くべきだな……」

リュトラも感じ取っていた、どうやっても拭《ぬぐ》えないこの『違和感』が俺の想像通りならば――それはヒノエ国だけでなく、パルセミス王国にも影響を与えるものになるだろう。

† † †

古代竜カリスの恩恵で潤《うるお》うパルセミス王国では、前世の世界でいうところの中世の生活様式を踏襲した文化の中に、精霊の力が宿った魔石を利用した、便利な生活用品が幾《いく》つか存在している。オスヴァイン家の食糧庫に備え付けられた氷室《ひむろ》もその一つで、床に氷の魔石が敷き詰められたそこは真夏でも氷点下の温度に保たれ、長期保存の食糧や氷そのものの保管に利用されていた。

朝から起きた騒動に一応の収拾がつき、王宮への報告をシグルドとリュトラに任せた俺は、氷で満たされたアイスペールを片手にヨルガの寝室を訪れている。

シラユキ姫の毒殺計画は未然に防がれ、オスヴァイン家と延《ひ》いてはパルセミス王国側とは、賓客の安全を守れなかったという汚名を被ることなく、ヒノエ側に多大な恩を売ることに成功した。

俺に忠節を誓ったツララは、一旦罪人としてオスヴァイン家の地下牢に入れられている。未遂とはいえ自らの命と引き換えに王子を暗殺しようとした男だ。今回は『茶番』で済ませてやったが、今度パルセミス王国《こちら》側を裏切れば、お前より先に誰が処分されるか分からぬほど愚かではないよな、と俺が頭を撫《な》でてやると、ツララは唇を噛んでただ項垂《うなだ》れた。

充てがわれた自室で双子に守られていたシラユキ姫には、捕えた罪人はパルセミス王国側で処断する旨を伝えている。瞳を潤《うる》ませながらも王族の一員として自覚を持っているのか「お願いします」と静かに頭を下げた姫は、なかなか度胸が据《す》わっていると思う。知らなかったとしても子飼いの家臣が企《くわだ》てた暗殺となれば、本来、その主人であるトキワにも累が及ぶところだが、紹介された今回の『トキワ』はあくまでもシラユキ姫の従者。そちらの対処に関しては、ヒノエ国に一任することと決めてある。

それはともかく、寝室に入ると既《すで》にヨルガは湯浴《ゆあ》みを終えたらしく、ゆったりとしたナイトウェアを身につけてソファに腰掛け、報告書と思《おぼ》しき紙の束に視線を落としているところだった。部屋に入った俺の姿にちらりと視線を向けたが、そのまま何も言葉を告げることなく、彼は再び書類に目を向ける。いつもならば俺の姿を見つけると僅《わず》かに微笑《ほほえ》み、手招きをして膝の上に導くところだ。

……どうやら思惑《おもわく》通りに『ご機嫌斜め』のご様子。

俺は勝手に寝室の鍵を閉め、ソファの隣に置かれたサイドテーブルの上に、アイスペールと小さなボンボニエールを載せる。ヨルガの手にした書類を反対側から引っ張ってみたが、その指先から書類が抜けることはなかった。これ以上引っ張ると紙が破れてしまうかもしれないので、俺は身体を屈め、ヨルガの指に舌を這《は》わせる。無言ながらもびくりと震えた反応に気を良くして、皮膚が硬くなった手首の境目や、筋の浮いた手の甲、太い指の股を舐《な》めしゃぶった。

「……やめろ。そんな気分ではない」

低い声が制止を要求してくるが、もちろん俺がそんな戯言《ざれごと》に耳を貸すはずがない。番《つがい》がそんな気分でないとほざくなら、そんな気分にしてやるまで。

彼の言葉を無視して指への奉仕を続けていると、遂《つい》にヨルガは書類をテーブルの上に投げ出し、唾液に濡れた指で俺の顎《あご》を掴んだ。

「俺を怒らせるな！」

騎士達でも震え上がりそうな、怒気の篭った台詞《せりふ》。

顎《あご》を引き上げた指には痛みを及ぼすほどの力は込められていないが、その苛立《いらだ》ちは充分に伝わる強さだ。

ぎちりと俺を睨《にら》み付《つ》けてくる榛色《はしばみいろ》の瞳は、凶暴な気配に揺れている。

「……ククッ」

だが、俺の喉から漏れるのは、喜色を含んだ笑い声だけ。

俺の喉笛など簡単に掴み潰せるであろう番《つがい》の指先に自分の指を這《は》わせ、そのまま頬擦りをして微《ほほ》笑《え》んだ。

「可愛い俺のヨルガ……機嫌を直せ」

「……っ」

掴んだ大きな手を導き、首の後ろに触れさせる。伸びた後ろ髪が隠す場所にあるのは、俺がこの男のものである、明確な証《あかし》。

指の腹で皮膚に刻まれた窪《くぼ》みを辿ると、ヨルガの視線が少しだけ熱を孕《はら》んだ。それでもへの字を象《かたど》ったままの唇に口づけ、閉ざされた唇の隙間を舌先でノックする。

焼印の痕に触れていた指先が背骨をなぞり、辿り着いた尻の肉を掴んだ瞬間が、陥落の合図だ。

文字通りに喰らいついてきた唇と、乱暴に捻《ね》じ込まれた舌を嬉々として迎え入れ、俺はヨルガの首筋にしがみつく。肉厚の舌が俺の咥内《こうない》を弄《まさぐ》り、確かめるように隅々まで探ってくる荒々しさが、逆に心地良い。

存分に唾液を味わい合った後でヨルガの膝に乗り、ゆったりと身体を預けると、身につけていた薄いブラウスの生地越しに乳首に歯を立てられた。

「いっ……！」

「……性悪め」

痛みに揺れる俺の腰をしっかりと掴んで逃さないまま、ヨルガが吐き棄てる。しかしその声は俺を非難している割には、過分に甘さを含んでいた。

「俺が嫌がると分かっていてやるのだから、本当に性質《たち》が悪い……」

俺がトキワの顎《あご》を掴み、その頬を舐《な》めたことが気に食わなかったと見える。

とっくに理解していることだが、この男は見た目よりもずっと情熱的で、独占欲が強い。

以前、身体検査名目で俺の身体を丹念に探った（どちらかというと俺がそうさせたのだが）男の首を、言い訳一つ聞かず刎《は》ねたことがあるくらいだ。こと『騎士団長様』の時よりも、『元宰相アンドリムの情人』の時のほうが、ずっと融通が利かない。まぁ、それはそれで可愛いのだが。

「心の狭い男だな。あの程度、料理の味見と変わらんだろう」

「……お前はもう少し、自分の容姿を鑑《かんが》みて意見を述べたらどうだ？」

はぁ、と溜息《ためいき》までつかれる始末。

「後からあの小僧の表情を見なかったのか？　お前の舌が触れた頬を手で押さえ、暫《しばら》くの間陶然としていたぞ」

「……そうなのか？」

正直、見ていなかったので気づかなかった。

「文官達の中は言うに及ばず、王宮騎士団の団員達の中にさえ、お前に懸想している者がいる。行動に移さないでいるから放置しているが……良い気分はせん」

「おやおや」

俺は肩を竦《すく》めるしかない。いつの間に、そんな物好きが増えたのか。

「だから良いか、アンリ。王宮内でも、人気《ひとけ》のない場所に一人で行ったりはしないことだ。いつ何時、不逞《ふてい》の輩《やから》が現れてもおかしくはないからな」

「過保護すぎると思うが、心に留めておこう。お前こそ、ご婦人方の機嫌を取るのは構わんが、何処《どこ》ぞに連れ込まれて無駄弾を撃ったりするなよ」

「案ずるな、お前以外には勃《た》たん」

いっそ潔《いさぎよ》いほどにきっぱりとした否定の言葉に、俺は肩を揺らして笑う。

「……ククッ」

「良い子《good boy》だ、ヨルガ。そんな可愛いことを言ってくれたお前に、ご褒美をやらないとな」

俺はヨルガの額《ひたい》に口づけながら手を伸ばし、サイドテーブルの上に置いたボンボニエールの蓋を取った。

銀色の菓子器に詰められていたのは、親指の爪ほどの大きさをした白いタブレットだ。三粒ほど摘み上げて自分の口に放り込み、舌で転がしながらヨルガの口にも一粒放り込んでやる。

「っ！」

途端に口の中で広がった未知の感触に、ヨルガは目を見開く。

「んっ……何だ、これは。薬か……？」

「薬ではないが、薄荷《ミント》を水蒸気蒸留して得た薄荷油《ミント》に、シラカバから取った甘味料を混ぜたものだ。口の中が、さっぱりするだろう？」

「ふむ……確かに」

コロコロと、俺を真似てタブレットを頬袋に入れて舐《な》めている表情が真剣そのものだから、何だか可笑《おか》しい。

「従軍兵士の口内衛生《オーラルケア》目的で開発したものだが、本来の目的以外にも、少しは遊べるのでな」

「……ほう？」

「まぁ、俺に任せていろ……天国にいる心地にしてやる」

俺は口の中で少し小さくなってきたタブレットを奥歯で噛み砕き、続いてアイスペールに入れていた小さめの氷も口に含んで、それも同じように噛み砕く。何をされるのかと待ち構えているヨルガのナイトウェアを床に膝をついてたくし上げ、膨らみ始めていたヨルガのペニスを掴み出して、咥内《こうない》の奥深くまで躊躇《ためら》いなく咥《くわ》え込《こ》んだ。

「ふっ……！」

「ん、う」

予想外の刺激を感じ、ヨルガのペニスはすぐに反り上がり、突き出た先端が容赦なく俺の喉を突く。息を堪えるヨルガの反応を上目遣いで見上げて楽しみつつ、俺は噛み砕いた氷を口の中で転がした。そして体積を増すヨルガのペニスを、丹念に愛撫し続ける。くっきりと血管の浮いた太い幹と、俺自身が触れた試しのない場所まで蹂躙《じゅうりん》の味を知る強靭《きょうじん》な穂先。

髪と同じ色をした隠毛を指先で掻き分け根本まで咥《くわ》え込《こ》むと、その先端は驚くほど深くまで俺の喉を犯した。

「な、んだ、これ、は……！」

「ぐふ、ふ。ん、んぐっ……ふっ……」

「そこ、で、笑う、な……！」

咥内《こうない》の軟《やわ》らかい肉に迎え入れられる温かい感触と、噛み砕いたミントと氷が齎《もたら》す強烈な清涼感。二つの刺激を同時に受けた騎士団長様が、込み上げる快感に悶《もだ》え、唇を噛みしめ、女のように喘《あえ》ぐ。その頬は真っ赤に染まり、榛色《はしばみいろ》の瞳は熱で潤《うる》み、美しい隆起を刻む腹の筋肉はぶるぶると震えている。……全くもって、堪らんな。

「アン、リ……！」

「んっ」

「くっ……！」

大きく名前を呼ばれた直後。喉を破るような強さでペニスがしなり、突き上げた腰の勢いと同時に、白濁した精液がドクドクと俺の食道に注ぎ込まれる。

「ん、ぐ」

俺は頬を窄《すぼ》め、一滴も溢《こぼ》さないように、それを丁寧に吸い上げた。残された精液と溶けかけた氷が混ざりシャーベット状になったものを舌の上に乗せ、唇の端を指先で引いて大きく開けた咥内《こうない》をヨルガに見せつける。唇を閉じてその味をじっくりと確かめ、改めて喉を鳴らして飲み下すと、低く唸《うな》るヨルガに抱え上げられ、寝台の上に乱暴に乗せられた。

「……フフッ」

俺は笑い、腰を浮かせて服が脱がされるのを手伝いつつ、自らも手を伸ばし、ヨルガのナイトウェアを引《ひ》き剥《は》がす。覆いかぶさってくる逞《たくま》しい身体を、掌《てのひら》で辿る。「俺のモノだ」と掠《かす》れた声で呟《つぶや》いて俺を見下ろす表情も、既《すで》に恍惚《こうこつ》としていた。

「アンリ……あまり、煽《あお》るな……」

「……無理だ。なぁ……早く、お前が欲しい」

開いた脚の最奥を太い指が弄《まさぐ》り、すぐに綻《ほころ》んだアヌスの中に、すっかり形を覚えたペニスが突き立てられる。

「あ、あーー……！　ん、ん、うっ……は、あ」

「……フッ、相変わ、らず。狭い……！」

「ひゃ、う……！　っ！」

「これだけ、俺に、抱かれていると、言うのに……！」

「あ、あぁ。や、んっ……！」

俺は背中を仰《の》け反《ぞ》らせ、肩に回した腕で縋《すが》りついて、胎の奥を突き上げられる快楽に身を委《ゆだ》ねた。

ヨルガの唇が俺の嬌声《きょうせい》ごと舌を吸い上げ、容赦なく噛みつかれた喉には、赤い歯形が刻まれる。

明日、首に巻いたクラヴァットの隙間からそれが他人に見つかるかもしれないと想像しただけで、俺の胎は尚更、中にいるヨルガを締めつけてしまう。

「あ、あぁ。ヨルガ、ヨルガ……！　す、ごい……ん、うっ……」

「くっ……!?　は、ハハッ……！　持っていかれる、ところだ……！」

最奥の窄《すぼ》まりを暴こうとしていた切っ先が、苦笑して身体を起こしたヨルガの動きに伴い、ぬるりと俺の中から抜け出ようとする。俺は慌ててヨルガの腰に脚を絡め、頭を横に振り、小さく啜《すす》り泣《な》きながら嫌だと懇願した。

「い、やだ……！　出し、て。ぜん、ぶ。俺の、ナカ、で……全部……！」

ごくり、と。

俺を組み敷く番《つがい》の喉仏が、上下に動く。

「……もう」

「……ふ、あ……？」

「もう、殺してでも……！　手放してなど、やれんぞ……！」

腰を掴んで引き寄せられ、雄叫《おたけ》びとともに最奥を抉《えぐ》られるのと同時に、熱い精液が腸壁に叩《たた》きつけられた。

「ん、あ、あぁーーっ!!」

俺は歓喜の声を上げ、枕に頭を押しつけ、種付けされる雌の悦《よろこ》びに酔いしれる。

その後。月が天頂を過ぎても絶倫を誇る番《つがい》に抱かれ続けた俺は、結局眠りに就くのが夜明け近くになり、翌日はベッドの住人を余儀なくされた。

余談だが、王宮から正式な勅命の伝達と状況報告に来たシグルドとリュトラは、俺が体調不良だと伝えられると、またもや胡乱《うろん》な視線を騎士団長である父親に注いでいたそうだ。

†　†　†

シラユキ姫がオスヴァイン家の館に滞在するようになってから、一ヶ月ほどの時間が経過した。

鉛毒に蝕《むしば》まれていた幼い身体は神官長マラキアの治癒魔法によって癒《いや》され、オスヴァイン家のコック達が腕を振るった栄養満点の食事は、シラユキ姫の身体を驚くほどの速さで回復させていった。

長い髪を結い上げ、動きやすい服に袖を通し、双子と一緒にはしゃぎながら庭を駆け回るシラユキ姫の姿は、少し痩せすぎではあるが、利発さを感じさせる少年のものへと変わっている。

二人の兄と従者達は、これを我がことのように喜んだ。

治療の主軸となったマラキアに対してはセイジが感銘を受けた様子で、ヒノエに安寧《あんねい》が訪れた折には是非、賓客としてお招きしたいと手を握って滔々《とうとう》と訴えていたのだが、「国教神殿の神官長にそんな暇があるとでも？」と冷たい目をしたリュトラに追い払われていた。

そして、国王ウィクルム・アトレイ・パルセミスより、騎士団長ヨルガ・フォン・オスヴァインをヒノエに派遣する勅令は、正式に下された。

準備を整えた俺とヨルガは、シラユキ姫とその従者達と共に、東国ヒノエに向けて旅立つことになっている。

一時的に騎士団を預かる副団長の座を巡っては、シグルドとリュトラが互いに押しつけ合って揉めたそうだが、結局リュトラの「……兄上、お願いします」の言葉でシグルドが折れたらしい。

……リュトラよ、なかなか恐ろしい男だ。

それはともかく、ヒノエに向かう準備を進める一方でヒノエの国内情勢を探らせてみると、どうやら予想通り絵に描いたようにきな臭い後継者争いが展開されていることが分かった。

それまでにも水面下での静かな争いはあったらしいが、第一王子であったスサノイが八岐大蛇《ヤマタノオロチ》の討伐失敗で命を落としてからというもの、その対立がはっきりと表面化しているそうだ。

本来であれば第一の後継者候補であるはずのシラユキ姫は、国主モトナリの正妻であるヒルガオが殆《ほとん》ど公《おおやけ》の場に顔を出さないせいで、後ろ盾を得られず孤立化しがちだという。二人の異母兄がシラユキ姫を可愛がっているからこそ直接手を出してこないだけで、彼らの母親である側室の二人が隙を見せればシラユキ姫を後継者の立場から蹴落とそうと、虎視眈々《こしたんたん》と機会を窺《うかが》っているのは間違いない。

そんなシラユキを陰ながら守り続けたヨイマチは、予想に反してモトナリ直属の草ではない。一介の忍びにすぎない自分を引き立ててくれた前国主のモトチカから「何があってもシラユキを守れ」と厳命されていたがゆえの行動だそうだ。

今回、リサルサロス王国の援助に見せかけた侵攻に備えて他国に支援を求めるべきだと意見が出た際に、シラユキ姫は無茶な条件を携《たずさ》えての使者の役割を押しつけられた。それでもヨイマチがそれを止めなかったのは、このまま国内に留まっていてはいずれ、二人の側室のどちらかに姫が謀殺される恐れがあったからだ。

パルセミス王国に残ると決めたトリイチ翁からは、ヒノエの内情と【龍屠《ほふ》る剣】についての知識を自分の知る限り俺に伝達する代わりに、どうかシラユキ姫を助けてやってほしいと頭を下げられた。加えて、俺の探し求める賢者アスバルが使った秘術にまつわる情報も、少しばかりではあるが、心当たりがあると……

出立前の前夜。鍛冶《かじ》場に水を引く小川の畔《ほとり》に建てられた水車付きの小屋に呼び出された俺は、そこに住むトリイチ翁から、手入れの終わった【龍屠《ほふ》る剣】を託された。同時に彼が教えてくれたのが、ヒノエに執着する八岐大蛇《ヤマタノオロチ》の伝承と、大蛇が齎《もたら》すある秘宝についての話だ。

「ヒノエには、全てを『元に戻す』ことができると伝えられている秘宝がございます。これまでにも、八岐大蛇《ヤマタノオロチ》は何度も甦《よみがえ》り、その度にササラギ家の尽力と乙女達の犠牲、そして【龍屠《ほふ》る剣】によって討伐されてまいりましたが……ある手法を用《もち》いれば、斬り落とした蛇の首から、【大蛇の鏡】と呼ばれる宝が得られるそうです」

大蛇の首から得られる鏡とは、抉《えぐ》り出した大蛇の両眼が変じるもので、月光を集めるとその効果を発揮する。

「ヒノエの都であるアズマの北東に、アベ一門という一族が住んでおります。彼らは代々陰陽寮に属し、ヒノエの古い歴史や呪術に関しても豊富な知識を持っておりますゆえ、きっと貴方様のお役に立つでしょう。折を見て訪ねてみなさると良い」

「そうか……貴重な情報に感謝する」

「何のこれしき。こちらこそ、楽しい余生を過ごせる場所を提供していただき、感謝しております」

ゆるりと笑ったトリイチ翁に笑い返し、【龍屠《ほふ》る剣】を携《たずさ》えたまま小屋の扉を開けて外に出ると、すぐにヨルガが近づいてきて、俺の手からずしりと重い刀を受け取った。腰に回ってきた大きな手に自分の手を重ね、俺は雄の魅力に溢《こぼ》れた番《つがい》の顔を見上げ、榛色《はしばみいろ》の瞳と視線を合わせる。

「ヨルガよ」

「……何だ？」

「俺にもな。人並みに独占欲ぐらい、あるのだよ」

ぱちぱちと、何度か目が瞬《またた》かれる。俺が口にした台詞《せりふ》の意味を、捉えあぐねたらしい。

「……アンリ、嬉しいのだが？」

とろりと言葉に蜜を含ませて囁《ささや》いてきたヨルガの顎《あご》を指先で掴み、下唇に噛みついてやってから、俺は笑う。

騎士団長、ヨルガ・フォン・オスヴァイン。パルセミス王国随一の騎士にして、俺の、唯一の番《つがい》。

「渡さないさ……誰であろうとも」

敵の、真の狙いが。

薄幸のシラユキ姫ではなく――ヨルガ、お前だとしても。

第三章　リサルサロス

パルセミス王国からユジンナ大陸の東端に位置するヒノエ国に赴《おもむ》こうとする場合、大別すると二つの行程が考えられる。

一つは、シラユキ姫達一行がパルセミスを訪れる際に通った南回りの行路。

そしてもう一つは、王都から真っ直ぐ東に進んでセムトアに入り、パルセミス王国の東に位置する巨大国家、リサルサロスを横断してヒノエに到る北回りの行路だ。

リサルサロス王国はパルセミス王国と同じくユジンナ大陸の北側に位置する国家であるが、当然ながら竜の恩恵を受けている土地ではない。領土は広大ではあるものの肥沃とは言えず、農作物の生産が乏しい反面、国内に多数存在する鉱山を利用した製鉄などの工業が盛んだ。こちらを選ぶと多少険しい道を進むことになるが、上手くいけば十日ほどでヒノエまで駆け抜けることが可能である。

しかし、リサルサロスは常に食糧難と闘っている国であることから、肥沃な土地に恵まれたヒノエの領土を虎視眈々《こしたんたん》と狙っていることで有名だ。

もう一つ、パルセミス王国から海に出て船でヒノエに向かう経路もなくはないのだが、ユジンナ大陸の北海は複雑な海流と荒れくるう天候が名物である。とてもではないが、現実的な移動手段とは言えないだろう。

事前に協議した結果、シラユキ姫を連れた俺達はリサルサロス王国を横切る道程を選んだ。

これにはシラユキ姫を始め、ヒノエからの従者達は一様に驚いていたのだが、もちろん俺達には算段があっての選択だ。

「リサルサロスについて、どの程度のことを知っている？　シラユキ姫」

王都を出立し、馬車に揺られながら俺が投げかけた質問に、双子達から贈られた餞《はなむけ》の詰まった箱と花束を大事そうに抱えていたシラユキ姫は、対面の座席で小さく首を傾《かし》げた。

「私が知っているのは……以前からヒノエを傘下に収めんと画策している国であることと……その、国王陛下が」

「あぁ、有名だな。リサルサロス国王、ノイシュラ・ラダヴ・ハイネ……盲目の凶王」

リサルサロスの王都ネピメンは国土のほぼ中央に位置し、地下深くを流れるマグマの地熱で温められた、領内では比較的温暖な地帯に存在する。現国王ノイシュラは、今年で二十六歳になる青年王だが、在歴は既《すで》に十年を超えていた。彼は十五歳の時、実の父であった前王エイゴ二世を廃し、自らその王位に就いたのだ。

……なかなかの、血生臭い統治を続けている国家だな。

「ノイシュラ王は、生まれつき両眼に【魔眼】を宿していた。その瞳に見つめられた者は正気をなくし、彼をひたすらに盲信し、全てを投げ打って尽くしたくなる……そんな、厄介な瞳だ」

最初にその瞳の餌食《えじき》となったのは、ノイシュラ王の母である王妃と、父のエイゴ国王だった。まだよく見えぬ瞳を瞬《またた》かせ、温もりを求めて手を伸ばしてきた我が子に、両親は一瞬にして心奪われたという。二人はまだ生まれて間もない我が子からの寵愛を競って対立し、子供のように掴み合い、互いを口汚く罵《ののし》った。幸いにして魔眼の効果に永続性はなく、互いの臣下達によって引き離され、赤子のノイシュラが泣き出して目を閉じたおかげで、二人は正気を取り戻す。

すぐに高名な医師と賢者が招かれ、調査が重ねられた結果、ノイシュラの瞳はハイネ王家に旧く伝わる【魔眼】であるとの結論が下されたのだ。

「これまでにも、ハイネ王家には稀《まれ》に、魔眼の持ち主が生まれることがあった。だがそれは必ずどちらか片方の瞳にのみ現れるものであり、両眼に魔眼を宿して生まれてきたのは、ノイシュラ王が初めてだったそうだ」

それが片眼であれば、対処は簡単だ。眼帯などで魔眼のほうを塞いで日常生活を送り、有事にのみ外せば良い。一時的とは言え、魔眼の効果は絶大だ。どんな敵にも対処が可能な、正に切り札となってくれるだろう。

しかしそれが、両眼であった場合――

「両眼ならば……完全に、目隠しをする必要が出てくるな」

隣に座っていたヨルガの続けた言葉に、俺は頷《うなず》く。

「その通り。ノイシュラ王は両眼を黒い布で覆われ、幼少時代を光の遮《さえぎ》られた世界で過ごした。一方、魔眼に惑わされた者が正気に戻っても、惑わされていた間の記憶が消えたりはしない。蟠《わだかま》りができてしまった王と王妃は不仲になり、王妃は自らの産んだノイシュラ王の養育を拒否し、離宮に閉じ籠もるようになった」

そして、事件が起きた。

「ノイシュラ王が五歳の時だ。リサルサロス王国と小競り合いを繰り返していた南のダルデニア王国から、和睦を結ぶための使者が王都ネピメンを訪れた。ダルデニア王国の第二王子、ルーヴェント・モリス・ダルデニア。当時、二十六歳。近々王位を継ぐ長兄をよく支え、国内の治安にも尽力した、良い青年だったと聞く。彼は二十歳の頃、二国間が束の間の同盟を結んでいた時期にリサルサロスを訪れたことがあり、その経験を買われて和睦の使者に選ばれていた」

当時のノイシュラは、城にある裏庭の片隅に建てられた、小さな小屋で暮らしていた。共に暮らす使用人達はいたが、誰しもが彼の魔眼を恐れ、必要最低限の世話はするものの、それ以上彼に接触しようとはしない。幼いながらも自らの境遇を何となく理解していたノイシュラは、使用人達の目を盗んでこっそり目隠しを外し、花壇に咲いた花を愛《め》でることで、孤独を癒《いや》す生活を続けていた。

「ある日、幼いノイシュラ王が花を眺めている時に、見知らぬ青年がやってきた。ノイシュラ王は驚き、青年と目を合わせてしまった。それが、偶々《たまたま》裏庭を散歩をしていたルーヴェント王子だったのだ。ルーヴェント王子はたちまちノイシュラ王の虜《とりこ》になり、彼を抱き上げ、そのまま連れ去ろうとする。それを見咎《みとが》めたのが、王の近衛《このえ》を務めていた貴族出身の騎士だ。彼は連れ去られようとしているノイシュラ王に気づき、ルーヴェント王子を止めようとした結果、正気を失って剣を抜き襲い掛かってきたルーヴェント王子を殺《あや》めてしまう」

その騎士は、エイゴ王の、末妹の婚約者だった。

魔眼に惑わされた相手とは言え、他国の王子を殺害してしまった責任は負わなければならない。

青年騎士は斬首の刑に処され、王の末妹は後に自ら毒を呷《あお》って自死した。

「目撃者の証言もあり、ルーヴェント王子に非があったのは明白だったが、ダルデニア王国側からの反発は大きい。和睦にまで漕ぎ着けた話が白紙に戻る気配を感じた王は、大衆の面前で、ノイシュラ王の両眼を目隠しの上から斬り裂き、そのまま冬の荒野に捨てた」

「……ひどい」

シラユキ姫が、幼い表情を歪《ゆが》めて唇を噛む。

確かに残酷な話ではあるが、この判断は、統治者としてはあながち間違ったものとも言えない。

第一王子を自ら罰することで責任を取り対外的に面目を保ち、同時に国内で燻《くすぶ》る不穏の可能性を除外する。非道と取られても、国家の安寧《あんねい》という大義のもとであれば、それは正義の側面も持ち合わせる。

「……ただし、それがこのでき、、、すぎた物語の真実であれば、だが」


パルセミス王国の王都を発って、三日目の夜。

シラユキ姫と従者達を伴った俺達の一行は順調な旅程を辿り、セムトアとリサルサロスの国境手前にある街に着いていた。

明日は、遂《つい》にリサルサロス王国に入ることになる。昨晩は車中泊で夜を越えたが、今夜はしっかり身体を休めるために、街にある宿屋に泊まることにしている。

シラユキ姫と従者達はそれぞれに充てがわれた部屋で眠りに就いているし、護衛の騎士達は交代で見張りを続けながらそれぞれ休息を取っていることだろう。

俺とヨルガは同じ部屋に入り、大きな桶に運んでもらった湯で互いに身体を拭《ぬぐ》い合《あ》った後、俺はヨルガの身体を下敷きにする形で腕に囲われ、ベッドの上に寝転がった。

明日からが、この旅程の本番と言っても過言ではない。

俺がシラユキ姫に語っていたリサルサロスの内情を、感想を交えて振り返っていたヨルガに、シラユキ姫には聞かせなかった事実を囁《ささや》く。

「できすぎた物語？」

聞き返してきたヨルガの顎《あご》を撫《な》でつつ、俺はもう片方の腕で、彼の胸板の上に頬杖をつく。

「例えばヨルガ。お前の息子が……シグルドかリュトラが両眼に魔眼を宿して生まれてきたとして、他人を勝手に惑わしてしまう魔眼を持つ我が子を、お前はどうする？」

「俺ならば……教育するな」

ヨルガの答えは、真っ直ぐな模範解答だ。

「そう、それが普通なんだ。両眼を使えずとも日常生活が送れるように練習させる。物心がつけば魔眼のことを正しく教え、無闇にその力を使わないように、しかし、いざとなれば自らを守る武器となるように、教育を施す。それが、親だ。子を思う心があれば、貴族だろうと国王だろうと、その方針は変わらん」

ましてや、両眼に宿ってしまったとは言え、それはハイネ王家に稀《まれ》にしか現れない、希少な魔眼。両親を一度に魅了してしまったという話も、見方を変えればそれだけ強力だという証明だ。第一王子のノイシュラを冷遇する理由としては、正しくないように感じられないだろうか。

何処《どこ》の国でもそうであろうが、国家の中枢に起きた不祥事は、後付けの理由を重ねて誤魔化されがちだ。しかもそれが王と王妃の間に生まれた第一王子と絡むとなれば、尚更。

「全てが、できすぎている。両親が赤子のノイシュラ王に魅了されたことも、それが理由で王と王妃が不仲になったことも、和睦の使者がダルデニア王国の第二王子であったことも。……その第二王子が偶々《たまたま》、裏庭まで足を運び、幼いノイシュラ王に出会ったことも」

「っ！」

「リサルサロスの前王エイゴ二世と王妃クラレスは、親子ほどに歳《とし》の離れた夫婦だ。ノイシュラ王が生まれた時、エイゴ二世は既《すで》に四十歳になっていたが、王妃クラレスはまだ十八歳だった」

「……まさか」

「二十歳の折、ルーヴェント王子は賓客として、王城に滞在していたらしい。ノイシュラ王が生まれたのは、だいたいその一年後だ。そして、ダルデニア王家の直系は、特徴的な瞳を持って生まれることで有名。魅力的な……瞳の中で花が咲くと称されるほどに、美しい瞳だ」

今、ヨルガの頭の中で、パズルのピースが一つ一つ、裏返されていることだろう。

赤子の瞳の中にあったのが、魔眼ではなく、王以外の誰かの血を引く証拠であったなら。

王と王妃の諍《いさか》いは、魔眼に操られたものではなく、正しく互いを罵《ののし》るものであったとしたら。

王妃は離宮に閉じ籠もったのではなく、閉じ込められたのだとしたら。

二十歳の時にリサルサロスを訪れていた第二王子――王位を継ぐ兄に次いで重要な立場にあった青年が、わざわざ身の危険を冒してまで和睦の使者となって王都を訪れた理由は何か。

その王子が、城の裏庭で幽閉に近い育てられ方をしていた幼いノイシュラ王を連れ去ろうとしたのは、何故《なぜ》か。

責任を負う名目があったとしても、我が子の両眼を躊躇《ためら》いなく斬り裂いた、エイゴ王の行動は。

嵌め合わされたパズルの、美しく描かれていた表の絵柄を裏返して現れるもの。

そこに示された事実は、如何《いか》にも。

「……穢《けが》らわしい」

眉根を寄せ、吐き捨てるように呟《つぶや》いたヨルガの頬に掌《てのひら》を滑らせ、背中を伸ばし、噛みしめられた唇を舐《な》めて、俺は笑う。

ヨルガの台詞《せりふ》は、おそらく、過去の自分に向けてでもある。俺の妻となることが定められていたユリカノと一夜の過《あやま》ちを犯し、彼女を孕《はら》ませた過去を持つヨルガ。

既《すで》に和解済みの件であるし、何よりそれはこの世界を舞台としていた『乙女ゲーム』のシナリオによる強制力があってのことだ。突き詰めれば『悪の宰相』であった俺のせいでもある。まぁそこは、ヨルガに教えたりはしないが。

「ヨルガ。もう、終わったことだ」

「……っ」

「お前の過《あやま》ちがあるからこそ、シグルドもリュトラも、ジュリエッタも生まれてきた」

「だが、お前は苦しんだ」

俺を映した榛色《はしばみいろ》の瞳が、苦悩を堪えて揺れている。

「構わん……その対価として、お前が手に入った。充分に釣りがくる」

「……アンリ」

声を震わせたヨルガは、俺を囲った腕に力を込め、そのまま深く口づけてきた。身体の位置を入れ替えられ、ベッドの上に押し倒された後は、貪《むさぼ》るように身体を求められる。

明日からも馬車の旅が続くのだからと、身体を重ねる行為は控える約束だったのだが。

まぁ、仕方がないだろう。

どう繕《つくろ》っても、俺も唯一の番《つがい》には甘い。

扉の外で護衛をしてくれていた騎士達が、翌朝明らかに寝不足の表情をしていたのには、流石《さすが》に悪かったと思ったが。

「……では行こうか、リサルサロスへ」

ヨルガの声を合図に、ヒノエに向かう一行の列は、再び動き始めた。

黒豹と称される勇猛な将軍と。

盲目の凶王が待ち受ける、血塗られた国へと。

† † †

幼い日のノイシュラが、最後に見た光景は――

胸に紅い花弁を散らしながら、白い花が咲いた花壇の中に倒れていく、優しい人の姿。

裏庭に建てられた粗末な小屋に押し込められていたノイシュラは、温もりを知らずに育った。穢《けが》らわしい、悍《おぞ》ましいと父王からさえ忌み嫌われ続け、いつも一人ぼっちだった。寝る場所や食べ物に困ることはなかったものの、誰もがノイシュラを恐れ、彼に触れることを嫌がった。

だけど、あの日裏庭の花壇で初めて出会った、深い青色の瞳を持つ青年は、幼い身体を宝物のように抱き上げ、驚くノイシュラの頬と額《ひたい》にキスをしてくれた。

何も心配いらないよ。

これからは、私が君を守るから。

一緒に、私の国に帰ろう。

それは、ノイシュラが初めて得た、無償の愛だった。

子を思う親が、自然と捧げてくれるもの。

とてもありふれた、だけど子供にとっては、光のようなもの。

恐る恐る手を伸ばし、しがみついた胸元は温かく、包むように抱きしめる腕は、我が子を想う慈愛に満ちていた。

しかしその幸福は、瞬《またた》く間もなく奪われる。

青年の胸を剣で貫き鬼の形相を浮かべた父王が何を叫んでいたかは、もうあまり覚えていない。

ただ光を喪《うしな》っていく青年の瞳がそれでもノイシュラを見つめ、怖がらせまいと微笑《ほほえ》んでくれたその美しさだけは、視力を失ったノイシュラの脳裏に今なお焼き付いている。

両の眼を切り裂かれ、無人の荒野に捨て置かれたノイシュラを拾ってくれたのは、当時リサルサロス国内において蛮族と卑下されていたムタニ族の子供、タイガだった。

ムタニ族は始祖に獣人を持つ一族であり、その血が薄れてきた今代でも、高い身体能力を誇る。

族長の息子タイガは当時十歳と幼かったにもかかわらず、魔眼に呪われている上、ムタニ族を迫害し続けてきた王族の子を助けるなどとんでもないと反対する大人達を納得させるために、ノイシュラを受け入れてくれるならば次期族長の座を放棄すると自ら宣言した。

ムタニ族の中で、族長は一族内の尊敬と権力を一身に集める立場だ。血筋的にも能力的にも、次期族長の筆頭候補であったタイガの言葉に、子を持つ族長の側室達は色めき立った。一方、タイガの母である族長の正妻タビヤは、元は女傑と称された女戦士であっただけあり、タイガの提案を「息子が自ら決めたこと」と後押ししてくれた。

そうしてムタニ族の一員となったノイシュラは、タイガの弟としてタビヤに育てられる。タビヤは目が見えないからとノイシュラを甘やかすことはせず、全てを誰かに頼るのではなく、できることは自ら行えるようにと厳しく躾《しつ》けてくれた。やがてノイシュラの瞳を裂いた傷が癒《い》え、視力が戻らずとも瞼《まぶた》を開くことはできるようになる。タイガとタビヤは、そんなノイシュラの瞳を目にすることで、国王エイゴの罪に気づいた。

憤《いきどお》るタイガを諫《いさ》めたタビヤは、離宮に「引き籠もっている」と言われていた王妃クラレスのもとを秘密裏に訪ねる。だが、彼女は離宮にいなかった。王妃は国王エイゴ二世の指示で辺境の地下牢に幽閉されていたのだ。

ムタニ族の手で地下牢から救い出された時、彼女は既《すで》に衰弱死の一歩手前だった。それでも、ノイシュラと再会したクラレスは涙を溢《こぼ》して喜び、ノイシュラの本当の父である、ルーヴェント王子の話をしてくれる。

親子ほどに歳《とし》の離れたエイゴ二世に無理やり嫁《とつ》がされ、息苦しい思いをしていたクラレスがお忍びで街に行った時に出会った、ダルデニア王国の第二王子ルーヴェント。国王エイゴ二世は若く美しい妻を人前に出すことを嫌がり、クラレスを公《おおやけ》の場に連れていく機会が殆《ほとん》どなかった。だからルーヴェント王子は、クラレスが王妃と知らない。二人は若い男女として出会い、互いに恋に落ちたのだ。やがてリサルサロスとダルデニアの関係が不穏な気配を帯《お》び始め帰国することになったルーヴェントは、クラレスを妻として娶《めと》り自国に連れ帰りたいと願い出た。そこで初めて、彼女が王妃であることを知る。

救いようのない、愛だった。

叶えようのない、想いだった。

ルーヴェント王子は断腸の思いでクラレスを残してリサルサロスを去り、やがてクラレスは、自らの懐妊に気づく。

十月《とつき》後に生まれたのは、両眼にダルデニア王家の男子が持つ特徴を色濃く宿したノイシュラだった。

ノイシュラの瞳を目にした国王は、妻の不貞を知って激怒したが、既《すで》に王子誕生の報《しら》せは国内全土に知《し》れ亘《わた》っている。国王はクラレスを地下牢に幽閉する一方で、ノイシュラを安易に殺すことなく、ルーヴェント王子を自国に呼び寄せるための餌《えさ》として手許に置いた。

そして、あの惨劇が起こる。

全てを語り終えたクラレスはノイシュラの手を握り、生まれたばかりの息子を守れなかったことを詫《わ》びた。ノイシュラは手探りで生母の顔を撫《な》で、指で輪郭を辿り、かつて父がしてくれたように、その額《ひたい》と頬に口づける。クラレスは微笑《ほほえ》み、それから数日の後に、穏やかに天に召された。

そして、出生の秘密が明かされても、ノイシュラに対するムタニ族の態度は変わらなかった。ノイシュラと年の近い若者達は、俺達の可愛い弟にあんなひどい国王の血が流れてなくて良かったじゃないかと笑う。大人達は、お前の瞳から光が失われても、心の光は灯り続けていると頭を撫《な》でてくれた。

このままムタニ族の一員として、静かに暮らしていけたら、それだけで良い。

そんなノイシュラの願いは、どこからか彼の噂を聞きつけた国王エイゴ二世の手によって、無残にも打ち砕かれる。

ある日、ムタニ族の集落を、リサルサロスの国王直営軍が急襲したのだ。

彼らはムタニ族に王妃クラレス殺害の汚名を被せ、理由も説明も何もなく、一族を根絶やしにすると一方的に宣言した。

当時の族長は、側室の産んだ前族長の子で、タイガの兄だった。彼は、自分を国王軍に差し出してくれと懇願したノイシュラの首筋に手刀を打って気絶させ、絶句するタイガの腕に預ける。更に、女子供とタイガを含めた一族の若者達を、集落から逃げさせた。

大人達は、彼らが逃げる時間を稼ぐために、敢えて集落に残った。如何《いか》に身体能力に優れた一族でも、鎧《よろい》を纏《まと》った軍勢との圧倒的な数量の差には対抗できない。足止めとして残った大人達は皆殺しにされ、族長であったタイガの兄は、その首を城門に晒された。

昏倒したままタイガに連れられて逃げ延びたノイシュラは、慟哭《どうこく》する。

自分が一族に拾われなければ、いっそ自分が生まれてこなければ、こんなことにはならなかったのに。

泣き喚《わめ》くノイシュラを、タイガはその日初めて殴りつけた。

お前を兄弟と愛した自分達を、一族の子と慈《いつく》しんだ大人達を、愚弄するつもりかと。

ノイシュラはタイガに縋《すが》りついて啜《すす》り泣《な》き、掌《てのひら》で包み込んだ兄の頬も涙に濡れていることを知る。

この哀しみを、この憤《いきどお》りを、忘れてなど、やるものか。

ノイシュラとタイガは、ムタニ族の無念を必ず晴らすと、互いに誓い合った。

各地に逃げていたムタニ族の生き残りと合流し、女子供を率いていたタビヤとも再会を果たした二人は、流浪の民となりながらも次第に頭角を現す。元々、エイゴ二世の治世は圧政と悪評が高い。国内外に多くの協力者を得たムタニ族は、新たな族長となったタイガと彼を支えるノイシュラのもとに集い、リサルサロス王国に反旗を翻《ひるがえ》す。

それから一年に及ぶ抗争の果て、遂《つい》に国王エイゴ二世は追い詰められ、反乱軍に捕らえられた。

命乞いをする父王の首を、黙したノイシュラは、目が見えずとも一刀で刎《は》ねる。

こうして、ハイネ王家の直系に流れる魔眼の血筋は、途絶えた。

† † †

「……帰ったか」

リサルサロス王国の中心。王都ネピメンに建てられた王城の中に、磨き上げた大理石の床と高い天井を持つ王の間があった。

冷たい玉座に一人腰掛け、聴き慣れた足音が近づくのを待つのは、傷痕の残る両眼を閉じた青年王だ。

盲目の凶王、ノイシュラ・ラダヴ・ハイネ。

十年前にクーデターを起こして当時の国王を廃し、王位に就いた彼は、義兄弟のタイガを将軍に据《す》え、エイゴ二世の息が掛かった有力貴族達や商人達を有無を言わさず粛清して回った。

あまりにも淡々と、そして平然と繰り広げられるその惨劇に、ノイシュラにつけられた呼び名が「盲目の凶王」だ。

「ノーラ、戻ったぞ」

「タイガ、お帰り」

謁見室を兼ねた王の間の扉を開き、遠慮なく玉座のもとまで大股で歩いてくる、長身の男。それが、黒豹将軍、タイガ・ウル。

ムタニ族に身を寄せたノイシュラを拾った人物であり、現在はムタニ族を束ねる族長でもある。ノイシュラが誰よりも愛し、心から信頼する義兄弟だ。

「首尾はどうだ？」

「……予定通り、手土産は渡してきた……が」

タイガの言葉は、珍しく歯切れが悪い。

隣国ヒノエに住み着いた大蛇のことは、ノイシュラもタイガも、よく知っていた。ヒノエの姫君がリサルサロス王国を迂回《うかい》してパルセミス王国にまで赴《おもむ》き、騎士団長ヨルガに協力を仰《あお》いで、それが国王から承認されたとの情報も入っている。

リサルサロスはここ数年の間、ヒノエに何度も、大蛇討伐の協力を打診していた。それはもちろん、食糧流通などの下心があってのものではあるが、それだけが理由でもないのだ。ゆえに、ヒノエ国側が取った行動は、リサルサロス側の意向を無下にするものであり、元々良くない二国間の間に余計な緊張を与えかねないものだった。

ところが、慎重に動静を見守っていると、パルセミス王国の騎士団長ヨルガと同行したヒノエの姫君達は、驚いたことに帰路にリサルサロス横断の道を選ぶ。

余程騎士団長の腕前に自信があるのか、水面下で蠢《うごめ》く策が何かあるのか、それとも単なる蛮勇か。

ノイシュラは、まずはヒノエの姫君一行に付き添うパルセミス王国側宛てに、土産《みやげ》を届けることにした。

パルセミス王国にて、現国王即位の直前に勃発《ぼっぱつ》したクーデター。騎士団長を始めとした忠臣達の手腕で事《こと》なきを得たとされているが、あのクーデターの協力者達は、周辺国家に数多く潜伏している。ノイシュラは情報を集め、リサルサロス国内に潜《ひそ》んでいたクーデターの協力者達を探し当て、彼らの首を須《すべか》らく刎《は》ねて、それぞれ首桶に詰めた。それを、パルセミス王国の一行が宿泊する宿に届けてやったのだ。

あからさまな牽制と威力偵察。

そんな首桶を届ける危険な役割を買って出たのは将軍のタイガ。止めても無駄だと経験上分かっているノイシュラは溜息《ためいき》をつきつつ、帰ってこないと許さないと言い含め、彼を国境近くの町に送り出した。

そして、二日後。

物見からの報告通り、セムトアから国境を越えて一日ほど馬車で進んだ町に宿を取っていた一行のもとに、タイガの手で首桶が届けられる。

「――何か、問題でも？　騎士団長は、どんな相手だった」

「問題と言えば、問題だな……騎士団長は、アレだ。聞きしに勝る、武神の申し子だ。一目で、俺では勝てぬと分かった。相討ちが狙えれば、御の字と言ったところだ」

「……それほどの強さを誇るのか」

見えない瞳を見開き、ノイシュラは低く唸《うな》る。

「だがノーラ。本当の恐怖は、そちらではない。騎士団長のほうでは、ないんだ」

「……どういう、ことだ？」

「ヒノエの姫君を連れた騎士団長の一行。……それに同行していた、あの男」

タイガは、脳裏にその姿を思い浮かべた。

手渡された首桶の中を覗き込み、唇の端でうっそりと笑った、若く美しい男。

これは良いものをご丁寧に有り難うございますと、頭を下げて嘯《うそぶ》く唇は赤く、嫣然《えんぜん》としていて。

そこから立ち話で軽く交わした言葉の応酬に、タイガの背筋は凍りついた。

「恐ろしいほどに、見抜かれていた。俺とお前の関係も、リサルサロス内で流布《るふ》されている話と異なる、真実も。……俺達とスサノイが、友であったことも」

「……なん、だって」

流石《さすが》のノイシュラも、愕然《がくぜん》とする。

それは近臣達のみならず、二人の母であるタビヤすら知らない、ノイシュラとタイガだけが持つ秘密のはずだ。

何年も前から、ヒノエの次期国主と目されていたスサノイと育《はぐく》んでいた、確かな友情。

「事《こと》もあろうに、奴はお前に面会を求めている。……ヒノエの姫君も同行するとのことで、断れなかった。数日のうちに、訪《おとな》いを受けるぞ。取り敢えず、出迎えの準備を急がせている」

「タイガ……教えてくれ。いったい誰なんだ、その、人物は」

ノイシュラの問いかけに、タイガは小さく、息を吐く。

「……アンドリム・ユクト・アスバル。パルセミス王国の元宰相にて、最後の賢者と謳《うた》われている男。古代竜の寵愛を受けし銀月の乙女の、実の父君だ」

† † †

ヒノエの第一王子スサノイは何故《なぜ》、八つの首全てを弱体化させてからではなく、最後の一つを残した状態で大蛇討伐に挑んだのか。

旅立つ前、オスヴァイン家の屋敷にてシグルドが首を傾《かし》げていた、あの疑問。

必ず勝てる方法があると分かっているのに、敢えてそれを選ばなかったと言うのならば……

そこには必ず、何らかの理由がある。

「……それが、ノイシュラ王だと？」

「おそらくは。従者達から聞いた話で予想はつけていたが、黒豹将軍の顔色を見る限り、間違いはないだろう」

両脇をリサルサロスの兵士達に囲まれたまま進む馬車の中で、俺はヨルガとシラユキ姫に、リサルサロスの王城を訪問する理由について説明していた。

数日前、俺達がリサルサロス国内に入って最初に取った宿屋を、一人の大柄な男が訪れた。

漆黒《しっこく》の髪に、猫科の獣を思わせる金色の瞳。剥《む》き出《だ》しの腕や顔には、幾《いく》つもの大きな傷痕。粗野な外見とは裏腹に丁寧な態度で来訪の挨拶をした黒豹将軍タイガ・ウルは、自分はリサルサロス国王直々の使者だと俺達に告げた。

供も護衛兵も付けず、ヨルガと護衛の騎士が居並ぶ場所に単騎でやってくるとは、なかなか豪胆な人物と見える。宿屋の主人が平伏している様子からも、本人で間違いはないだろう。

パルセミス王国側の代表として俺が応対すると、馬の鞍《くら》に下げてきていた首桶を、土産《みやげ》代わりにと渡された。

青褪《あおざ》めるシラユキ姫を従者達の手に預け、俺とヨルガは首桶の中身を確かめる。首の持ち主は、先日パルセミス王国内で勃発《ぼっぱつ》したクーデターにおいて、リサルサロス国内での協力者だったと判明していた貴族の一人だった。

王城には残りの首も準備しておりますと説明されて、俺は微笑《ほほえ》みながら、それに謝意を返す。

そして、宜《よろ》しければこちらからも陛下にご挨拶に伺いたいと申し出ると、男は金色の目を少し見開いた。

「あぁ、申し遅れました。私はアンドリム・ユクト・アスバル。パルセミス王国にて、宰相閣下の相談役を務めております」

「！　貴殿が、パルセミスの賢者と名高いアンドリム殿か」

「賢者かどうかの判断はいたしかねますが、アンドリムと呼ばれるのは、現状、私めだけにございますれば」

「……先だってのウィクルム陛下ご即位の際には、国内情勢の平定に大きく貢献されたとか。我が君も、貴殿には並々ならぬ興味を抱いている」

「おや、それは光栄に存じます」

俺はヨルガに軽く視線を送り、ウィクルム陛下から預けられていた親書を受け取ってタイガに差し出す。

「国王ウィクルム・アトレイ・パルセミスより、リサルサロス国内の横断を許していただきたい理由の説明と、併《あわ》せてノイシュラ陛下に親交を希《こいねが》い奉る親書を預かってまいりました。タイガ将軍より陛下にお伝え願えれば幸いです」

「……承知した。伝えよう」

差し出された親書を迷いなく手にするタイガに、俺は「ふむ」と小さく声を漏らす。すい、と真っ直ぐ向けられた視線に再び笑いかけてからが、俺の得意とする揺さぶりの始まりだ。

「成るほど、貴方様は余程、ノイシュラ陛下の信頼を得ていらっしゃると見える」

かけた言葉に、タイガは僅《わず》かに瞳を眇《すが》めた。

「……何が言いたい?」

「恐れながら、私の聞き及ぶ限りでは、ノイシュラ陛下は視力に障碍《しょうがい》を持たれているとのこと。なれば持参した【親書】は直接お渡しするか、複数の証人がいなければ、普通は信憑性《しんぴょうせい》に欠けるでしょう。しかし貴方様は、躊躇《ためら》いなくそれを受け取った。……つまり、貴方様の言葉であれば、ノイシュラ陛下は疑わない」

「フ……確かにノイシュラ陛下は、私の言葉に疑いを持たないだろう。私と陛下は、義兄弟。私は誰よりも陛下から信頼を得ていると自負しているし、その逆もまた然り。陛下を裏切るぐらいならば、私はいっそ死を選ぶ。……それに親書の持つ信憑性《しんぴょうせい》に関して、懸念を抱く必要などない」

俺とヨルガから少し離れた場所で従者達に守られているシラユキ姫を見つめ、タイガは僅《わず》かに笑う。

「我々の目的は、別にある。貴殿には申し訳ないが、パルセミスとの友好は、二の次だ」

「……ほぅ」

「ヒノエのシラユキ姫。……まさか、自らリサルサロス国内に飛び込んでくるとはな。どうだろう、賢者殿。姫君を我らに預ける気はないか？　もちろん見返りは、充分に用意する」

「おやおや。シラユキ姫を手中に収めて、如何《いかが》されるおつもりですかな？」

解答の分かり切った質問ではあったが、俺が口にした問いかけに、タイガは小さく鼻を鳴らして答えた。

「知れたこと……シラユキ姫の身柄がリサルサロス《こちらがわ》にあると知らしめれば、ヒノエ国側も、我が軍の救援を受け容れざるを得ない」

「成るほど」

「ヒノエも、最初からおとなしく、リサルサロスの軍門に降《くだ》っておけば良かった。それに、シラユキ姫にとっても、悪い話ではない。我が君は、未だ独り身だ。親子以上に歳《とし》の離れた男に妾《めかけ》として嫁《とつ》ぐより、陛下の正妻候補になっていたほうが、処遇が良い」

「……ククッ」

不意に笑い出してしまった俺に、不審そうな視線が向けられる。

「これは失礼」

クックッと、喉の奥からこみ上げる笑いの衝動を、堪え切れないフリをする俺。

ノイシュラとタイガは、スサノイ王子の大事な弟であるシラユキ姫を人質の名目で俺達から保護し、ヒノエで繰り広げられている跡目争いから遠ざけてやりたいのだろう。

「パルセミスの賢者殿よ。何がおかしい」

「いやはや。まったくもって、友情に篤い方達だ」

「……っ？」

「前もって、お伺いしていたのですかな？　身体の弱い、ご兄弟の話を。……ご友人の、スサノイ王子より」

タイガの瞳が、一瞬だけ驚愕《きょうがく》に揺れた。それは瞬《まばた》きをするほどの間だけ見せた僅《わず》かな揺らぎであったけれども、俺が確証を得るには充分だ。

「……意味が分かりかねる」

「おっと、そうですか。……まぁ、私は構いませぬが」

ついと、芝居がかった仕草で伸ばされた俺の指先が差し示すのは、幼いシラユキ姫の横顔。

「騎士団長殿は紳士ですからなぁ。もちろん、幼い姫君に手を出す趣味は持ち合わせていませんん。……しかし、しかし万が一にでも」

態《わざ》とらしく。

俺は一旦、言葉を切る。

「ヒノエ国側が、偽《いつわ》りを申し出ていたならば。……例えば、大蛇討伐の暁《あかつき》には、騎士団長の妾《めかけ》となる約束を交わした姫君。その【姫君】が、実は存在しないとか」

「……っ」

「そんな、虚仮《こけ》にされるような仕打ちを受けたとすれば。流石《さすが》の温厚な騎士団長でも、黙ってはいないでしょう」

タイガの顔色は、変わらない。

しかしその金色の瞳は、言葉よりも雄弁に俺への敵意を伝えてくる。

「リサルサロス王国には敵いませぬが、我が国にも、鉱山奴隷の制度はございます。鉱山送りにされた見目麗《うるわ》しい咎人《とがびと》の末路は、男女問わずして……ククッ、悲惨の一言に尽きないことは、ご存じのはず」

ジリ、と。

俺を見つめるタイガの眼差《まなざ》しに、殺気が混じる。

「……外道が」

舌打ちしながら吐き捨てられた台詞《せりふ》は、毎度のことながら、俺への褒め言葉だ。

それでも、今ここで争っても勝ち目が欠片《かけら》もないことは理解できているのか、タイガは剣を抜こうとはしない。流石《さすが》に大国の将軍と言ったところか。

「外道、大いに結構。貴方様の敬愛するノイシュラ陛下とて、血で血を洗うような革命を成《な》し遂《と》げられた……その上」

対外的に見做《みな》されている、ノイシュラ王の経歴。魔眼を恐れ、幼い自分の両眼を潰した父王の首を刎《は》ね、自分を顧《かえり》みなかった生母をも暗殺した、盲目の凶王。

だがその噂は、世論を欺《あざむ》くためのもの。

「見事、お父君の仇《かたき》を討たれましたこと……このアンドリム、感服しておりますぞ」

「っ！」

今度こそ、タイガの肩が、目に見えて揺れ動く。

「シラユキ姫をお預けすることはできませぬが、是非ご挨拶に伺いたいと考えていたところです。ノイシュラ陛下のご許可を頂けるのであれば、シラユキ姫ご随伴《ずいはん》のもと、ネピメンまで推参いたしたく存じます」

動揺を隠し、軽く唇を噛んだまま、俺を見下ろす瞳。

……良い眼差《まなざ》しだ。かつてのモリノやヨルガを、彷彿《ほうふつ》とさせる。

「……目的は」

「それは直接、ノイシュラ陛下に……【瑠璃《るり》に咲く花】の君に、申し上げましょうか」

「っ……貴様」

俺が口にした【瑠璃《るり》に咲く花】は、ダルデニア王家の男子にのみ現れる、特殊な光彩をした瞳の呼称だ。深い青色をした光彩の中で、赤みを帯《お》びた花が花弁を開いているようにも見える、美しい瞳。前世の世界では『アース・アイ』なんて呼ばれていたな。

ノイシュラ王の、本当の父親が、誰なのか。

視力を失ったとはいえ、一般的に、ノイシュラ王の瞳は【魔眼】だと思われている。うっかりノイシュラ王が瞼《まぶた》を開いていたとしても、それを正面から見つめる相手など、皆無だったに違いない。だからそれは、結束の固いムタニ族の生き残り達だけが知っている、悲しい真実。

……それを簡単に、言い当てられたのだ。

遂《つい》に、俺に対する敬称が取れてしまったタイガの台詞《せりふ》に、俺はただニヤリと、唇の端を吊り上げて嗤《わら》ってみせた。

ヒノエからの客人を受け入れて、一月余り。シラユキ姫の治癒を待つ間、俺やモリノを始めとした文官達は、のうのうと過ごしていたわけではない。

俺は大陸の各地に潜伏させていた密偵達に指示を出し、現在ではなく、過去十年ほどに亘《わた》るリサルサロスとヒノエの関係について、情報を集めた。そこで見えてきたのは、奇妙なまでの、ある【時期】の一致だ。

リサルサロス王国と、東国ヒノエ。隣り合っていながらも、長年諍《いさか》いの絶えない、犬猿の仲と呼ぶに相応《ふさわ》しい二国。小競り合いを続けていた二国は、十年ほど前から、ぱたりとそれを止めてしまった。

その理由は、容易に予想できる。ヒノエに、大蛇が出現したからだ。当然ながら、リサルサロスと争いをしている場合ではない。

それから五年ほど経過した後。二国間の物流に、不可解な動きが現れ始める。

ヒノエの最西端——つまりリサルサロスとの国境に接した土地は、当時、元服を済ませたスサノイ王子に与えられていた。一方、リサルサロスの最東端は、将軍タイガ・ウルの領地となっていた。国境に接している場所であるがゆえに、どちらの国も、もっとも信頼のおける臣下にその地を任せたのだろう。国境を北進した先に広がる海域には海底火山があり、双方の領地にも、湯治に向いた温泉が湧いていると聞く。

どのような出会いがあったかは、流石《さすが》の俺にも、想像がつかない。

だがヒノエの第一王子と、リサルサロスの若き国王、そして彼を護《まも》る黒豹将軍。

彼らは人知れず、遭遇し、そして友誼《ゆうぎ》を育《はぐく》んだ。

おそらくは、いつの日か。二つの国が、手を取り合える未来を夢見て。

「その頃から、ヒノエ最西端の領地とリサルサロス最東端の領地間で、不定期な関税の緩和が見られる。リサルサロス側はヒノエから輸入される食糧に対しての関税、ヒノエ側には鉄鉱石と石炭を始めとした燃料にかけられる関税。リサルサロスの農作物が冷害に見舞われた時、ヒノエ国内が資材不足になった時、直接的な支援ではなく、物流を良くする形で、互いの国を援助する融通が交わされていた」

「それを、兄上が……？」

シラユキ姫の言葉に、俺は頷き返した。

——穏やかでない邂逅《かいこう》の後。

黒豹将軍タイガに王城訪問の許可を得た俺達は、リサルサロス王国側が改めて寄越した護衛の兵士達に囲まれる形で、王都ネピメンへと馬車を走らせている。

「間違いないな。調べさせたが、その時施行された関税の緩和は国家間条約ではなく、領地間で結んだ条例だった。それが可能なのは、スサノイ王子とタイガ将軍だけになる」

「当時のリサルサロスとヒノエの二国間にあった国民感情は、穏やかなものではない。いくらトップ同士が友好を得たからといって、おいそれと和睦を結べる状況ではなかっただろう」

俺の隣で、ヨルガも溜息《ためいき》をつく。

「過去の情報を集める傍《かたわ》らで、トリイチに聞いた大蛇の鏡についても調べさせた。霊力の高い大蛇の首を斬り落とし、頭からすぐに目玉を抉《えぐ》り出すと、それは鏡に変わる。その鏡は一度だけ、持ち主が望む【壊れた】ものを、どんなものであろうと【元に戻す】能力を持つ、霊鏡となる……」

「！　ではもしかして、兄上は」

「あぁ、そうだろうな。鏡を使って、ノイシュラ王の眼を治してやりたかったのだろう」

スサノイ王子はシラユキ姫の身体の弱さを「生まれつき」だと捉えていただろうから、鏡の対象から外したと予想できる。そして、八つ全ての頭に毒を回してしまえば、それは霊力の高い大蛇の首とは言えず、抉《えぐ》り出しても目玉が鏡にはならないかもしれない。

だからスサノイ王子は、八年目にして八岐大蛇《ヤマタノオロチ》に挑んだ。

【龍屠《ほふ》る剣】を、使えないままに。大切な友を、癒《いや》すために。

「八岐大蛇《ヤマタノオロチ》討伐に同行していたヨイマチに聞いたが、スサノイ王子は、ササラギ家に代々継承されていた太刀《たち》を振るう闘い方ではなく、低い姿勢で小太刀《こだち》を両手に構え、体術を交えて大蛇を翻弄する……そんな闘い方をしていたそうだ。それは、タイガ将軍が率いるムタニ族がもっとも得意とする闘法だ」

友から教授された技を身につけたスサノイ王子は、鉄の刃が通らぬ鋼《はがね》の鱗《うろこ》を持つ大蛇の首すらも落とすことができた。

しかしその後。何者かの手によって生命を断たれてしまう。

「それまで大蛇退治に対しては静観の立場を保っていたリサルサロス王国が、急に討伐の援助をヒノエ側に打診し始めたのは、それからだ。ノイシュラ王とタイガ将軍は、スサノイ王子が八岐大蛇《ヤマタノオロチ》討伐に失敗したものだと考えているのだろう。……ククッ、侵略行為のほうが、友の敵討ちに対する隠れ蓑《みの》とは……実に、面白い話だ」

「面白がっている場合か……？」

肩を揺らして笑う俺に、シラユキ姫は反応に困ったのか口を噤《つぐ》み、ヨルガは呆れた表情だ。

「まぁ、見ていろ。ノイシュラ王は頭が良い。隠された真実を知った後に、彼がどんな行動を起こすか……上手く事《こと》が運べば、シラユキ姫の大きな後ろ盾になってくれるはずだ」

俺の言葉と同時に、馬車の車体が一際大きく跳ねた。

窓から外を見ると、俺達を乗せた馬車は王都ネピメン近くの大きな河に架けられた橋に差し掛かっていた。その先に見えてきたのが、都の外周を黒い壁でぐるりと囲まれた、王都ネピメンだ。

「……さぁ、行くか」

盲目の凶王、ノイシュラ・ラダヴ・ハイネ。

申し訳ないが、お前の人の良さに、つけ込ませてもらうぞ。

第四章　ノイシュラとタイガ

リサルサロスの首都ネピメンは、都市の外周を黒い壁に囲まれた城塞都市だ。
陽が落ちるとこれもまた漆黒《しっこく》の城門が閉ざされ都市そのものは闇に溶け込む一方で、城壁の上から狙撃可能な範囲内に、街道を避ける形で多くの篝火《かがりび》が灯される。

リサルサロスには巨大な百足《ムカデ》の姿をした【ヤヅ】と呼ばれる魔獣が多く生息しており、日中は地中深くに潜《もぐ》っているのだが、夜になると地上に這《は》い出《で》て獲物を探し始める。肉食性のヤヅは非常に凶暴で牙に毒を持ち、尚且つ、無数の脚を使った移動は馬と等しいほど速い。一対一で遭遇すると、兵士でもない限り、大人でも生命はないだろう。

「リサルサロスの夜に事実上君臨していた魔獣ヤヅ。リサルサロスが抱え続けていたその問題を解決したのは、他でもないノイシュラ王だ」

馬車に揺られながら城門を潜《くぐ》り、整備された街並みを眺めつつ、俺は窓から外を指差して、シラユキ姫とヨルガの視線を城壁の上に誘導する。城壁の上に一定間隔でずらりと並べられているのは、据え置き型の弩砲《どほう》、所謂《いわゆる》バリスタだ。日中なので今は巡回の兵士が城壁の上を歩いているだけだが、夜間にはもっと多くの兵士が配置に就くのだろう。

「ヤヅの捕食行動は、光のない夜間が殆《ほとん》どだ。例えば蛇などは暗闇の中でも体温を感知して獲物を探すと言われているが、地熱の篭るリサルサロスの大地においてヤヅがどうやって獲物を探し出しているのか。それは長年の疑問とされていた」

ノイシュラ王は、辺境警備の兵士達やムタニ族の仲間達からヤヅの情報を集め、その行動パターンを分析した。

獲物の臭いを嗅いでいるのではないか、音を聞いているのではないか、実は目がとてつもなく良いのではないか。

それまでにも様々な仮説が立てられていたヤヅだが、盲目であるノイシュラ王だからこそ理解できる方法で、獲物を探し当てていることが判明した。

「それは、振動だ。人が地面を踏みしめて歩くことで、奏《かな》でられる僅《わず》かな振動。ヤヅはそれを感知して、獲物の大きさと位置を把握し、捕食の道標としていたんだ」

「振動……？　そんなことができるのですか？」

目を丸くするシラユキ姫に、俺は頷《うなず》き返す。

「人間よりも感覚が遥かに鋭敏な生物は多い。通常、人間は情報収集の大部分を視覚に頼りがちだが、ノイシュラ王のように盲目である場合、聴覚や嗅覚、触覚などが格段に研ぎ澄まされる。実際ノイシュラ王も、手にした杖から伝わる振動で、周囲の大まかな地形把握ができるとの話だ」

「……凄《すご》いですね」

「もちろん、長年の研鑽《けんさん》とセンスも関わることだろうが。過去には、盲目でありながら、暗殺者《アサシン》ギルドの長に上り詰めた男もいたらしいしな。相手が盲目だからと油断してかかれば、痛い目を見るのは間違いない」

俺達を乗せた馬車は、やがて街の中心部に差し掛かった。円形の広場の中央には、やたらと目立つ鋼色の舞台が鎮座《ちんざ》している。

「あれが、ヤヅ対策の要《かなめ》だ」

「あの、鉄でできている大きな板が、ですか？」

「あの鋼造《はがねづく》りの舞台は特殊な構造をしていて、舞台の上で人が歩いたり跳ねたりすると、その振動が地下に埋められた鉄線を通じ、ネピメンの城壁外を囲む位置に幾《いく》つも設置された水晶の塊《かたまり》に伝わるようになっている。水晶は不思議な性質を持っていて、掛かった圧力に応じて……詳しい仕組みの説明は省くが、簡単に言えば、伝わってきた振動を増幅するんだ」

「成るほど」

ヨルガが顎《あご》を指で摩《こす》り、低く唸《うな》る。

「つまり、囮《おとり》だな？」

「……フフッ、流石《さすが》だな、ヨルガよ」

俺は隣に座ったヨルガの太い二の腕に、さりげなく触れた。

服の生地越しでも充分に感じとれる筋肉の隆起を掌《てのひら》で辿ると、彼はちらりと俺を見下ろし、少しだけ笑う。

幼いシラユキ姫の目の前で堂々と戯《たわむ》れるわけにもいかないからな。ある意味この駆け引きも嫌いではないが。

「ネピメンの中央広場では毎夜宴《うたげ》が開かれていて、一日の仕事を終えた市民達と非番の兵士達が一緒になって酒宴を楽しんでいる。費用の大半が軍の運営費から提供されているので安く酒が飲める上に、奏《かな》でられる音楽に合わせ舞台の上で跳ね躍る行為が国王直々に推奨されていると言うのだから、面白いものだろう？」

「市民達が踊る振動が壁の外に置かれた水晶に伝えられ、増幅されたその振動に、ヤヅがおびき寄せられる仕組みか」

「然り。長い時間踊りすぎると足を痛めるので、酒宴は月が天頂に差し掛かるまでと定められているらしいがな。日中は地中を移動し、夜間には地上を徘徊して振動で獲物を探すヤヅにとって、ネピメンの周囲はご馳走が並べられているようなものだ。水晶は街道を避ける形で設置されているし、その傍《そば》には篝火《かがりび》が焚かれている。まんまとおびき寄せられ姿を見せたところを、城壁の上からバリスタで射抜かれるわけだ」

安全にヤヅを駆除する方法が確立された甲斐《かい》もあり、ヤヅの捕食による国民への被害は、ノイシュラ王の統治以降格段に減っていると聞く。朝になれば夜の間に駆除したヤヅの骸《むくろ》が城壁の周囲から回収され、その外殻や牙、毒などの素材は商人ギルドに卸されて加工される。なかなか良いシステムだ。

「統治者としての資質に限って言えば、ノイシュラ王は確実に名君だ。それでも彼が【凶王】と名指されるのは、父王をその手で殺害したからだけではない」

例えば、ノイシュラ王の暗殺を試みた貴族。

例えば、市民のために用意された支援金を着服した官僚。

例えば、浮気を咎《とが》めた妻に逆上し、暴力を振るった夫。

その罪の、大小を問わず。

その咎人《とがびと》の、貴賤を問わず。

ノイシュラ王の下す裁断は、ただ一つ。

「――首を刎《は》ねろ」

盲目の王から下される言葉を恐れる覚えのある腐敗貴族達はこぞって国を逃げ出し、リサルサロス国内には、領主不在の土地が溢れ返った。

ノイシュラ王は放棄された土地を一旦国有とし、貧困に喘《あえ》いでいた小作人達に安価で貸し出している。それによりリサルサロス国内での食糧生産率は跳ね上がり、産業が回り、前王の愚作で尽きかけていた国庫は、結果的に潤《うるお》った。

「……それでも、ノイシュラ王が下す裁断は未だに、唯一なのだよ」

白か、黒か。

無か、有か。

ノイシュラ王の采配は、単調であるからこそ恐ろしい。

難しいことを求めているわけではない。

何か代償を差し出さなければならないことでもない。

ただ、正しく生きろと、然らば我らが守ろうと。

ノイシュラ王と将軍タイガの率いるムタニ族の主張は、そんなところだ。

「……全くもって、凶王らしい思考をしている」

俺の言葉にヨルガはそうだなと頷《うなず》き、シラユキ姫のほうはきょとりとする。

これが一年ほど前までであれば、ヨルガもシラユキ姫と同じ反応を返していただろう。俺の毒に慣らされて、随分と柔軟な思考ができるようになったと見える。後で褒めてやらねばな。

「シラユキ姫。貴方も国主の一族であるならば、覚えておいたほうが良い。水清ければ魚棲《す》まず、と言ってな。清冽さと言うものは、ある程度までは好まれるが、度がすぎると、ろくなことにならんのだ」

そしてそれは必ず、何処《どこ》かで歪《ひずみ》を招く。

そうこうしているうちに、馬車は城門を抜け、王城の入り口に繋がる階段の下に横付けされた。

俺達を出迎えてくれたのは先日出会ったばかりのタイガだ。彼は賓客を迎える丁寧な一礼を一同に向かって披露した後、シラユキ姫に手を差し出して優しくエスコートをした。その金色の瞳に浮かぶのは、人質を手に入れた歓喜と言うより、寂寥感《せきりょうかん》を抱かせる静かな何かだ。

……若者は心情が見抜き易くて、面白くないな。

俺達はそのままタイガの案内で、謁見室を兼ねた王の間に誘われる。

先に話し合っていた通りに、シラユキ姫の傍《そば》には、アサギと呼ばれている少年従者だけを控えさせた。従者の中では一番無力なアサギをシラユキ姫の傍《そば》に置くことで、こちらには敵意がないと示した形だ。

王の間に続く扉を開く前に、両脇を固めていた兵士達が、タイガと俺達四人を残してすっと後ろに下がる。どうやらノイシュラ王が護衛を必要としないというのは、本当らしい。

重厚な扉が開け放たれた先には、白と黒を基調とした、飾り気のない無機質な空間が広がっていた。その中央に鎮座《ちんざ》する玉座に悠然と腰掛けるのは、端正な顔立ちの青年だ。

ノイシュラ・ラダヴ・ハイネ。リサルサロスの第一王子にして、王位簒奪者《さんだつしゃ》。

「陛下、パルセミス王国とヒノエ国からの客人をお連れしました」

ノイシュラ王に言葉をかけるタイガの声色は、柔らかい。それだけで、深い信頼関係を窺《うかが》わせる。

「タイガ、ありがとう。お客人方、遠路遥々《はるばる》、良くぞおいでくださった」

玉座から立ち上がったノイシュラ王は、迷いない足取りで玉座から俺達と同じ高さに下りてくる。

整った相貌《そうぼう》のこめかみから両眼の中心と鼻筋までも切り裂く、赤黒い傷痕。薄《うっす》らと開いた瞼《まぶた》の隙間から垣間見える、深海のようなディープブルー。

「……私はリサルサロス国王、ノイシュラ・ラダヴ・ハイネだ。奇縁が招いたこの出会いを、悦《よろこ》ばしく思う」

「パルセミス王国の元宰相、アンドリム・ユクト・アスバルにございます」

「パルセミス王国騎士団長、ヨルガ・フォン・オスヴァイン。陛下に拝謁が叶いましたこと、感無量であります」

「ヒノエ国国主、モトナリ・ササラギが娘、シラユキと申します」

「……貴方が、シラユキ姫か。それと、隣に控えている従者は……」

「アサギです。シラユキ姫様の身辺のお世話をさせていただいております」

謁見室での正式な自己紹介の場合、シラユキ姫の従者であるアサギは客人に換算されず、自ら声を上げることはない。ノイシュラ王が水を向けて初めて、名乗りが許される形だ。

因《ちな》みに、本来ならば宰相職も領主も退《しりぞ》いた俺も身分的にはアサギとそう変わらないのだが、ここは何となく、俺の態度のデカさで赦《ゆる》してもらうことにしよう。

「アサギ、か。良い名だ」

ふ、と。ノイシュラ王は、僅《わず》かに表情を緩める。

シラユキ姫の頬にゆっくりと伸ばされたノイシュラ王の手を振り払わなかったのは、その指先に欠片《かけら》も憎悪や打診が含まれておらず、タイガと同じように、ただ何かを懐かしむ気配だけが、満ちていたからだ。

目を丸くしつつも、微《かす》かな身動《みじろ》ぎだけでノイシュラ王の指先が触れるのを許したシラユキ姫の頬を、鼻筋を、目の下を。王の指の腹が、柔らかくなぞっていく。

「……あぁ、やはり。似ている、な」

亡くした、誰かを。

親しき友の名残《なごり》を見つけた、小さな微笑《ほほえ》み。

「シラユキ姫……スサノイの、大事な兄弟」

ノイシュラ王は顔を上げ、俺とヨルガが立っている辺りに見えない視線を注ぐ。

「……宜《よろ》しいのですか」

体面上は、スサノイ王子と、ノイシュラ王とタイガの三人は、赤の他人のはず。隠さないで良いのかと、確かめる俺の言葉に、ノイシュラ王は静かに頷《うなず》く。

「構わない。最後の賢者殿がおいでになっているとあれば、下手な隠し事は無意味。逆に、我らに不利益を招くだろう」

「フフッ……少しばかり、買い被りすぎですな」

「謙遜《けんそん》を。それほどの鬼才を、一線を退《しりぞ》いたからと眠らせるには惜しい。リサルサロスに来てくださるのであれば、優遇は確約するが」

「……我が国の大事な相談役を熱心に口説くのは、やめてもらえますかな」

俺とノイシュラ王の間に割り込んできたヨルガは、ややムッとした表情だ。

「……貴殿は、ヨルガ騎士団長殿か。対峙した試しすらないのに、将軍のタイガが貴方には勝てぬと宣言していた。それほどまでの武勇、是非一度体感したいものだ」

「おやおや、我が国の大事な武力の要も口説くおつもりですかな？　申し訳ありませんが、渡せませぬぞ」

俺はヨルガを庇う素振りを見せつつ、ちゃっかり、その胸板に寄りかかるようにして背中を押しつけた。すぐに身体のラインをなぞって滑り落ちた掌《てのひら》が俺の腰を掴み、軽く引き寄せられる。後頭部に掠《かす》める程度のキスを落とされると、シラユキ姫とアサギは直視できないのか、頬を赤く染め俯《うつむ》いてしまった。

「……仲が良い、ようだな？」

いくら盲目のノイシュラ王が空間把握能力に優れていても、こんな短い時間と距離では、全ての状況を把握するのに些《いささ》か無理がある。俺とヨルガが寄り添ったことくらいしか分からないのだろう、ノイシュラ王の少し戸惑いを含んだ言葉は、幼く聞こえた。

「まぁ、それなりに」

「これでも、互いに乗り越えたものがありましたゆえ」

視線を合わせ、微笑《ほほえ》み合う、俺とヨルガ。

そんな俺とヨルガの様子を、一歩離れて見守るタイガが黙したまま『観察して』いることに。

その瞳が、【羨望】に満ちていることに。

俺は薄々、気がついていた。

その夜、俺達の来訪を祝して王城内で開催された晩餐会は、小規模ながら気遣いの行き届いたものだった。

天井から吊り下がる荘厳なシャンデリア。足下に敷かれた絨毯《じゅうたん》の編目は美しく、テーブルの上に飾られた白い花が楚々《そそ》と揺れ、次々とサーブされる料理は趣向が凝らされている。

晩餐会に招かれている家臣達も、ノイシュラ王が信頼を置くムタニ族出身を中心とした少数ののためか、護衛を務めている兵士達ものんびりとした様子だ。

やがてデザートがテーブルの上に並ぶ頃になると、自然とその場は歓談が中心となっていた。

そんな、和《なご》やかな雰囲気が漂う会場の片隅で。

幾《いく》つかの塊《かたまり》に分かれて酒と会話を弾ませる人々に紛れ、その視線はひたすら、一箇所に注がれていた。

「……ほう」

タイガ・ウル——黒豹将軍と称される、リサルサロス王国の牙。

金色の眼差《まなざ》しが見つめる先にいるのは、彼の敬愛するノイシュラ王と、その隣で微笑《ほほえ》むシラユキ姫だ。そしてノイシュラ王と親しく言葉を交わしている、パルセミス王国騎士団長ヨルガ・フォン・オスヴァイン。少女の姿を装《よそお》った懐かしい知己の弟と、パルセミス王国の男子であれば一度は憧れを抱く、壮年の美丈夫。

ふと何かに気づいたのか、ヨルガはノイシュラ王に声をかけながら手を伸ばし、その髪に優しく触れた。髪の間から摘み上げられた、白いひとひらの花弁。テーブルを飾る花の中から、綻《ほころ》び落ちたのだろう。

頬を緩ませつつ浮かべられたヨルガの笑みに、ノイシュラ王の周りに集《つど》っていた家臣達から、思わずと言いたげな感嘆の声が漏れる。

盲目ながらも端正な顔立ちのノイシュラ王と、その傍《かたわ》らに侍《はべ》る、美しい少女と勇壮な騎士。

何とも、絵になる光景だ。

注目を集める三人からそっと目を逸《そ》らし、タイガの唇から漏れた、諦念《ていねん》を滲ませる溜息《ためいき》。

バルコニーに繋がる扉をするりと潜《くぐ》り抜けて外に出る彼が見せたのは、猫科の獣じみた、気配を感じさせない動きだ。

密かに彼の観察を続けていた俺は、ワイングラスを一つだけ手に取り、自分もその後を追う。

星の瞬《またた》く夜空の下に佇《たたず》む背中は、何を思うのか。

バルコニーに出ると、当然ながら気配を感じたタイガがゆるりと振り返り、俺に気づく。

「……賢者殿」

「フフ、その呼び名は過分だと申し上げたでしょう」

俺はタイガの隣に並び、夜の城下街を見下ろした。

昼の喧騒《けんそう》とは比ぶべくもなく静かな街並みだが、中心部に集う灯りと風に乗って聞こえる楽器の音色は、今宵《こよい》もヤヅをおびき寄せるための宴《うたげ》のものだろう。

「機能的で良い街ですな。理に適っている」

「……我が君の手腕だ」

「然り。しかし、貴殿は分かっているのだろう？」

ニィと、唇の端を吊り上げつつ確かめると、タイガは緩く瞳を細めた。黙したまま俺を見下ろす視線が、何かを値踏みするものになる。

俺は手にしていたグラスに唇を付け、一口、葡萄酒を飲み下した。

俺とタイガの間に漂う、甘く、芳潤《ほうじゅん》な香り。

「鳥籠だ。『そうでなければ』と常に求められ続ければ、心は疲弊する。ゆえに必要になる……実感を伴う、成果が。目の見えぬ小鳥を逃さぬための、鳥籠が」

タイガの身体が、あからさまに強張る。

「タイガ将軍。かつて友であったスサノイ王子に、何を宣言された？」

「……っ」

「スサノイ王子は大蛇より霊鏡を手に入れ、ノイシュラ王の眼を治そうとしていた。そして、どうしたいと、言われた？」

「……貴方相手には、隠し事をできぬのか」

「そうでもない。私とて、理解できないことは多い。ただ、物事には因果が伴う。衝動的でない限り、理解し難い誰かの行動には、逆に意味がある。僅《わず》かな犠牲を伴うとは言え、一年待てば確実に大蛇を打ち倒せる手段を持ち合わせながらも、スサノイ王子はそれを待たなかった。友の眼を治したい……確かに、立派な志だろう。だがそれだけならば、あり得ない。選ばない道だ。為政者の立場を理解するものであれば、尚更、な」

だから、それには、理由がある。

スサノイ王子にはそうしなければ得られないものがあったと、考えるのが道理だ。

「……愛していると」

ぽつりと。

黒豹将軍は、部外者である俺であるから聞くのを赦《ゆる》されるのだろう、その心情を吐露する。

「ノーラを愛していると、言われた。国を率いる定めを持つもの同士。決して結ばれることはないと分かっている。だからこそ、宿した想いに嘘はつけないと。ただノーラに、想いを告げさせてほしいと……この心が一途である証《あかし》として、ノーラの瞳に再び光を灯してみせると」

「ふむ……やはり、そうか」

「俺は頷《うなず》くしかなかった。……俺自身も、ノーラに白い花を見せてやりたいと、願っていたから」

誰の目から見ても、タイガがノイシュラ王を愛しているのは、分かり易い事実だ。

そしておそらく、ノイシュラ王もタイガを愛している。そんな二人の間に割って入ることを望むならば確かに、相応の覚悟と代償を必要とするだろう。

「あれは、強い男だった。【龍屠《ほふ》る剣】が抜けずとも、スサノイならば必ず、大蛇を討伐できるだろうと思っていた。報告の来る日が楽しみでもあり、恐ろしくもあった。……だが」

「……スサノイ王子が八岐大蛇《ヤマタノオロチ》討伐に失敗したとの知らせが、入った」

「あぁ」

俺が差し出したグラスを受け取り、タイガは葡萄酒の残りを一口に飲み干す。

「信じられなかった。首一つとなった大蛇ごときに、後れを取る男ではないはずだ。ノーラはひどく悲しんだし、俺自身も、何処《どこ》かに穴が開いた心地になった」

「それで、ヒノエに討伐協力の打診を？」

「確かに仇討《かたき》ちが本音だが、領地拡大の思惑《おもわく》もある。以前よりは改善しているが、リサルサロスは農作物の実りに乏しい国だ。討伐の恩賞にヒノエの一部を得られれば、食糧の供給に大きく貢献してくれるだろう」

「……成るほど」

俺は眼鏡のブリッジを指先で少し押し上げ、レンズ越しにゆっくりと、タイガに視線を送った。

大柄な男が見せる、息を呑む仕草。俺はあえてそれには気づかないフリをして、クラヴァットを僅《わず》かに緩める。そこから覗く首筋にはまだ、俺の可愛い駄犬に戯《たわむ》れられた痕が、色鮮やかに残されている。

「一つ、提案がある」

「……それは？」

「ヒノエに赴《おもむ》き、我々が首尾良く大蛇討伐を果たした暁《あかつき》には……霊鏡の一つを、ノイシュラ王に献上したいと考えている」

「何だと……？」

「亡きスサノイ王子の悲願だと請《こ》えば、シラユキ姫とて否やとは言わない。……なぁ、タイガ将軍よ」

その言葉は楔《くさび》を打つ、言霊《ことだま》。

「……先程貴殿は、何を見て、溜息《ためいき》をついたのかな？」

美しい騎士と、愛らしい姫に囲まれた、青年王。

それはかつての友と過ごした日々を、彷彿《ほうふつ》とさせる。

「スサノイ王子も、凛《りん》とした美青年であったと聞く。ノイシュラ王と並べば……さぞ」

獣人の血を引く外見と、傷だらけの体躯を持つタイガと並ぶよりも、ずっと。

「さぞ、似合いだったことだろう」

「っ……！」

タイガ将軍が唇を噛む。

……これは、スサノイ王子の『置き土産《みやげ》』のようなものだ。

それまで、ただ互いの想いさえあれば良かったノイシュラ王とタイガの間に現れた、異国の青年。外見の良し悪しなど気にしたこともなかったタイガは、そこで初めて、思い知ったのではないだろうか。

麗《うるわ》しい王の傍《そば》に侍《はべ》る自分は、美しさとは無縁の男。

しかし友となったスサノイが愛しい王の手を取れば。それは、一枚の絵画のように、物語の始まりのように……定められた恋人達のように。

それがあるべき姿なのだと、タイガに訴えかけてきたのだ。

逡巡《しゅんじゅん》する眼差《まなざ》しに追い討ちをかけて、俺は更に言葉を紡《つむ》ぐ。

「視力が戻ってしまえば、鳥籠は、意味を失《な》くす」

「……なっ」

「王の世界は広がる……貴殿の腕が届く範囲より、ずっと先まで」

「……どうしろと」

ぽつりと溢《こぼ》す、本音。

「俺に……どうしろと、言うのだ。賢者殿。俺に、何を、させたい」

……これを聞き出せた後は、軽く背中を押してやるだけだ。

「さぁ？　それを選ぶのは、私ではない」

俺は踵《きびす》を返し、黙したタイガをバルコニーに残して、空のグラスを片手に室内に戻った。

室内との境目にある扉を越える瞬間にカーテンの陰から伸ばされた腕には逆らわず、引き込まれた壁とカーテンの隙間にできた死角の中で、貪《むさぼ》るように重ねられた唇に酔いしれる。

「……ん」

「ふ……」

太い首筋に腕を回し、離れかけた頭を引き戻す。

もっと欲しいと唾液を強請《ねだ》ると、髪に隠された焼印の痕を指の腹で強く擦《こす》られた。

「んぅ……！」

「全く、油断も隙もない……」

はぁと態《わざ》とらしく漏らされた大きな溜息《ためいき》は、俺の愛しい、番《つがい》のもの。

「そうやって、すぐ他所《よそ》の男に色目を使う癖は慎《つつし》めと言っているだろう。……余程、俺の剣に血を吸わせたいのか？」

「フフッ、お前とて、ノイシュラ王と睦まじげにしていたではないか。シラユキ姫も侍《はべ》らせての前座、実に眼福だったぞ」

「お前がそうしろと言ったから、だろうが。……何が始まるかまでは、知らんが」

「揺らぐ感情の行き先を、分かり易く示してやっただけだ。まぁ確かに……一服盛らせてもらったが」

ヨルガの胸に身体を預けつつ、俺は空になったワイングラスを指先で弄《もてあそ》ぶ。

俺も口にしたそれは、毒ではない。

一種の、漢方薬に近いもの。

「ノイシュラ王のほうはどうだ？　反応はあったか」

「あぁ……アンリとあの将軍がバルコニーに出た辺りから、頻《しき》りに様子を気にしていたぞ。盲目でありながらあれだけ動きを把握できるのは凄《すご》いな」

「ほう、そうか……ふむ。これはもしかしたら、【逆】かもしれないな」

「……逆？」

訝《いぶか》しむヨルガに頷《うなず》き返す。俺達は周囲の気配を窺《うかが》い、視線が集まらない瞬間を狙って、晩餐会の会場に再び戻った。

もう既《すで》に夜は更け、子供は寝る時刻となりつつある。早めの退出を前にノイシュラ王に挨拶をしたシラユキ姫は、ノイシュラ王に頬に口づけられた後、宛てがわれた部屋に戻った。

晩餐会も終演の時刻が近づき人が疎《まば》らになってきた会場の中で、俺は何ごとかを考え込んでいるノイシュラ王のもとに向かい、そっと声をかける。

「ノイシュラ陛下」

「ん……あぁ、賢者殿か。……何か私に用だろうか。国家間の取り決めであれば明日にでも会議を」

「いいえ、それには及びませぬ……陛下。僭越《せんえつ》ながら私めより、一つ、ご提案がございます」

「提案……？」

「如何《いか》にも……少しばかり、お耳を拝借いたします」

そっと、傍《かたわ》らに屈み込み。

口元を手で隠しながら囁《ささや》きかけた、俺の提案に。

ノイシュラ王は。

光の灯らぬ青い瞳を、見開いた。

†　†　†

荒野に捨てられていたノイシュラを拾った時、タイガは今のシラユキ姫と変わらぬ、十歳の子供だった。

ルーヴェント王子を誘《おび》き寄《よ》せる餌《えさ》としてだけ育てられていたノイシュラは、タビヤとムタニ族の大人達に慈《いつく》しまれて愛情を知り、タイガや他の子供達と触れ合うことで友情を知り、やがて美しく成長を遂《と》げる。

愛する弟と思っていた感情が揺らいだのは、いつ頃だったか。

他人の顔を正面から見る機会に乏しく、表情を覚えないまま視力をなくしたノイシュラのために、タイガは自分の顔にノイシュラの指を触れさせて、感情と共に入れ替わる表情の変化を教えていた。

だからノイシュラの浮かべる表情は、タイガに似ている。

悲しみに下がる眉も、怒りに引き結ばれる唇も、愛しいと緩む頬も。

「タイガ……ずっと、ずっと傍《そば》にいてくれ」

父王を廃し、自らが王位に就いたノイシュラは、リサルサロスの王権に巣食っていた腐敗貴族達を排除した。その徹底した冷徹なまでの粛清から【盲目の凶王】と称され、善政を敷いても国民達からまで畏怖されている。

誰から恐れられようと、疎《うと》まれようと、タイガがいれば、挫《くじ》けないでいられる。

もし離れたいと思う時は、俺を殺してから離れて。

縋《すが》りついて訴える弟の指を振り払うことなど、できるはずもない。

同じベッドで眠る日々はいつしか、身の裡《うち》に燻《くすぶ》る熱を灯すようになった。

浅ましい感情を知られたくなくて同衾《どうきん》を止めると、一人で眠るノイシュラは悪夢に囚われ、極度の睡眠不足に陥《おちい》る。眠りを誘う薬を嫌がり、ひたすら政務に打ち込んで昏倒して初めて休息が取れた。

そんな状態にまで追い込まれたノイシュラを見兼ねたタイガは、再びノイシュラを腕に囲い、その隣で眠るようになった。

ただ、この熱を、愛しい人に悟られないように。

怖がられることが、ないように。

熱を持て余しそうな夜には、ノイシュラが口にする寝酒《ナイト・キャップ》に、秘かに薬を混ぜる。

信頼するタイガの用意するものを、ノイシュラが疑うはずもなく。薬で深い眠りに落ちたノイシュラの身体を抱きしめたタイガは、その香りを吸い込み、白い肌を丹念に舌で舐《ねぶ》った。力の入らない指に自分の手を重ね、猛《たけ》る昂《たかぶ》りを握らせた。

「ノーラ、ノーラ……！　愛してる、愛してる、俺のノーラ……！」

無垢な王の掌《てのひら》を、吐き出した欲情で穢《けが》す背徳。

そんな夜を、もう何度数えたことか。

想いを告げれば、受け入れられるかもしれない。だが愛する人はもはや弟ではなく、リサルサロスの頂点に君臨する王。自分だけのものにして良い存在ではない。

諦めようと、娼館に通ったこともある。

それなりの妻を、娶《めと》ったこともある。

だが、商売女をいくら抱いても何も満たされず。夜を共に過ごすどころか、家に寄り付きすらしない夫に愛想を尽かした妻は、他所《よそ》に男を作って逃げた。

やがて友となったスサノイ王子がノイシュラに捧げようとした愛情は、タイガを愕然《がくぜん》とさせる。これほどまでに真摯《しんし》な想いを、一途な心を、自分はノイシュラに与えられているだろうか。

思い悩む内に異国の友は仇敵に挑み、討ち果たせず、命を落とした。


そして今宵《こよい》、リサルサロスを訪れた異邦人は——

毒を含む言葉で、タイガの心を揺さぶった。

『王の世界は広がる……貴殿の腕が届く範囲より、ずっと先まで』

この国から、この腕の中から。

飛び立って、しまうのか。


——王の寝室に戻ると、パルセミス王国より訪れた客人とスサノイの弟を迎えての歓待を無事に終えたノイシュラは、明日の会議に備えてか、いつもより早めにベッドに入っていた。タイガの用意していた寝酒は既《すで》に飲み干したらしく、サイドテーブルに置かれた空のグラスからブランデーの香りが僅《わず》かに漂っている。

タイガは服を脱ぎ捨て、ベッドを揺らさぬように気をつけつつ、眠るノイシュラの隣に身体を滑り込ませた。

眠りながらも気配に敏感で、いつもはタイガが隣に横たわるとすぐ腕を伸ばして抱擁をせがむノイシュラも、薬の齎《もたら》す深い眠りに落ちている今は、身動《みじろ》ぎ一つしない。

肺を蝕《むしば》む焦燥感が喉を焼き、身体を巡る熱は、酩酊にも似た心地をタイガに与える。

「ノーラ……」

形の良い唇に口づけ、下唇を軽く食《は》んでその柔らかさを味わう。

今、この時だけは。この瞬間だけは、愛しい王は、自分だけのものだ。

それが虚《むな》しい行為だと分かりつつも、異邦人の言葉に煽《あお》られた身体は熱を抑えようがない。タイガはノイシュラの手を引き寄せ、いつものように昂《たかぶ》りを指で包み込ませた。

ノイシュラの手に自分の手を重ね、慰《なぐさ》めの行為を始めようと、再び重ねた唇の間に。

「っ！」

ぬるりと、舌を差し込まれる感触。

目を見張ったタイガは瞬時に身体を起こそうとしたのだが、ペニスに絡み付いていた指を即座に握り込まれ、低い呻《うめ》き声《ごえ》を上げることしかできない。

「……タイガ」

聞き覚えのある声が、タイガの名を呼ぶ。

「あ、あ……」

「タイガ、逃げるな」

「ノーラ……！」

濃密な情感を孕《はら》む暗闇の中。

見えぬ瞳を開いたノイシュラは、それでも真っ直ぐに、タイガの顔を見据《みす》えていた。

どんな強敵と相対した時でも見せなかった恐怖の感情が、タイガの表情に浮かぶ。逃げ出したいのに、急所を捉えたノイシュラの指は、少しも緩もうとしない。

「ど、どうし、て」

震えるタイガの問いかけは、僅《わず》かな微笑《ほほえ》みとともに応えを得た。

「……賢者殿に言われていた。今宵《こよい》お前に与えられるものを、口にするなと」

「……あ！」

「薄々、不思議に感じていた。毎夜タイガの温もりに包まれて眠っているはずなのに、寂しさを感じる朝があった。熟睡して身体は疲れが取れているのに、何かが欠けた気持ちになる……眠れなくなっていた頃、昏倒して目覚めた時に、同じような心地になる朝があった」

「それ、は」

「これが、理由だったのだな。……薬で深く眠っていれば、お前の気配を感じることができなかったただろう」

「っ……！」

「何か言い訳があるか、タイガ」

静かな怒りに満ちた、王の声色。

タイガはただ、唇を噛む。

「……すまない」

「タイガ……？」

「この愚かな感情を、知られたくなかった。ノーラに、軽蔑されたく、なかった」

沈黙が広がる。

「二度と近づかないと、誓う。だから、お前を護《まも》り続けることだけは許してくれ。夜は誰か側女《そばめ》を用意し……いっ⁉」

急所を握り込んだ指に、ギリリと力が込められた。

肩を揺らして苦悶《くもん》するタイガの胸に、些《いささ》か乱暴すぎる勢いでノイシュラの額《ひたい》がぶつけられる。

「誰が、そんなことを誓えと言った！」

「っ⁉」

「聞きたいのは、そんな言い訳じゃない。俺が知りたいのは、タイガの本心だ。俺をどう思っているのか……どうしたいのか、タイガの言葉で、聞きたい」

「ノーラ……」

「前に言ったはずだ、タイガ。俺から離れるなら……俺を殺してから、離れろと」

その、光の宿らぬ深い青の瞳は――

偽《いつわ》りを告げることは許さないと、雄弁に語る。

「……愛している」

決して告げぬと、戒《いまし》めていた言葉を……タイガは、ザラついた舌の上に乗せた。

「愛している……ノーラ。俺の可愛い弟、俺の気高き王、俺の魂の在り処」

「……っ」

「ずっと……ずっと、お前が欲しかった……！」

魂を削るような、告白の応えは――

「あぁ……夢のよう、だ」

とろりと蕩けた頬の熱で、返された。

「……ノーラ？」

「タイガ、俺も……いや、俺のほうこそ。ずっと、タイガが欲しかった。俺の自慢の兄、俺の大事な仲間、俺の心の拠り処」

戸惑うタイガの顔に紅潮した頬を擦《す》り寄《よ》せたノイシュラは、秘め続けていた想いを愚直なまでの素直さで、赤裸々に語る。

「タイガ。お前がいないと俺が眠れなくなるのは、温もりが恋しいからとかではないんだ。……お前の腕が、俺以外の誰かを抱きしめているかと思うと。……嫉妬《しっと》で、正気でいられなくなっていたからだ」

「……なっ！」

「嬉しい……俺は嬉しいよ、タイガ。……だから」

今、同じベッドの上に横たわっているのは、弟でも、王でも、聖人でもなく。

望んだ雄に征服される瞬間を待ち望む、発情した雌猫。

「なぁ、頼む……俺を、タイガのものに」

掠《かす》れた声で囁《ささや》かれる甘い懇願に、逆らえる者がいようか。

「あぁ……ノーラ！」

タイガはノイシュラの身体を固く抱きしめ、想いの丈を込めた口づけを交わした。

懸命に応えようと絡みついてくる舌が、背中に回された腕が、愛しくて仕方がない。

ナイトウェアを引《ひ》き剥《は》ぎ素肌を触れ合わせると、ノイシュラは自ら脚を開き、太腿《ふともも》の間にタイガの腰を迎え入れた。全身を這《は》うタイガの指と舌に負けじと動くノイシュラの掌《てのひら》がタイガの脇腹や下腹部を辿り、再び昂《たかぶ》りに触れる。

「んっ……！」

「え……？」

小さく息を呑むタイガを他所《よそ》に、ノイシュラの指はペニスを丁寧に確かめた。

盲目とはいえノイシュラも健全な成人男子の肉体を持っているのだから、昂《たかぶ》ったペニスがどんな形になるのかくらいは知っているだろう。

しかしノイシュラの掌《てのひら》で包み込んだペニスの先端には、明らかに異様な部分があるのだ。

「タイガ……これは？」

「うっ……こら、あまり……いじる、な……！」

ノイシュラの指が撫《な》でているのは、タイガのペニスから突き出た、所謂《いわゆる》亀頭に近い部分。指先で触れると鋭ささえ感じる何かが、その敏感な皮膚の下に無数に潜《ひそ》んでいるのが分かる。

「興奮、しすぎ、た……！」

大きく息を吐き、凶悪な形を取ろうとしているものを何とか鎮めようとしているタイガの額《ひたい》には、薄《うっす》らと汗が滲む。

「棘、だ」

「……トゲ？」

「血が、騒ぎすぎると……獣人の性質が、うっ……！」

猫科の獣を始めとした哺乳類の一部に見られるそれは、陰茎棘と呼ばれるもの。交配時に雌の胎を刺激して、排卵を促《うなが》す役割を持つ。

獣人の血を引くムタニ族の中でも濃い血統を誇るタイガは、年に数度訪れる発情期に限って、その特徴が具現することがこれまでにもあった。それでも発情期以外の時にその血が目覚めることなど、皆無だったのに。

「タイガ……」

堪えようと努めるタイガの思惑《おもわく》を無視して、彼の王は、掌《てのひら》で包み込んだものを優しく扱《しご》き上《あ》げる。

「俺を、孕《はら》ませたいと……思って、くれているんだな」

「くっ……」

「良いよ……俺も、お前の熱を、知りたい」

「だ、めだ！」

呼吸を乱《みだ》し、獲物を前にして両眼を爛々《らんらん》と輝かせながらも、なけなしの理性を掻き集めたタイガは、辛《かろ》うじて首を横に振る。

「ノーラに、苦痛を与える、わけには……！」

「……タイガ」

「もう少し、待てば、落ち着く。だから……」

必死に言《い》い募《つの》るタイガの肩を押し退け、ノイシュラはベッドの上で身体を起こした。

自然と自らも起き上がりベッドの上に座る姿勢を取ったタイガの見守る前で。シーツの上でうつ伏せになり、両膝を立てて尻を高く上げる。

「……っ！」

それは、サインだ。

自分も発情しているのだと。

お前の子を孕《はら》みたいと雄を誘う、雌の誘惑。

目の前でゆさゆさと振られる形の良い尻に、かすかに繋がっていた理性の糸は脆《もろ》くも焼き切れる。

「ノーラ！」

「う、あっ……！」

雄叫《おたけ》びと共にノイシュラの尻を掴んだタイガは、熱杭を待ち望むアヌスに、凶悪なペニスを突き立てた。

身体を貫かれる衝撃に反り上がる背中を組み伏せ、戦慄《わなな》く項《うなじ》に牙を立てる。シーツを強く掴む指の間に指を差し込み手の甲ごと握りしめると、雄の力強さを知った身体は甘く喘《あえ》いだ。

「タイガ、あ、あぁ、う……！」

「俺のノーラ、ノーラ……！」

「んう、あ、くっ！」

逞《たくま》しく腰を押し進められる度に、穿《うが》つ先端に備えられた突起物が雄膣の壁を容赦なく擦《こす》り上《あ》げる。強い刺激を齎《もたら》す棘は決して痛みだけではなく、征服される悦《よろこ》びを、身体を拓《ひら》かれる快楽を、ノイシュラの全身に刷り込んでいく。

「い、あ、タイガ、タイガっ……あぁーー!!」

胎にタイガのペニスを受け入れたままノイシュラは絶頂に達し、シーツの上に白濁の液を振りまいた。同時にタイガも雄膣の最奥を突き、唸《うな》り声を上げつつ、愛しい雌の胎に種付けをする。

「……あ、ふ……」

長い時間をかけた射精が漸《ようや》く終わると、タイガはぐったりと力をなくしたノイシュラの身体を清め、口移しで水を与え、寝具を整えてと、甲斐甲斐《かいがい》しくその世話を焼いた。

野生に生きる雌とて、交配後の始末を怠《おこた》る雄に対しては、次回の交尾を拒むこともある。そんなことになれば、タイガは今度こそ、絶望で死んでしまう。

落ち着いた頃になると、時刻は既《すで》に夜明け近くとなってしまっていたが。

再びベッドの中で寄り添うノイシュラとタイガの心は、幸福に満ちていた。

「なぁ……タイガ」

夫の胸板を枕にしたまま、ノイシュラはぽつりと呟《つぶや》く。

「俺は、賢者殿の申し出を受けようと思う」

アンドリム達がヒノエ国で首尾良く大蛇の鏡を手に入れた際には、そのうちの一つをノイシュラに献上するとの取り決め。もちろん、それなりの約定を必要とはするが、それはリサルサロスにとって悪い提案でもない。

「目が見えないことを不遇だとは感じない。でも……見てみたいんだ」

見たいものが、できたのだ。

「タイガを、見たい。俺を愛してくれている時の表情を。怒っている時の表情を。悲しんでいる時の表情を。全部、全部……指先だけじゃなくて、この眼で、見たい。タイガが見ているものと……同じ景色を見て、生きたい」

「ノーラ……」

「手伝って、くれるか？」

願いを告げる唇にもう一度軽く触れる唇は、尊敬と愛情を込めた、肯定の表れ。

「仰《おお》せのままに、我が王よ……お前と共に生きるためならば、どんなことでも」

「フフッ。ありがとう、タイガ。夜が明けたら、賢者殿に謁見を申し出よう」

「分かった……だが今は、少し休もう。愛している……ノーラ」

「俺もだよ……タイガ」

ゆるりと閉じられた瞼《まぶた》の上に、口づけを落とし。

愛しい人を両腕に抱きかかえたタイガも、暫《しば》しの眠りに落ちた。

† † †

夜半過ぎ。

ノイシュラ王に密かな助言を授《さず》けた晩餐会を終え、充てがわれた部屋に入った俺は、服を脱ぎ捨てベッドの上に寝転んだ。

重厚な扉で廊下と隔てられ、静けさに支配された部屋は、隅々にまで丁寧な清掃が行き届いているようだ。来賓用に誂《あつら》えられたベッドは大きく、敷かれたシーツは肌触りが良い。

「ん……」

ごろりと寝返りを打つと、乳首がシーツの布地に擦《こす》れ、俺の口から小さな声が漏れた。

タイガに飲ませるために、自らも一口呷《あお》ってみせたワインに仕込んだのは、ムイラプアマという灌木の根を煎じた薬だ。サナハから輸入した入浴剤用のハーブ束に混じっていたものを俺が見つけ、今は神殿主導で行う事業の一環として、水面下で栽培準備を進めている。

ムイラプアマは転生前の世界でも精力剤として有名だった植物で、サナハでは血行を良くするハーブとしてしか認識されていないようだが、葉や根だけでなく茎や果実にも強壮効果が見込める代物《しろもの》だ。

古代竜カリスは地底湖から西の丘に居を移し、以前、神官長マラキアが栽培していた竜睡は全て枯れてしまった。

ムイラプアマは睡藻のような効能を持つ薬にはならないが、夜の営みだけでなく、行軍で疲労した兵士達や病気で衰弱した患者の回復にも役に立つ。その価値が上らないうちに量産体制を整えられれば、神殿の運営費を補ってくれることだろう。

散々焚きつけてやった盲目の凶王と黒豹将軍がどんな夜を迎えているかは分からないが、悪いほうには転んでいないと俺は予想している。

もっとも、悪くなっていたらいたで、二人の関係修復に口を挟んでやれば、俺の付加価値が上がるのだから問題はない。

……それにしても、たかが一口、されど一口。

異国の地にいるという高揚も関係はしているだろうが、身体の熱を高め続けるものはやはり、胃《い》の腑《ふ》に染み込んだ薬のせいか。

溜息《ためいき》をつき、掌《てのひら》を這《は》わせて自ら胸に触れる寸前だった俺の指先は、闇の中から伸びてきた大きな手に捕えられた。

「一人で愉しむな、アンリ」

「っ……！」

耳朶《じだ》に直接吹き込まれる、低い声。伸《の》し掛《か》かってくる、長い手足。

いつの間に部屋に忍び込んでいたのか、俺には真似できない気配の消し方は軍人特有のものかもしれないが、このような時にまで発揮しないでも良いと思う。

俺の両腕は片手で軽々と縛《いまし》められ、枕の上に磔《はりつけ》にされる。蛮行の主を確かめる暇もなく、敏感になっていた皮膚の上を黒髪がくすぐり、熱く湿った舌が躊躇《ちゅうちょ》なく乳首に絡みついた。

「あ、あぁっ……！」

強い快感が背筋を突き抜け、俺は胸を仰《の》け反《ぞ》らせて喘《あえ》ぐ。

男の顔に押しつける形になった胸の上を片方の掌《てのひら》がゆっくりと辿り、乳首を嬲《なぶ》る舌先はそこから出るものなど何もないと知っているくせに、先端に開いた小さな窪《くぼ》みを執拗《しつよう》に抉《えぐ》っている。

「ヨルガ……」

掠《かす》れる声で名を呼ぶと、身体を起こした彼は欲情に塗《まみ》れた瞳で俺と視線を合わせ、唇の端を舐めて獰猛《どうもう》に笑った。

存分に喰らう前の獲物を味見する、雄犬の表情だ。

こんな眼差《まなざ》しで求められたとあっては、嬉々として脚を開かなければ、番《つがい》の資格に欠ける。

俺はヨルガの腰を太腿《ふともも》で挟み、下腹を擦《こす》りつけて交尾を誘う。これから与えられる熱と快感を想像してか、雄膣への刺激だけで達することも多くなってしまった俺のペニスはとうに、とろりとした蜜を溢《こぼ》し始《はじ》めている。

しかしそんな俺の期待を裏切り、ヨルガは一度うつ伏せにした俺の身体を背中から抱き上げてベッドの端に腰掛けた自身の膝の上に乗せてしまった。

両膝の間に差し込まれた長い脚を左右に広げられ、俺の両脚も自然と大きく開かれる。

濡れたペニスは冷えた空気に晒されて、余計に勃《た》ち上がった。尻の谷間に熱く硬度を増したものが擦《こす》りつけられている感触もある。

早く貫いてほしいと膝を掴んで強請《ねだ》ろうとした俺の両手はまたしてもヨルガに掴まれ、そのままペニスの上に導かれた。

「おい……？」

背中側を見上げようとした唇を、非難の台詞《せりふ》ごと口づけで封じられる。すぐに差し込まれた舌に応えているうちに、ペニスに添えられた俺の両手に大きな手が重なり、幹の部分をやんわりと扱《しご》き上《あ》げられた。

「ん、ぐ……！」

舌を絡め合っているせいで満足に声を出せない喉の奥から、くぐもった声が漏れる。

尻に当てられたままの凶器は尚も猛《たけ》りを増し、熱を高められた俺が腰を揺らして誘っているのに、低く笑うヨルガは一向に胎に入ってこようとしない。

焦《じ》れた俺は僅《わず》かに尻を浮かせ、自らアヌスにヨルガのペニスを導くべく努めようとした。だが、内側から俺の膝を割っているヨルガの脚に邪魔をされて、思うように動けない。

「アンリ」

「ん、んっ……はや、く」

「……愛しい俺のアンリ。お前の乱《みだ》れる姿が見たい」

「あ、あっ……！」

身を捩《よじ》る俺の背中をしっかりと抱え込んだヨルガは、汗の滲む俺の額《ひたい》と肩に口づけ、「窓を見ろ」と囁《ささや》いた。

促《うなが》されるままに顔を上げた視界に飛び込んできたのは、磨き上げられた窓ガラスに映る、俺とヨルガの姿。

窓の向こう側は夜の闇に覆われ、差し込む月光だけがベッドの上を照らし出し、絡み合う二人の嬌態《きょうたい》を鏡のように映し出している。

「あ……んっ……」

「ほら、美しいだろう？　俺の妻は」

「ば、かな……こと、を……！」

「……俺だけのものだ……神にも悪魔にも、陛下にも、渡さん」

仄暗《ほのぐら》い執着を窺《うかが》わせる、抑揚のない声色。

薄く笑った俺は首の後ろに片手を回し、後ろ髪を掻き上げて所有の印を見せつけた。

俺がその主張を受け入れていると、認めていると、何よりも雄弁に語る緋色の証《あかし》。自分では直接目にすることが適わない場所に刻まれた焼印を、喜色を纏《まと》わせたヨルガの舌が、丁寧に舐め上げる。

「アンリ……俺の我儘《わがまま》を、聞いてくれないか」

「ん……？」

項《うなじ》から耳の裏を舌で舐《なぶ》り、顎《おとがい》の裏にある柔肉を甘く食《は》まれながら、吹き込まれた小さな我儘。

卑猥《ひわい》な願いを耳にした俺は僅《わず》かに目を見開き、ガラスの鏡越しにヨルガの顔を睨《ね》め付《つ》ける。

「悪趣味、め」

「……もっと見たいんだ」

「ふ、ふっ……！」

愛しい夫に請《こ》われてしまっては、仕方がない。

俺は髪を掻き上げていた手を下ろし、ヨルガの胸板を背凭《せもた》れにしながら、自分のペニスを両手で包んだ。先走りの滴《したたり》を指に絡め、親指の腹に力を込めて少し強く扱《しご》き上《あ》げると、掌《てのひら》に包んだものが緩やかに天を仰《あお》ぎ始《はじ》める。

「んっ……あ、ふ……！」

俺が自分で慰《なぐさ》める姿が見たい、とは。

崇高な騎士団長様も、なかなかに低俗な趣味をお持ちになるようになったらしい。

俺がこんな屈辱とも取れる行為を許すのは、番《つがい》相手にだけだ。

「あぁ、ん。んっ、くっ……！」

「アンリ……」

悦楽に喘《あえ》ぐ表情を、間近で見つめられている気配。押しつけた背中越しに、ヨルガの喉仏が大きく上下に動くのを感じる。

「ふ、う、うぅ……」

指を絡めていくら熱を高めても、俺の身体は到ることができない。達せないその理由は、悔しいことだが、分かりきっている。以前は女性のまろやかな肉体を想像して吐き出していたはずのものが、今は自分が受け入れるほうを考えて快楽を拾うようになってしまうとは。

俺は片手を尻の隙間に差し込み、杭を求めて物欲しげに震えているアヌスに自分の指先を潜《もぐ》り込ませた。

些《いささ》か太さに欠けるが、貫かれることに慣れた俺の雄膣は、嬉しげに指を吸い上げてくる。しかし二本の指を使って中を広げ、可能な限り奥まで探ってはみるものの、俺の指では、快感を拾える場所まで届かない。

「可愛いアンリ……ほら、もっと頑張れ」

「う、こ、この……っ!」

無責任な応援に歯噛みをしつつ自慰行為を続けるが、時間が経つにつれ、得られる感触は横這いになってくる。どうやっても満足な刺激が得られず、眉根を寄せて大きな息を吐いた俺は、ヨルガの胸骨に頭を擦《こす》りつけ、遂《つい》に最後の手段に出た。

「ヨルガ……!」

「あぁ……」

「たの、む。もう、もう……だ、め……!」

「……アンリ」

「お前が……お前が、胎に入っていて、くれない、と……だめ、なんだ……!」

「……っ！」

懇願する俺の表情を楽しんでいたはずの気配が、全身の毛を興奮に逆立てた獣のように、雰囲気を一変させる。

「……俺の、負けだ」

俺の手に重ねられていた大きな両手が、太腿《ふともも》を内側から抱え上げた。そのまま一気に奥まで雄膣の中を貫かれ、俺の唇から甘ったるい悲鳴が漏れる。

「あ、あぁ。い、良い……！」

「くっ……」

「ヨルガ、あぁ、ヨルガ……！」

俺の体重など物ともせず、強靭《きょうじん》な腰の動きで突き上げられる胎の中。

これが欲しかったのだと、こうしてほしかったのだと、悦楽に溺れた肉体の全てが、歓喜の声を上げて咽《むせ》び泣く。

「ヨルガ、んっ……ふ」

貫かれた衝撃で一度達した俺のペニスは再び鎌首を擡《もた》げ、とろとろと薄い色の蜜を漏らして揺れる。それに再び手を伸ばす余裕は既《すで》になく、俺は雄膣の奥底まで犯そうとする太杭を腹の皮膚越しに撫《な》で摩《さす》り、そこで孕《はら》めと促《うなが》されているような錯覚に身悶《みもだ》えた。

「アンリ……出すぞ……！」

「あ、あぁ……ん、あぁーー！」

雄々しい宣言と共に、熱い粘液がたっぷりと、雄膣の中に注ぎ込まれる。

俺の身体も同時に絶頂に押し上げられ、快感に収斂《しゅうれん》する雄膣の壁がヨルガのペニスを絞るように絡みつく。

「は、あ……」

「アンリ……」

「あ、ふ……はぁ……」

乱《みだ》れる呼吸を整えつつ薄《うっす》らと瞼《まぶた》を開いてみると、窓ガラスに映るのはヨルガと繋がったままの、俺の姿。

汁に濡れた銀糸の髪。紅く上気した、頬と唇。絶頂を迎えても射精することなく項垂《うなだ》れた性器。翡翠《ひすい》の瞳は虚《うつ》ろな光しか宿していないが、それは夫との性交を終えた満足感に浸っていればこそ。

……雌の表情だなと、自分でも思う。

男としての矜持《きょうじ》を捨てたつもりはない。しかしこの先、俺が男として誰かと睦み合う姿は、想像できない。

それもまた自分の選択の結果なのだから、後悔したりはしないが。これを選ばなければ、俺はどんな死に様を、晒していたのだろうな。

俺がぼんやりと思考を巡らせている間に、ヨルガはさっさと後処理をしてくれたようだ。

改めて抱き寄せられた腕の中で、俺はおとなしく身体を預ける。ゆったりと背中を撫《な》でる掌《てのひら》の感触と、押しつけた胸の奥から響く心音が、心地良い。

願わくば、この腕の中で息絶える日が、穏やかに訪れてほしい。
そのためにも、使える駒は、一つでも多く得ておくのが望ましいだろう。
パルセミス王国を飛び出し、否が応でも広がっていく世界の中で。
未来図を描く絵筆を持つのは、俺か。
それとも——

第五章　王の資質

翌日。リサルサロス国王ノイシュラとパルセミス王国騎士団長ヨルガの間で交わされた会談は、非公式ながらも濃い内容を含むものだった。主に有事における二国間の協力を確約するものだが、互いに悪い条件ではないだろう。

軍服を身に纏《まと》い隙のない出で立ちで会談に臨んでいるヨルガとは真逆に、ノイシュラの顔色はあまり優れない。その背中を護《まも》るタイガも、何処《どこ》か気忙《きぜわ》しげだ。

俺はヨルガの補佐として同席していたのだが、協定の締結について長々と説明を始めそうだった文官の言葉を遮《さえぎ》り、恒例通りで構わんだろうとその場を締めた。

リサルサロス国側には傲慢な態度と取られたかもしれないが、それは計画の範疇《はんちゅう》なので問題ない。

閉会の宣言を聞き次々と部屋を退出していく家臣達を見送り、残されたのは、ノイシュラとタイガ、ヨルガと俺、そして少数の護衛達のみだ。

「……さて」

現在の立場的には大きな発言権がない俺は人の減った部屋で改めて腕を組み、背凭《せもた》れに背中を押しつけて小さく笑う。隣の席に座っていたヨルガが手を伸ばし、そんな俺の耳朶《じだ》から顎《あご》を指先で辿る。眼鏡の下からちろりと視線を注いでやると、彼は唇の端を片方だけ上げた。……俺好みの、悪い嗤《わら》い方だな。

「堅い話はここまでとしましょう。まずはタイガ将軍、暫《しば》し、ノイシュラ陛下の時間を私にお預けくださいますか」

「……何事だろうか」

「多少確認させていただきたい事案があるまで。……それと、陛下のご不調について。経験者の私《わたくし》めから助言を奏上できればと」

身に覚えがありすぎるのか、将軍の視線が宙を彷徨《さまよ》う。ノイシュラはくすりと笑い、大丈夫だと意思表示をするように、タイガの腕に軽く触れた。

「黒豹将軍よ、案ずることはない。アンドリム殿はこと武芸に関しては子供と良い勝負ゆえ、将軍殿が杞憂するような事態には決してならぬと保証する」

「……騎士団長殿よ、後から話があるからな？」

机の下で思いっきりヨルガの足を踏んでやったのだが、本人は涼しい表情の上に、鼻で小さく笑いさえする。

……覚えていろよヨルガ。昨晩散々焦《じ》らされた分も含めて、次は必ず俺が啼《な》かせてやるからな。

ヨルガに連れられたタイガが部屋を出ると、護衛の兵士達も一礼をしてから外に出ていく。最後に観音開きの扉がぱたりと閉じられ、然程広くはない部屋の中は静けさに支配された。

俺と二人きりになった途端に、ノイシュラが纏《まと》っていた気配が少し変わるのを感じる。張り詰めていた緊張が、少し弛んだ雰囲気、とでも言おうか。

「無理をしなくても良い」

「……賢者殿」

「こちらのほうが良いだろう。横になりなさい」

俺はノイシュラの手を取り、部屋の隅に寄せられていた二人掛けのソファに疲労した王を移動させた。誘導に逆らわずにソファの上で横向きに寝転んだノイシュラの足から靴を脱がせ、ついでに頭も軽く撫《な》でてやる。

俺の行動に、ノイシュラは見えない瞳を何度か瞬《また》かせた後で、ふわりと笑った。

無垢なる者が持つ特有の、自然な微笑《ほほえ》み。……タイガ将軍が執着するわけだ。

ノイシュラの疲弊した様子とタイガのやけに過保護な態度からしても、昨晩の首尾は上々なのだろう。二人が情を交わし合い番《つがい》となったのは、間違いないようだ。

俺はコートのポケットから鎮痛効果のある薬を取り出し、「鎮痛剤だ」と教えた上で、水を注いだグラスと一緒にノイシュラの手に握らせる。躊躇《ためら》いもせずにそれを呑み下したノイシュラの行動は、俺に対する信頼を示すものだ。

「……それにしても思い切ったことをしたな？　ノイシュラ王よ」

かつてヨルガを真の意味で手に入れるために、俺は自分の身体を差し出し、清廉潔白《せいれんけっぱく》な騎士団長様を欲に溺れさせた。

しかし俺とノイシュラとでは、条件がかなり異なる。

タイガは元々、ノイシュラには甘い生き物だ。わざわざ番《つがい》の関係にならずとも、ノイシュラを生涯支えただろう。一言、「ずっと守ってほしい」と願うだけで、充分だったはず。

ならば。不要と知っても尚、ノイシュラがタイガを受け入れようとしたのは。

「貴方のくださった忠告を、無駄にしなかっただけだ」

「ご謙遜《けんそん》を」

ノイシュラの横たわるソファの肘置きに腰掛け、俺は小声で囁《ささや》く。

「薬を捨てたのは何度目だ？　ノイシュラ王よ」

俺の言葉にノイシュラは見えない目を見開いたが、その後くつりと、喉の奥で笑った。

「賢者殿に、隠し事は無理か」

「買い被りだ。それこそ、子供でも見当がつく。護衛が不要であると謳《うた》われるほど気配に聡い王が、共寝する将軍の存在が感じられないという疑問を、放置するわけがないだろう？」

「……その通り」

「俺の忠告は丁度《ちょうど》良い口実と言ったところか？　念願が叶って喜ばしいことだ」

「……賢者殿。俺はずっと、タイガが欲しかったんだ」

身動《みじろ》ぎすると、酷使された腰と男に拓《ひら》かれた場所が痛むのだろう。

それでもその痛みすら愛しいとでも言いたげに、ソファの上で身を丸めたノイシュラは、恍惚《こうこつ》とした表情で言葉を紡《つむ》ぐ。

「俺が薬で眠っていると思い込んでいるタイガは、俺の手を借りて自分を慰《なぐさ》めていた。……もどかしい、もっと自由に俺の身体を使ってくれたら良いのにと、いつも願っていた」

「……だがそれに陛下が気づいていると、将軍に悟られでもしたら」

「きっとタイガは俺と距離を置いただろう。守り続けてはくれる。でも今度こそ、一緒に眠ることはしてくれなくなる」

「まぁ、一理ありますな」

「だが昨晩は、異邦人が滞在していた。タイガは俺の傍《そば》から離れられない」

俺やヨルガと護衛騎士達といったパルセミス王国の関係者に加えて、シラユキ姫を筆頭としたヒノエ国の従者達。どんな行動を取ってくるか見当がつかない相手が同じ城内にいるのに、タイガがノイシュラの傍《そば》を離れるような真似はしないだろう。

「それに……またあんな女狐みたいな相手と結婚されるのも、嫌だ」

おや、そこそこ辛辣《しんらつ》な台詞《せりふ》だ。

肩を竦《すく》める俺を他所《よそ》に苦虫を噛み潰した表情をしたノイシュラは、備え付けのピローに軽く拳《こぶし》を打ち込んでいる。

「人を雇って誘惑させてみたら……あっさり靡《なび》いた。タイガの妻に選ばれながら、信じられない」

「……ふむ」

「でも今は……俺がタイガの妻だ」

どうやら、俺の読みは当たっていたらしい。

誰の目から見ても分かる好意を剥《む》き出《だ》しにして、ノイシュラ王に愛と忠節を捧げているタイガ将軍。

だが、それよりも。

「因《ちな》みに、将軍の元細君の行方は？」

「国境を越えた先までは干渉していない。……ただ」

「……ただ？」

俺が答えの先を促《うなが》すと、ノイシュラは子供のように肩を揺らし、くすくすと笑う。

「胎の中に遺恨となる存在がいないかどうかは、確かめるよう指示した。……いなかったと、報告は受けている」

「……それはそれは」

じわりじわりと退路を絶ち、真綿で首を絞めていくような、畏怖さえ感じる愛し方。

ノイシュラが抱える執着は、タイガの抱くものよりも、きっと遥かに大きい。

言うまでもないことだが、このタイプの思考回路を、俺は嫌いじゃない。

「なかなか良い手腕をお持ちだ。流石《さすが》は、凶王陛下」

「……お褒めに与《あずか》り、光栄だ」

「ククッ」

俺と似た思惑《おもわく》を描ける、ノイシュラ。

それならば、この先起こりうるであろう『騒動』も、お見通しか。

「それではノイシュラ陛下。暫《しば》し城内を騒がせることと相成りますが、どうかご容赦を」

「あぁ……やはり、動きそうなのか。構わない、ヒノエに恩を売る良い機会だ」

「ご温情に感謝いたします」

もう一度ノイシュラの頭を撫《な》でた俺が、緩やかに頭を下げるのと同時に――

〈ドォオォオン!!〉

「っ！」

「おっと……！」

遠くから響いてきた爆発音と、一瞬遅れて窓を揺らす衝撃波。

俺はソファの上で傾《かし》ぎそうになったノイシュラの身体を支え、ガタガタと小刻みに家具を揺らす振動が収まるのを待つ。それが落ち着いてきた頃に、今度は城下に広がる街のほうから悲鳴と喧騒《けんそう》がここまで聞こえ始めた。

「ノーラ！　無事か！」

ヨルガを連れたタイガが最初に部屋に駆けつけ、俺に支えられたノイシュラの姿を見つけ、ほっとした表情になる。

「タイガ、俺は大丈夫だ。……それより、何があった？」

「城壁の一部が何者かに爆破された。その上、城壁外の水晶が何らかの方法で鳴らされているらしく、おびき寄せられたヤヅが城下街に入り込もうとしている」

「何だと!?」

「今は騎士団や冒険者達の尽力で何とか侵入を阻止できているが……大本を叩《たた》かなければ被害が広がる」

「……成るほど」

青褪《あおざ》めたタイガの報告を聞き終えた俺は、腕の中に庇っていたノイシュラの身体をタイガに預けた。

黙って控えていたヨルガが腕を伸ばし、立ち上がった俺の肩を抱く。耳元で囁《ささや》くように伝えられた簡潔な報告は、俺の予想していた通りの人物が動き始めたというもの。

「急《せ》いては事《こと》を仕損ずる。仲間の失敗を見ていたはずなのだがなぁ」

それともすぐにでも結果を出さねばならないほど、彼の主人は結果を急いでいるのか。

どちらにしても、本人を捕らえてからのお楽しみだ。

「では、騎士団長殿。久方ぶりに、お前の無双ぶりをとくと拝ませてくれ」

顎《あご》の裏を軽く指先で掻いてやりながら俺が強請《ねだ》ると、可愛い忠犬は目を眇《すが》め、俺を見つめたまま舌舐めずりをする。

「御心《みこころ》のままに、元宰相閣下」

……これは、ご褒美を弾んでやらないといけなくなるかもしれないな？

† † †

リサルサロス王城は首都ネピメンの高台に建っており、街を囲う黒壁が一望できる位置にある。

街の灯りを見下ろしたバルコニーから目を凝らすと、正門がある南側ではなく、王城までの距離が比較的近い東側の外壁に大きな穴が開いているのが分かった。巻き起こる土煙の中に見え隠れるのは、巨大な百足《ムカデ》の外見をした蟲《むし》の姿。

どうやらあれが、ヤヅと呼ばれているモンスターらしい。

「……なかなかに、えぐい外見だな」

無数の歩脚と、牙のような顎肢《がくし》。鎧《よろい》を纏《まと》った体節をくねらせながら襲いかかられる状況を想像したら、流石《さすが》の俺でも背筋が寒くなる。

顔を顰《しか》める俺とは裏腹に、軽く首を捻《ひね》ったヨルガは、憎たらしいことにけろりとした表情だ。

「そうか？　以前、サナハで討伐に協力した砂蟲《すなむし》の成虫は、もっと不気味だったぞ。何せ体表から滲み出る粘液が――」

俺は悠長にも武勇伝の一部を語りだしそうだったヨルガの尻を叩《たた》き、早く行けと視線で促《うなが》す。

ふっ、と片頬で笑った騎士団長は俺の頭に軽く口づけてからバルコニーの手摺りを掴み、身軽に乗り越えた。

まさかそこから行くと思わなかった俺は、慌てて眼下を見下ろす。

石造りの城壁を数度蹴って衝撃を緩和させたヨルガは、軍服の裾を靡《なび》かせて見事に着地を決めた。馬に飛び乗り、手綱《たづな》を引いて走り出す後ろ姿は、穴の開いた黒壁に向かって一直線に小さくなっていく。

「……化け物め」

口ではそう言いつつも、俺も悪い気分ではない。

傍《そば》に侍《はべ》らせることで忘れがちだが、ヨルガはパルセミス王国随一の騎士。息子のシグルドもリュトラも、騎士達の中では抜きん出て優秀ではあっても、実力はまだ父親に及ばない。

そんな男が、俺の夫だ。

「タイガ」

杖をつきながらバルコニーに出てきたノイシュラは、ヨルガを見送っていた俺の隣に立つと、背後を守るタイガのほうに顔を向けて微笑《ほほえ》む。

「お前も、行ってきて良いぞ」

「……ノーラ、しかし」

「俺は大丈夫だ。近衛兵《このえへい》も揃っているし、何より……近くで見たいだろう？　パルセミス王国の誇る盾の、武勇」

「……ああ」

「後から俺にも教えてくれ。楽しみにしている」

「ありがとう、我が君……すぐに戻る」

ノイシュラの頬に掠《かす》めるような口づけを落とした後で、タイガもヨルガと同じようにバルコニーから飛び下りる。宙でくるくると身体を丸めて回転した挙句の重力を感じさせないすとんと柔らかい着地は、猫科の獣特有のものか。しかもタイガはぶるりと肩を震わせたかと思うと、馬を使わず、四つ脚で一気に走り出したのだ。

「速いな」

あっという間に遠ざかる姿は、大地を駆ける獣そのもの。おそらく、馬に匹敵するかそれ以上の速さだ。武力ではヨルガに敵わないかもしれないが、逃げに徹された場合は、タイガを捕らえることは不可能だろう。

「アンドリム様！　ノイシュラ陛下！」

「これはシラユキ姫様。ご機嫌麗《うるわ》しく」

「おはようシラユキ姫。大事ないか」

周囲の騒ぎに焦って駆けつけたと見えるシラユキ姫と従者のアサギ、それに護衛を務めているヨイマチの三人は、のんびりとした様子の俺とノイシュラに、些《いささ》か拍子抜けしたようだ。

シラユキ姫はノイシュラに手招きされておとなしくその傍《かたわ》らに控えはしたが、困惑した表情で、瞳を閉じたままのノイシュラを見上げる。

「陛下、その」

「ん……どうした、シラユキ姫」

「街の外壁に、穴が。そこから大蟲《おおむし》が……」

「フフッ、流石《さすが》に分かっている。心配ない。パルセミスの騎士団長殿とタイガが処理に向かっているゆえ、程なく鎮圧されるだろう」

言っている側から、ヤヅの上げる悲鳴とも絶叫とも言えぬ断末魔の叫びが街の喧騒《けんそう》を引き裂くように響く。同時に、巨躯《きょく》を誇っていたヤヅの一頭が、半分になって崩れ落ちる様《さま》が遠目にも見える。続け様に一頭、また一頭と切り裂かれた長い身体がのたうち回り、それは更に誰かの手で完膚《かんぷ》なきまでに砕かれていく。

……明らかに、過剰戦力だな。

バルコニーを守護する近衛兵《このえへい》達の間からも、おぉ、と感嘆の声が漏れている。

「……そろそろ、でしょうな」

「あぁ」

シラユキ姫の頭を軽く撫《な》でたノイシュラは、少年の小さな背中をそっと押し、俺の傍《そば》に行くように促《うなが》した。瞳を瞬《また》かせたシラユキ姫が逆らわず俺の近くに移動したのを確かめた後で、腰に帯《お》びていた細身の剣を抜き放つ。

「頼むぞ、兄弟」

ノイシュラの言葉に、それまでおとなしくバルコニーの各所に控えていた近衛兵《このえへい》達が、一斉に臨戦態勢を取った。重い兜《かぶと》を脱ぎ捨て、低い姿勢で双剣を構えるその姿は、タイガのものとよく似ている。ノイシュラの身辺を警護する近衛兵《このえへい》は、ムタニ族で統一されているのだろう。

――!!

俺達の耳には届かぬ音が、空気を震わせる気配。

同時に伝わってくる、不気味な振動。大地そのものが震える地震とは違う、まるで重量のある何かが地を這《は》うようなそれは、城の間近に辿り着くと、あろうことか城壁を一気に駆け上がってきた。

「シラユキ姫、失礼」

それが到達する前に、俺はシラユキ姫を抱きかかえ、部屋の中に避難する。

同時に石造りの床を喰い破るようにして、巨大な蟲《むし》の頭が次々とバルコニーの上に飛び出してきた。ガチガチと顎肢《がくし》を鳴らし、獲物を捕らえようと触覚を蠢《うごめ》かす異形の姿。

こちらに走ってきたアサギは、シラユキ姫と姫を抱えたままの俺を護《まも》るように短刀を構えたが、ヤヅの群れが織りなす恐怖の光景を目の前にして、その手が震えてしまっている。ヨイマチは一瞬迷った様子を見せたものの、ノイシュラに促《うなが》され、結局はシラユキ姫の傍《そば》に駆け寄った。

「グギギギギ、ギギュア……！」

バルコニーに這《は》い上がってきたヤヅ達はノイシュラと近衛兵《このえへい》達を取り囲み、不気味な声を上げ続ける。傍《はた》から見れば、万事休すと言った状態だろうか。しかしノイシュラと近衛兵《このえへい》達は、平然としたものだ。

「ノイシュ、客人達は退避した」

「うん、ありがとう」

「何だよ、思ったより数が少ないな。族長《タイガ》に負けちまう」

「だから外壁側に行こうって言ったじゃないか。読みが甘えんだよ」

「無駄口叩《たた》いてないで、客人のほうには飛ばさないように注意しろよ。後でノイシュに怒られるぞ」

「へいへい、りょーかーい」

「そんなヘマはしねーって」

近衛兵《このえへい》達が交わす軽口の応酬に微笑《ほほえ》んだ後で、ノイシュラはスッと右手を上げた。

親しい間柄特有の砕けた態度を見せていた近衛兵《このえへい》達は途端に表情を消し、虹彩が縦長に絞られた獣の瞳に獰猛《どうもう》な光を宿らせる。

「……屠《ほふ》れ、兄弟」

ノイシュラの言葉と同時に……

バルコニーを占拠していた群れが引き裂かれ、緑色をした巨蟲《きょちゅう》の体液が瓦礫《がれき》の上に飛び散った。

俺は咄嗟《とっさ》にシラユキ姫に目隠しをして、少しばかり刺激の強い映像から目を背《そむ》けさせてやる。

「グギャアアアアア!!」

無数の脚や体節を切り裂かれたヤヅ達は、苦悶《くもん》の叫びを上げてノイシュラとその近衛《このえ》達に襲い掛かるが、ノイシュラはヤヅの行動が見えているかのように軽く身体を捻《ひね》るだけでそれを避けてしまう。そして、近衛兵《このえへい》達はのたうちまわるヤヅの身体を捻《ひね》り、切り裂き、打ち砕きと、獲物をいたぶる獣のような殲滅《せんめつ》を繰り広げた。いやこれは殲滅《せんめつ》というよりも、狩りかさて。

この有様では、ノイシュラと近衛兵《このえへい》達がヤヅを駆逐するのに、然程時間はかからないだろう。

そうなれば——

「……まぁ、来るだろうなぁ」

俺はシラユキ姫の目を手で覆ったまま振り返り、微笑《ほほえ》む。

「そろそろ出てきたらどうだ？　フ、フ、フカガワ」

「えっ……」

動揺するシラユキ姫とアサギを他所《よそ》に、ヨイマチは小太刀《こだち》を構えたまま、光の届かない部屋の片隅に視線を向けた。

「……気づいていたのか」

影の中から、滲み出る声。

同時に姿を見せる、逞《たくま》しい男の体躯。

シラユキ姫の従者の一人、フカガワだ。

何処《どこ》から引き入れたのか、その後ろには、武器を構えた黒装束の男達が何人も控えている。

「毎度、ご苦労だがな」

ヨイマチの後ろで、俺は薄く笑う。

「消去法で出る答えだ。次に動くなら君だろうと、この国に入る前から分かっていた」

「……ならば俺がこうしている意味合いも、お分かりか」

「無論」

俺は目隠しをしていないほうの指先で、シラユキ姫の髪をゆるりと梳《す》く。

「国主継承権の一位である、シラユキ姫のお命」

「っ！」

シラユキ姫の肩が跳ねる。

目隠しをしていた俺の手を掴んで引き下げ、真っ直ぐにフカガワを見つめたその瞳は、驚愕《きょうがく》に満ちていた。

「フカガワ……⁉」

「……姫」

「どうして、どうしてですかフカガワ！」

幼い姫の真っ直ぐな糾弾に、フカガワは眉根を寄せ、ただ唇を噛む。

「シラユキ姫。貴方様の外交が上手くいいいいったからですよ」

「え……」

「貴様……！」

あえて答えなかったのであろうフカガワの代わりに、親切な俺はシラユキ姫にも理解し易いように、丁寧な解説を続けた。

「パルセミス王国の騎士団長を大蛇退治のためにヒノエに召喚する。単純に聞こえるかもしれませんが、国家の運営に携《たずさ》わる者であれば、それがどれだけ非常識な懇願か知っています。それこそ絹をどれだけ積まれようとも、貴方様を妾《めかけ》にいただけようとも、ありえない話だ。不興を買い、その場で切り捨てられてもおかしくない使命を、貴方様は課せられていたのです」

「……そ、んな」

「そうでなくとも、結果を出せぬまま帰国すれば、姫に待つのは生贄《いけにえ》にされる未来のみ。フカガワ殿にとっては、どちらに転んでも良かった。主人であるセイジ殿の国主継承順位が、上がるのであれば」

心の内を言い当てられたフカガワは、俺を親の仇《かたき》のごとく睨《にら》み付《つ》けたまま歯噛みをする。

愚かな奴だ。

姫に知られたくなかったのならば、もっと上手い手を考えれば良いのに。

「貴方様も、二人の兄君も、相当の箱入りだ。国営は、一枚岩では逆に危うい。人の心が善意で動くことがあっても、国家は善意で動いてはならない」

それなのに――

予想に反して、パルセミス王国は、動いた。

正式に騎士団長の派遣が決まり、トキワとセイジの側近は、慌てふためいた。

焦り、パルセミス王国に咎《とが》を被せようと、オスヴァイン家に滞在している最中にシラユキ姫の毒殺を企《くわだ》てた、トキワ王子の腹心であるツララ。

そして今度は、リサルサロス王国にシラユキ姫死亡の責任を負わせるために。あわよくば、若き国王の生命までも奪えれば上々であると、フカガワは部下をネピメンに潜入させ、兼ねてよりの策でヤヅを操り、城を襲撃させたのだ。

淡々とした俺の説明に涙を浮かべるシラユキ姫を悲壮な表情で見つめたフカガワは、じっと睨《にら》み付《つ》けてくるヨイマチに視線を移し、深々と頭を下げた。

「頼む、ヨイマチ。……引いてくれ」

「……耳を疑う冗談だな」

「俺は、お前を殺したくない。……姫様だけで良いんだ。そうしたら、セイジ様の継承順位が一位になる。姫様の黄泉路《よみじ》は俺が供を務める。だからセイジ様のことを……頼まれてはくれないか」

「寝言は寝て言え、フカガワ」

戦えない俺とシラユキ姫、まだ戦力に及ばないアサギ。そして、そんな三人を一人で背中に庇った、ヨイマチ。

バルコニーで続いているヤヅとノイシュラ達の戦闘は、まだすぐには終わりそうにもない。圧倒的に不利な状況で、それでも一歩も引かないヨイマチに、フカガワは悲しそうな表情になる。

「こんな形で終わりたくなかったなぁ、ヨイマチよ」

「クッ！」

「パルセミスの相談役殿も、これは巻き込まれた不運だ……諦めてくれや」

そう言って刀を抜こうとする、フカガワの前で――

「……フフッ」

俺は笑いを堪え、小さく肩を揺らす。

「ククク……クッ、ハハッ、ハハハハ！」

結局堪えきれず、腹を抱えて笑い出す俺を、フカガワのみならず、その背後に並ぶ黒装束達も、ヨイマチとシラユキ姫も、唖然《あぜん》とした表情で見つめてきた。

「……アンドリム、様？」

「アンドリム殿!?」

「おいおい……恐怖で気でも違ったか？」

一頻《ひとしき》り、笑いの発作に苛《さいな》まれた後。

漸《ようや》く落ち着いた俺は、銀縁の眼鏡を外し目尻に溜まった涙の滴《しずく》を指先で拭《ぬぐ》う。

そのまま翡翠《ひすい》の瞳でゆったりと流し目を注ぐと、フカガワと黒装束達は小さく息を呑んだ。

「いやはや、すまん。あまりにも」

そう、あまりにも。

「あまりにも、予定通りすぎてな」

「え……」

「何だと……？」

訝《いぶか》しげな表情になるフカガワの前で、俺は紐の付いた真鍮《しんちゅう》の小さな笛をコートのポケットから取り出し、指先にその紐をかける。

ぷらぷらとぶら下がった笛の正体を言わずとも察したのだろうフカガワは、思わず息を呑む。

「それは！」

「所持品の所在は、把握しておくことだな。ヨイマチが見つけてくれたものの複製を、パルセミスを経つ前に、トリイチに頼んで作らせておいた」

その上で現物は再び元の場所に戻したから、フカガワも疑いを持たなかったと見える。

俺が指先で弄《もてあそ》んでいるのは、フカガワが服の下に隠し持っているのと同じ特注の笛。人間の耳には聞こえ辛《づら》いが、ヤヅが仲間を呼ぶ時に上げる鳴き声と、同じ音を鳴らす効果を持っている。かなり遠くになるとヤヅでも聞こえなくなるかもしれないが、城から外壁付近までであれば、笛の音も届いただろう。

「リサルサロスを通ると定めてから、お前の動きが忙《せわ》しなかったからな。何処《どこ》かで仕掛けてくるとは思っていた」

「つまり、アンタの目論見《もくろみ》通りってわけか」

「まぁ、そうなるな。……さて、ここで思い出してもらおうか、フカガワよ」

警戒を見せるフカガワの前で。

俺は、唇の端を吊り上げて、ただ嗤《わら》う。

「私のことを、知っているな？」

一度その目で、目の前で、見ただろうに。

「私がどんな展開を好むか……分からないお前では、ないだろう」

笛の複製が一つ、俺の手元にあるのならば――

「っ……まさか！」

「ククッ……予想が付いたか？　あっちだな」

顔色を変えたフカガワは、俺が指差した城壁塔が見える窓に駆け寄り、最上階に視線を向ける。

「……セイジ様！」

彼が主人の名前を叫ぶ。

並んだツィンネの隙間から見え隠れしているのは、戸惑った様子のセイジ。彼の周囲に護衛の姿はなく、何かを探すように視線を巡らせている。彼は「シラユキ姫が助けを求めている」と言って呼び出されたのだ。

「騙されないように、誰が来ても扉を開くなと教えておけば良かったなぁ？　フカガワよ。弟思いの兄君だ。……情に篤《あつ》いのは良いが、もう少し人を疑うことを覚えさせるべきだ」

セイジがいる城壁塔の最上階は、バルコニーの高さとそう変わらない。

セイジがいる城壁塔の同じ場所で、笛を鳴らすことができるならば。

ヤヅは迷いなく彼を襲いにいく。

しかしそれは同時に、笛を鳴らす人物も同じ悲劇に遭《あ》うことを示す。

「……っ！」

その事実に気づいたフカガワは、信じられないといった表情で、俺を見つめる。

「……この、外道が！」

セイジの背後に佇《たたず》む、一つの人影。

合図があればすぐにも笛を吹き鳴らせるように。

笛を唇に咥《くわ》えたまま、黙って俺を見つめる、虚《うつ》ろな瞳。

「ツララ!!」

俺がわざわざ用意してやった【捨て駒】の名を呼ぶ声が――

慟哭《どうこく》混じりの叫びとなって、響いた。


年齢不詳、眉目秀麗《びもくしゅうれい》と謳《うた》われるこの外見は、何かと役に立つと俺は思っている。

番《ヨルガ》に存分に愛してもらえるという点も大事なのだが、もっと有用な部分は、この整った顔立ちが敵の油断を誘い易い点にある。

かつては憂国の宰相、今は最後の賢者。

大層な二つ名を持っている相手であれば、それなりに警戒してても良さそうなものなのだが。ヨルガと寄り添う俺の容貌を目にした相手は「そういうことか」とほくそ笑み、俺の持つ二つ名を、パルセミスの盾と釣り合いをとるための大袈裟《おおげさ》な呼称だと判断しがちだ。

俺は、その誤解をわざわざ解いてやるような、無粋な真似はしない。

最後の最後で俺の正体を知り、騙されたと泥沼の中で踠《もが》いても、もう遅い。

そして不思議なことに、この『油断』は目の前で誰かの破滅を目にした経験のある者にも及ぶ。

丁度《ちょうど》この、目の前で絶望に震えている男のように。

「貴様……なんと、なんということを……！」

「ククッ、何か問題でも？　アレは幼き姫に毒を盛ろうとした咎人《とがびと》。下げ渡されたからには、どんな扱いをしようと、私の自由だ」

「くっ……！」

歯噛みをするフカガワの前で、俺はシラユキ姫の頭を優しく撫《な》でる。

「さて、シラユキ姫」

名前を呼ばれ、何事かと見上げてくるシラユキ姫の前で片膝をついた俺は、ヒノエの幼い次期国主候補と視線を合わせ、ゆるりと微笑《ほほえ》んだ。

「選びなさい」

「え……？」

幼い姫にも正しく理解ができるように、俺は言葉を選び、その両手に委《ゆだ》ねられた選択の意味を丁寧に諭《さと》す。

「あそこにいるのは、貴方の兄。貴方を慈《いつく》しみ、その身を護《まも》り、旅路を支えようと同行してくれた、優しい兄君。……だが同時に彼の人は、間違いなく……いずれ貴方の敵となる」

「っ！」

身体を強張らせるシラユキ姫に、もう一度微笑《ほほえ》みかける。

俺が指差した先にあるのは、戸惑うセイジのすぐ傍《そば》に控え、笛を咥《くわ》えたままこちらを見つめ続けるツララの姿。

「貴方は、次期国主候補の筆頭だ。一度でも貴方を脅《おびや》かそうとした者を、許してはいけない。たとえそれが過《あやま》ちであったとしても、断罪せねば示しがつかない」

「……それ、は」

「ただ、貴方ならば。……貴方だけが、その終わりに意味を与えることが、できる」

俺の言葉に、シラユキ姫は息を呑む。その揺れる瞳が意味するのは、シラユキ姫が俺の言葉を正しく理解したという事実だ。

……成るほど、幼さゆえの経験不足はいたし方がなくとも、流石《さすが》は国主候補。パルセミス《うち》の甘ちゃん陛下とは大違いだな。

「さぁ、選びなさい、シラユキ姫。貴方が望む道は、どちらだ」

小国ヒノエが、旧き倭国と近い感性を持つ国ならば。

自らの生命を賭《と》し、いずれ国主の仇となり得る存在の排除に努めたとなれば、その死は誉《ほま》れだ。

「……セイジ、兄様」

シラユキ姫の声は、震えていた。

ヒノエ国第二王子、セイジ。

彼は側室の子でありながらも、国主モトナリに特に目をかけられていたそうだ。側室の一人であり、セイジの実母であるトモエが、モトナリが師と仰《あお》いだ学者から学問を学んでおり、モトナリとは幼馴染《おさななじみ》の関係にあるからだ。側室として輿入れしてからも二人の関係は良好で、モトナリが赴《おもむ》く外遊や国内視察には本妻であるヒルガオを差し置き、トモエが付き添うことも多かったと聞く。

それでも、第一王子のスサノイが健在の頃は、次期国主候補の座に揺るぎはなかった。セイジもトキワもスサノイを慕っていたし、側室達もスサノイのことだけは認めていた。

だがスサノイが八岐大蛇《ヤマタノオロチ》討伐に失敗し、生命を落としたことで、その均衡が崩れる。

側室達が我が子を国主にと画策し、手駒を使い始めたのだ。

フカガワが擁立《ようりつ》しようとしているセイジは、その最たる人だろう。シラユキ姫にとっては優しい兄でも、セイジは第二王子。反旗の神輿《みこし》と担ぎ上げられれば、本人の意志など追いつかぬ場所で勝手に対立が深まっていく。

ましてや排除の理由を上手く他所《よそ》の国に押しつけたと思っていたシラユキ姫が、首尾良く強力な援軍を得て堂々の帰国を果たすとなれば。モトナリから寵愛を受ける自分の息子が次期国主に相応《ふさわ》しいと考えていたトモエ一派の反目は、必然だろう。

だからこそ。

シラユキ姫の選ぶべき正解は、一つしか、ないのだ。

「アンドリム、様」

「……えぇ、ここに」

今だけは、シラユキ姫に仕える側近のように。

その傍《かたわ》らで頭を垂れる俺に、幼き姫は消え入りそうな声で。

それでも確かな言葉を、口にした。

「ツララに……ツララに、笛を吹く、合図を」

……見事だ。

「っ……姫様!?」

「承りました」

驚愕《きょうがく》するフカガワを尻目に、恭《うやうや》しくシラユキ姫に一礼を捧げた俺は、ツララに向かって大きく指を鳴らす。

俺の合図を目にしたツララは、ゆっくりと目を閉じて、大きく息を吸い込む。

――――!!

音のない笛が、吹き鳴らされた。

「グギャギャギャギャギャギャ!!」

「ギギギギギギィ!!」

街の外壁近くから、迫ってくる幾《いく》つもの震動。

それは石畳を押し上げ、城壁塔を駆け上り、そこにいた『餌《えさ》』に迷いなく喰らいついた。

「セイジ様ーー!!」

泣き叫ぶ、フカガワの絶叫。

両手で顔を覆い、その場で蹲《うずくま》るシラユキ姫。

アサギは顔面を蒼白にしながらも姫を守るようにその小さな身体に寄り添い、ヨイマチは城壁塔を見上げ、苦渋の表情で静かに合掌する。

いつの間にかバルコニーでの狩りを終えたノイシュラと近衛兵《このえへい》達が、今度はフカガワと黒装束の周りを、ぐるりと取り囲んでいた。

力をなくして項垂《うなだ》れるフカガワを見捨てて逃げ出そうとした黒装束達は、待ち構えていた近衛兵《このえへい》達に次々と討ち取られている。

「……片付いたようだな」

コツコツと杖をつきながらシラユキ姫の傍《そば》に歩み寄ったノイシュラは、俺のほうに顔を向け、満足げな笑みを浮かべた。

「気に入ったぞ、賢者殿。幼き身には厭《いと》わしい選択であっただろうに。大局を見据《みす》えての決断、実に見事だ」

「えぇ。このアンドリムも、シラユキ姫のご英断、しかと見届けさせていただきました」

「賢者殿の慧眼《けいがん》には、恐れ入る……さぁシラユキ姫、立て」

「う、うぅ……」

嗚咽《おえつ》を漏らし続けるシラユキ姫の背中に、ノイシュラの掌《てのひら》が、そっと添えられる。

「王とて、人間。悲しい時は泣いても良い。苦しい時は、喚《わめ》いても良い。だが、姫がこれより歩むは、血の道。泣き続けては前に進めぬ」

ノイシュラにも泣き続け、前に進めない日々があったのかもしれない。

それを救ったのが、タイガ将軍だったのだろう。

「兄の分までもなどと、気負うな。故人の意志を継ぐなど、ただの自己欺瞞《ぎまん》よ。姫がこの先、自ら手にかけた兄に報《むく》いる術《すべ》は唯一つ。残された者達に、認めさせることだ」

「認めさせ、る……？」

少しだけ顔を上げたシラユキ姫の身体を軽々と抱き上げ、ノイシュラは「そうだ」と、光の宿らぬ瞳を向ける。

「我こそが国主に相応《ふさわ》しき器《うつわ》だと、その格を遍《あまね》く示すことだ。王の資質は、武威のみに非《あら》ず。俺も賢者殿も、その資質を姫の中に見出した。なればこそ、姫に手を差し伸べた」

「……私、の。中に……」

「その通りだ、幼き姫よ。今後は俺が、姫の後ろ盾となろう。安心して、戦ってくると良い」

「えっ……」

「真《まこと》でございますか！」

シラユキ姫と同時に驚きの声を上げたのは、姫の護衛であるヨイマチだ。

大国リサルサロスの国王ノイシュラが直々に支持を表明してくれるとあれば、それはシラユキ姫にとって、この上ない援助となる。パルセミス王国騎士団長の協力を取り次ぐことに成功し、リサルサロス王国の国王には後ろ盾の約束を示された。ヒノエ国にとってシラユキ姫の価値は、この旅程で何倍にも跳ね上がったと言っても過言ではない。

「……さぁ、シラユキ姫。仕上げだ」

ノイシュラの指差す先にへたり込んでいるのは、虚《うつ》ろな表情で項垂《うなだ》れるフカガワ。

密命を果たせなかったばかりか、愛する主君と、おそらく友であったツララを一度に失った、哀れな男。

「フカガワ……」

シラユキ姫の呼ぶ名前に、フカガワは少しだけ反応する。

濁った瞳を占める、諦念《ていねん》という名の淀《よど》み。そのまま唇だけの笑みを浮かべたフカガワは、床につくほど頭を垂れ、断罪の時をひたすらに待つ。

「……ヨイマチ」

「はっ、姫様」

「これを、フカガワに」

ノイシュラの腕から下りたシラユキ姫が懐《ふところ》から出したのは、小ぶりの短刀。

いわゆる、懐刀《ふところがたな》というやつか。

「都奈之丸《ツナシ》を……宜《よろ》しいの、ですか」

「旅に出る前に、セイジ兄様からお護《まも》りにとお借りしたものですから……フカガワ」

のろのろと再び顔を上げたフカガワに向かって、シラユキ姫は穏やかに微笑《ほほえ》んだ。

「セイジ兄様の黄泉路《よみじ》を護《まも》ってくださいますか。貴方が一緒であれば、兄様も安心でしょう」

「姫様……？」

幕引きを、自らの手に委《ゆだ》ねてもらえること。

それはフカガワのように、武家に属しながらも隠密の任を果たす者達にとって、理想の最期だ。その末路を辿ることができるのは、ほんの一握りだろう。

シラユキ姫はその名誉を、自らの命を狙ったフカガワに、許した。

「シラユキは死後地獄に堕《お》ちますゆえ、浄土に逝《ゆ》かれる兄様とは、二度とお目通り叶いませぬ。それでもこの命あるうちは、修羅の道を歩み続けるとお約束いたします」

「……天晴《あっぱ》れな決意に、ございます」

ヨイマチから渡された懐刀《ふところがたな》を手に、フカガワは眦《まなじり》を下げ、晴れ晴れとした表情で笑う。

「シラユキ姫様からのお言付け、必ずや、セイジ様にお伝えいたします」

「……ありがとうございます」

「ヨイマチよ、世話をかけたな」

「フン……どうせいつかは、地獄で会うだろうさ」

「ハハッ、違ぇねえな。セイジ様を無事に浄土まで送り届けたら……地獄で待ってる」

居住まいを整えたフカガワは、懐刀《ふところがたな》を逆手に持ち、シラユキ姫に笑いかけた。

「ご武運を……シラユキ王子」

セイジがシラユキに預けた刀が、フカガワの腹に突き立てられる。

ぐ、と堪えた唇が血を吐く前に……

ノイシュラの剣が一閃《いっせん》し、フカガワの首を、一太刀《ひとたち》で刎《は》ねていた。

第六章　真実という演出

フカガワの企《くわだ》てたヤツの襲撃事件後。

シラユキ姫は熱を患《わずら》い、リサルサロスの王城内で数日間の療養を余儀なくされた。

幼い心身に背負わされた重責を鑑《かんが》みれば、さもありなん。リサルサロスの国内を安全に横断できる目安は付いているので、多少のタイムロスは問題がないだろう。

俺はシラユキ姫が療養をしている間に、姫の後見に名乗りをあげたノイシュラと協議を重ねた。

リサルサロスとヒノエが今後国交の正常化に舵《かじ》を切るならば、パルセミスも追従したほうが都合が良い。既《すで》に引責した身とは言え、賢者などと大層な呼称を得ている立場だ、せいぜい三国同盟の立役者として名を売らせてもらおう。

「……これはまた、因果を感じるな」

修復工事を終えたリサルサロス王城のバルコニーにて、パルセミス王国から知らせを運んできた伝書鳩を肩に止まらせた俺は、足輪に結えられていた手紙を一読し、息を吐きつつ眼鏡のブリッジを押し上げる。

パルセミスを出立前に、モリノとベネロペに依頼していた調査結果が届いたのだ。

「どうした、賢者殿」

俺が思索に耽《ふけ》る気配を感じたのか、近くにいたノイシュラが声をかけてくる。

「万が一の可能性を考えて、調べさせていたのだがな」

俺は鳩が運んできた手紙をそのままタイガに渡し、自分はヨルガを呼び寄せた。手紙に目を通したタイガは目を丸くして、ノイシュラを背中から抱き込むような姿勢で彼の耳にその内容を囁《ささや》く。

「何だって……!?」

流石《さすが》のノイシュラも、驚愕《きょうがく》を隠せない。

「賢者殿！」

「分かっている。幸い、俺とヨルガには予定がない。すぐに動こう」

「恩に着る。タイガ、母さんを」

「あぁ、離宮に使いを出す」

それから一刻もしないうちに、俺はヨルガとトキワを伴い、リサルサロスとオアケノス大公国の境にある小さな町に向かって馬車を走らせていた。

急がせているので、舗装された道とはいえ馬車の中がそれなりに揺れる。

俺の隣に腰掛け、遠慮なく腰に手を回してくるヨルガとは裏腹に、座席の対面に座ったトキワはかなり憔悴《しょうすい》した表情だ。兄の死に直結する命を下したシラユキ姫には及ばずとも、相応のストレスを感じているに違いない。

「……アンドリム様」

それでもシラユキ姫や他の従者がいない今が、俺に問いかける絶好の機会だと分かっているトキワは、恐る恐るではあるが声をかけてきた。

俺は彼に微笑《ほほえ》みかけ、軽く頷《うなず》いてやる。

「何か聞きたいことがあるのだろう？　話すと良い」

「……はい」

もちろん、俺がトキワだけを連れ出したのは、こうやって話をさせるためだ。

「アンドリム様。何故《なぜ》、私だったのですか」

そう、トキワの抱く疑問はもっともだ。

従者の暴走とはいえ、シラユキ姫の生命を狙う行為をしでかしたのは、どちらの陣営も同じ。しかし俺は第二王子のセイジではなく、第三王子のトキワを残した。そこには当然、今後を見据《みす》えた思惑《おもわく》が含まれる。

「後継争いというものは、何処《どこ》の国でも厄介だ。本人達の意向もさることながら、母親の持つ権力が与える影響は大きい」

セイジの実母であるトモエは豪族の娘で国主モトナリの幼馴染《おさななじみ》でもあるが、トキワの実母であるアマトは左大臣の娘だ。ちなみにフカガワはトモエの従姉妹《いとこ》の子供で、ツララの父はアマトの兄弟だ。それなりに、身内で固めた配置と言える。

単純に身分と後ろ盾の有無で考えれば、左大臣の娘であるアマトのほうが脅威だ。セイジは第二王子と言っても、母親は位《くらい》を持たない豪族の出身、国主継承権はシラユキとトキワの次である三番手だった。

「シラユキ姫の擁立《ようりつ》を目指す陣営にとって、トキワ殿の存在は、確かに邪魔だ。しかしそれは裏を返せば、貴方を自陣に引き込むことが叶えば、かなりの優位性を得るとも判断できる。そして国元には第五王子、イツガエの陣営もいるだろう。イツガエ王子のご母堂は確か……」

「……父上の従兄妹《いとこ》にあたります。祖母が姉妹同士で、彼女の異母兄は右大臣のサモンです」

そしてシラユキ姫の母であるヒルガオは、現国主モトナリの父であるモトチカの弟の娘。つまりこちらも国主のモトナリと従兄妹《いとこ》同士ということになる。

「さて、ここまでを踏まえて質問だ、トキワ殿。私が削ぎたいと思っているものは何だと考える？」

俺の問いかけに、トキワは少し視線を彷徨《さまよ》わせて考え込む。

シラユキ姫にとって一番脅威となり得るトキワを排せず、セイジを葬《ほうむ》った理由。トキワには危害を与えず、手足となって動いたツララだけを排除し、母のアマトに脅迫の余地を残した理由。そして何よりトキワ自身にその意義を、考えさせる理由。

「あっ！」

トキワの顔色が、変わる。

ほう。従者の暴走を許す甘さがあったものの、多少は思考できる頭を持っているらしい。

「……父上の権力、ですか」

信じられないとばかりに、疑惑と困惑を含ませた声色で返された言葉に、俺は軽く拍手を返す。

「ご明察です、トキワ殿。貴方を残して正解だ」

「……やはり」

「おかしいとは思っていたのですよ。国主モトナリ殿は病弱かもしれませんが、今日明日をも知れぬ身などではないでしょう」

第一王子のスサノイを亡くしたのは事実だ。それでもまだ、四人の王子が残っている。母親達の意向に背き、互いに助け合い支え合おうと決めた仲の良い兄弟が。

それなのに、国主継承権一位であるシラユキ姫を、無謀な使節としてパルセミスに赴《おもむ》かせた。それがトモエの指示でも、本来ならば国主のモトナリが止めるべきだ。

更に、シラユキ姫の身を案じたセイジとトキワが、その旅に同行することも許した。それぞれの従者が護衛を務めながらも状況次第ではシラユキ姫を亡き者にしようと動くであろうことは、重々理解していたにもかかわらずだ。

例えばモトナリがセイジを自分の後継に望み、贔屓《ひいき》しているのならば、まだ分かる。

母親の身分が低いセイジを擁立《ようりつ》させるために、トキワ王子とシラユキ姫の失脚を狙っての行動だとすれば、辻褄《つじつま》が合う。だがそれならば、セイジがシラユキ姫の旅路に同行するのは阻止されていなければおかしい。

だから、これらの事実が指し示す先は、一つ。

他でもない、国主モトナリ自身が、仕向けたのだ。

兄弟間で泥沼の争いが起こり易いように。

良くて徒労に終わり、悪ければ戦禍を招く旅の始まりを、敢えて静観した。

そう、判断できてしまうのだ。

「トキワ殿。私にも子供が二人いる。愛しい存在だ。何においても優先して守りたいと願う二人だ」

静かに続ける俺の言葉に、トキワは僅《わず》かにその瞼《まぶた》を伏せる。

「為政者の立場は、確かに苦渋が伴う。その判断一つで、万の民が命を落とすこともある。我が子を駒に使うなとは言わん。時には、必要なことも確かにあるだろう。だが、状況に流され利用されるがまま……そんな扱いをさせるのは、好ましくない」

そこに、本人達の意志が欠片《かけら》も存在せず。

ただただ戸惑う間に勝手に対立が深まっているとしたら。それはあまりにも、哀れだ。

「ゆえに、これは私からの嫌がらせだ。国主殿はすぐに気づくだろうさ」

まだ理由を確証づけていないが、国主モトナリがシラユキ姫を次期国主に望んでいないことは、確かだ。そればかりかおそらく、セイジにもトキワにも、イツガエにも、望んでいない。

シラユキ姫が、セイジ王子が、トキワ王子が、イツガエ王子が、その全てが、共食いの果てに、いなくなってしまうこと。モトナリが望んでいるのは、そんな血塗《まみ》れの舞台だ。

だからこそ俺は、そこに一石を投じた。

最初に排斥される予定ではなかったであろう相手を、シラユキ姫の踏み台に据《す》えたのだ。

「優位になるよう、仕向けてやった。国主殿が一番『望んでいない』シラユキ姫が、もっとも国主の座に近づくように、な」

俺がくつりと喉の奥で笑うと、トキワは膝の上で自らの手を握りしめる。

シラユキ姫がそうであるように、トキワも経験不足ではあっても、自分の立場を慮《おもんぱか》る程度の教養は身につけていた。だからこその、苦悩。

「……最後に一つだけ、お伺いしても宜《よろ》しいですか」

「何だろう？」

俺の瞳を真っ直ぐに見つめて、トキワは、願うような問いかけを投げかけてくる。

「貴方ならば……賢者と謳《うた》われる貴方ならば、どう扱いましたか。兄弟で争わなければならない俺達を、どう動かしましたか」

「……愚問だな」

俺は小さく、鼻で笑う。

その答えに救いはないが、僅《わず》かな導きは存在する。

だがその程度、だ。

動かぬ駒に、価値はない。

「私が『動かす』のではない。私が望むままに、自分で『動く』よう導いてこそ、優秀な駒を育てたと胸を張れる。流される術《すべ》しか知らぬ駒をいくら動かしても、大局を望めない」

「……そう、ですか」

「――それで……心は、決められましたか？」

そっと促《うなが》すと、トキワは静かに頭を縦に振る。

「ヒノエに帰る前に。母の妨害が及ばないうちに、私は継承権を捨て、シラユキの臣下に下ります。アンドリム様、ヨルガ様。シラユキに忠節を捧げる誓いの儀式に、立ち会いをお願いできますか」

「……素晴らしいご決断です。不肖の身で宜《よろ》しければ、喜んで」

「立会人の儀、謹《つつし》んで承ろう」

決意を示したトキワに俺は敬意を示し、ヨルガもしっかりと頷《うなず》いてみせた。


俺達を乗せた馬車はその後も街道をひた走る。やがてリサルサロスとオアケノス大公国の国境にある小さな町、ミルケに到着した。

「さて、まずは一仕事だ」

俺は馬車の扉を開いて地面に下り立ち、ゆっくり背伸びをする。

この町には、リサルサロス王国を穏やかに治めるのに欠かせない重要な人物がいる。

その人物は長く王族の追跡を逃れ、身を潜《ひそ》め続けていたと聞く。

「……リサルサロスの次期王を迎えに行くとするか」

ここは国境に位置する町だが、大きく栄えているわけではない。

ユジンナ大陸における国境線は河であったり、山脈であったりと、自然のもたらす地形を国境線の目印としているものが多かった。明確な土地測量の技術に乏しいこの世界では、それは当然のことと言えるだろう。

しかしミルケは少しばかり事情が異なる。この町はリサルサロス王国とオアケノス大公国の両国間に跨《また》がっていて、元々とある貴族が所有していた土地を二分割する目的で作られたものだからだ。

名目上、町と銘打ってはいるものの、二国間の交易拠点は街道沿いにある別の町に存在し、その実態は村に近い。記録上では、人口も数百人程度だ。

「アンドリム様。それで尋ね人は、どのような方なのですか」

護衛の騎士達に目的の家を探させている間に、同行していたトキワが問いかけてきた。

「トキワ殿は、リサルサロス王家の確執を既《すで》に耳にされましたかな？」

「はい。以前フカガワから。それと、シラユキ……様から」

「フフッ、良い心掛けです。――それでは現国王であるノイシュラ陛下が、前王エイゴ二世の実子ではないこともご存じかと」

「理解しております」

「上々です。私はノイシュラ陛下と懇談を重ねましたが、陛下はこの先、妻を娶《めと》ることはないと断言されています。陛下は、対外的には前王の第一王子。しかしその実は、ダルデニア王家の血筋に連なるお方です。この先で国内の有力貴族から妻を得るにしても、国外から呼ぶにしても、ハイネ王家の血脈を遺せはしない」

「確かに……そう、です」

おずおずと頷《うなず》くトキワの前で、俺は軽く腕を組んで微笑《ほほえ》む。馬車の中で交わした会話の時と違い、ここではまだ、トキワはシラユキ姫の従者を装《よそお》ったヒノエの王子。俺の言葉遣いが柔らかくなっているのが不思議なのだろう、困惑した彼の動揺ぶりが面白い。

「ここで思い出していただきたいのが、国内外に伝えられている、表向きの顛末《てんまつ》です。『ノイシュラ王は両眼に魔眼を持って生まれ落ちた。五歳になったノイシュラ王の魔眼に捉われたルーヴェント王子は、彼を拐《さら》おうとした。それを阻止しようとした近衛《このえ》騎士は、誤ってルーヴェント王子を殺《あや》めてしまった。騎士は国王の末妹姫の婚約者であったが、他国の王子を殺《あや》めた責任からは逃れられず、斬首の刑に処された。末妹姫は後に自ら毒を呷《あお》って自害した』……ほら、おかしいでしょう?」

トキワは、はっとした表情になる。

真実と照らし合わせてみれば、この話には明らかに不要な犠牲が、一つある。

「実際にルーヴェント王子を殺《あや》めたのは、国王であるエイゴ二世です。その罪を誰かに被せる必要があったことは分かります。だが何故《なぜ》わざわざ、妹姫の婚約者であった騎士に被せたのか……」

その裏にあった薄汚い感情などは、理解したくもない。

貴族出身である青年騎士とエイゴ二世の妹姫は、当時にしては珍しく恋愛感情から関係が始まり、婚約に至ったそうだ。妹姫が末子であったことも多少は影響していただろうが、互いの両親に認められ、議会の承認まで下りた二人の婚約に最後まで反対し続けていたのは、エイゴ二世ただ一人であったと聞く。

「エイゴ二世は、ハイネ王家の血筋に高い矜持《きょうじ》を抱いていました。貴族出身ではあるものの一介の騎士にすぎない青年に、王家の血を持つ末妹が嫁《とつ》ぐなど許されない……そんなことを、周囲に漏らしていたそうです」

ノイシュラが五歳になった頃。エイゴ二世の末妹姫は既《すで》に王宮を去り、青年騎士の実家である貴族の館に入って、結婚後に女主人として家を切り盛りするための教養を身につけていたところだった。

彼女は夫となるはずだった青年騎士が謂《いわ》れのない罪を着せられ、王の一存で裁判すら行われず斬首の刑に処されたことを知ると、青年騎士の実家から行方を晦《くら》ませる。

そして、一年が経った後。青年騎士が斬首された処刑台の上で毒を呷《あお》り、自ら命を断つ。

「……ならば、その空白の一年が示すものは、明白だな」

痛ましげな表情をしたまま、ヨルガが呟《つぶや》く。

「えぇ。おそらく彼女は……青年騎士の子を身籠っていた。調べさせた限りでは、どうやら女子を出産したようです。生まれてきた子供が魔眼を持たず、更に女子だったことに安堵した妹姫は、我が子を信頼できる相手に預け、自らは青年騎士の後を追いました」

「そんな……それではその子は、捨てられたも同じではありませぬか」

トキワの訴えに、俺は緩く首を横に振る。

「ただの駆け落ちの果てであれば、逃げ続けることができたかもしれません。しかし彼女は、リサルサロスに君臨するハイネ王家の姫。青年騎士の実家は彼が斬首の刑に処されたことで取り潰しの憂き目に遭《あ》い、頼ることは難しかったと思われます。そんな没落した家の子供を彼女が産んだとあれば、エイゴ二世はどんな手を使ってでも、その子を始末しようとしたでしょう」

「……っ！」

「だから彼女は隠しました。魔眼を持たない女子であれば、それこそ口減らしで養女に出されたり、奉公人となるために預けられたりする子供と見分けがつきません。……そこに、妹姫という目印さえなければ」

娘を兄王の手から守り抜く唯一の手段は自分が消えてしまうことだと判断した彼女は、敢えて青年騎士が処刑されたのと同じ場所で命を断ち、悲恋を前面に押し出して娘の存在をあやふやにした。

妹姫から娘を預けられたのは、青年騎士の実家に仕えていた初老のメイド長だ。彼女は生まれ故郷であるミルケに帰り、その子を『流行病で亡くなった娘の子』と周囲に伝え、愛情を注いで大切に育てる。

メイド長は数年前に亡くなったが、娘は健《すこ》やかに成長し、やがて商人の男性と結婚して幸せな家庭を築いた。

「さて……トキワ殿。隔世遺伝という言葉をご存じでしょうか」

「かくせい、いでん……？」

「子は、親に似ます。そして親は、その親である祖父母に似るのが普通です。だが時折、その順列を飛び越して……両親ではなく、祖父母やもっと前の世代。引いては先祖の特徴を顕著に持って生まれてくる子供がいます。これを、隔世遺伝と呼びます」

俺がパルセミス王国に調査を依頼していたのは、妹姫が産んだ娘の行く末だ。彼女の足取りは妹姫が命を賭けて隠蔽しただけあって綺麗に消えていたのだが、最近とある事件が起こったことにより、その存在が露呈した。モリノ達から届いた知らせには、その詳細が報告されていたのだ。

「ミルケに住むとある商人宅に生まれた子供が、片目に『魔眼』を宿している……と」

事実は小説より奇なり、とはまさにこのことだろう。

子供を取り上げた産婆は、若い頃に王室勤めの医師の付き添いをしていた経験があったとかで、偶々《たまたま》魔眼の存在を知っていた。彼女は生まれた子供の片目をすぐに布で覆い、母親に気をしっかり持つよう言い含めたそうだ。

夫である商人は当然ながら母親の不貞を疑い、子供を産んだばかりの彼女と言い争いになった末に、彼女と子供を家から追い出す。

彼女は我が子を養うために、産後の肥立ちがあまり良くないにもかかわらず、働くしかなかった。しかし、生まれたての子供を連れて、身寄りのない女性が他の町に移るのは難しい。そうなればどうしても彼女が働きに出るのは、今までと同じミルケの町になる。

既《すで》に彼女が夫以外の子供を産んだとの話は広まっていた。周囲から寄せられる好奇の視線と口さがない噂は彼女を苛《さいな》んだが、それでも彼女は子供のために必死に働く。

「――アンドリム様！　見つかりました！」

「教会の救護院にいらっしゃいます」

「ご苦労……では、行きましょうか」

護衛騎士達の報告を受けた俺は、ヨルガとトキワを促《うなが》し、町で唯一の教会に向かう。

無理を押して働き続けた彼女は遂《つい》に身体を壊し、今は教会の慈悲を受けて、母子共々救護院に身を寄せているようだ。

しかし救護院と言っても、ミルケの町では教会の規模そのものが小さい。

騎士の誘導で辿り着いた木造の建物は文字通りの荒屋《あばらや》で、扉を開くとひどい悪臭と淀《よど》んだ空気が鼻をつく。燭台の灯りすらない建物の中には粗末な寝台が幾《いく》つか並び、薄汚れた布を被って呻《うめ》く病人達の面倒を、老いた修道女《シスター》がたった一人で見ているとのことだ。

そんな病人達が並んだ救護院の一番奥に、赤子を抱えた彼女は座っていた。痩せ細った身体は、既《すで》に母乳も出ない状態なのだろう。空腹にむずがる我が子を抱きしめ、小さく「ごめんなさい」と啜《すす》り泣《な》く言葉が、涙とともに溢《こぼ》れ落《お》ちる。

「……失礼いたします。ソフィア様でお間違いないでしょうか」

俺は寝台の横に跪《ひざまず》き、殊更静かに、彼女に声をかけた。

誰かが救護院の中に入ってきた気配は感じていたのかもしれないが、それが自分を目的にしたものだとは思っていなかっただろう彼女は驚き、我が子を腕の中に抱きしめて庇う仕草を見せる。片目を布で覆われた赤子は僅《わず》かに動いたものの、大声で泣く元気は残っていないようだ。

「ご安心を、レディ。私はアンドリム・ユクト・アスバル。国王陛下の遣いとして、ソフィア様とご子息をお迎えにあがりました」

「え……陛下の⁉　な、何故《なぜ》ですか……⁉」

彼女の驚愕《きょうがく》と警戒は、もっともだ。

一町民として育ったソフィア嬢にとって、国王は自分とは全く関係のない、遠い存在。時間をかけて説明する必要があるが、取り敢えずこの不衛生な場所に、未来のリサルサロス国王を長く留まらせるのはいただけない。

「それに関しては充分に説明をさせていただきますが、まずは、私達と共に環境の良い場所に移りましょう。貴方様のことも、ご子息のことも、きちんとした医師に診察を仰《あお》ぐ必要があります」

「……この子は、この子は私の産んだ子供です。確かに瞳は稀有《けう》なものらしいのですが、それはきっと、夫の遠縁に王家の方がいらっしゃったためです。間違いなどでは……！」

自らの出自を知らない彼女が、夫のほうに遠因があると受け取るのは当然だろう。

俺は何度か頷《うなず》き、必死に言い募《つの》るソフィアの背中に優しく触れる。

「理解しております。ご子息は確かに、貴方様の実子で間違いありません。ただ、複雑な事情がございます。このままでは貴方もご子息も、体調を崩したまま儚《はかな》くなりかねない。どうか今は私を信じ、援助を受け入れてくださいませんか」

柔らかく微笑《ほほえ》みかけると、緊張に固まっていた彼女の身体から少しずつ力が抜けていく。

促《うなが》すように俺が差し出した手に我が子を預けたソフィアは大きく息を吐き、そして意識を失った。

ソフィアから赤子を受け取った俺は、護衛騎士を呼び寄せ、すぐに馬車を何台か手配させた。同時に病人達の面倒を診ていたシスターに多めの金貨を握らせて、ソフィア以外の救護院に入っていた病人達を纏《まと》めて別の場所に移動させる旨を承諾させる。老いたシスターは一も二もなく頷《うなず》き、救護院を運営していた教会の神父も、寄付金を積み上げることですぐにおとなしくなった。

「……何と言うか、あっさりとしていますね」

指示を飛ばす俺の代わりに赤子を抱き上げたトキワは、金貨を抱えてホクホクとした表情を隠そうともしない神父の姿に、いささか閉口気味だ。

パルセミス王国の竜神信仰とも、八百万《やおろず》の神を信仰対象とするヒノエ国とも違い、リサルサロス王国のものは至ってシンプルな女神信仰だ。偶像の女神は古代竜カリスのように恩寵を与えることも、大蛇のように国を直接脅《おびや》かすこともしない。

「確かに。しかし、統治者にとっては有難い話です。何もしてくれない神であればこそ、簡単に金で動かせる」

これが信徒に奇跡を与えたり、啓示を与えたり、勇者を生み出したりするような女神であったとしたら、その信仰を支える教会を動かすのは一苦労だ。何せ、『信仰』が本物であるのだから。

「まずはソフィア様とご子息がこの救護院に身を寄せた痕跡を消し去ってしまう必要があります。ですが、人の口に戸は立てられません」

例えば、あの神父が代表例だ。今は与えられた金貨に目が眩《くら》んで沈黙を誓っていても、後に再び誰かに金貨を積まれ、真偽を問いかけられたら即、答えてしまうことだろう。老女のシスターは残された病人達と一緒に、他の町に用意した治療院に移動してもらう予定だ。そこはノイシュラの息がかかった治療院なので、情報が漏れる可能性は低い。

「となれば、消すべきものは一つ。ソフィア様の『足取り』です。特に、彼女がご子息を産む前後の関係者は、入念に。多少気の毒とは思いますが……ソフィア様の元伴侶である商人とやらには、消えていただくしかないでしょう。既《すで》に手は打ってあります」

モリノは、ソフィアの夫であった商人が彼女を捨てた後のことまで調べ上げてくれていた。商人は「もう女なんて信じられない」などと嘯《うそぶ》く言葉を周囲に漏らしていたらしいが、悲嘆にくれる彼を慰《なぐさ》めてくれた女神のような女性とやらにあっさり靡《なび》き、もう入籍を済ませたというからお笑い草だ。

　これが、たとえ魔眼を持つ子を産んだとしてもソフィアを信じ続け、我が子を護《まも》ろうと奮闘するような男であれば、王宮お抱えの商人にでも召し抱えられていただろうに。愚かな奴だ。

「アンドリム様、準備が整いました」

「救護院にいた病人達は全て、馬車で治療院に向かわせております」

「……ご苦労。では、後を頼みます」

「はっ」

「お任せを」

　俺に頭を下げた護衛騎士達は、樽で運んできた油を救護院の床や壁に振り撒き、躊躇《ちゅうちょ》なく火をつけた。元々が荒屋《あばらや》に近かった救護院には瞬《また》く間に火が回り、木造の建物は炎に包まれる。

　町人達が何事かと叫びながら集まってくるが、赤子を抱いたトキワと護衛のヨルガを伴った俺は人の集まる方向とは逆に進み、町の入り口に停めていた馬車に戻った。

「ソフィア様は？」

「お申し付け通り、こちらの馬車で休んでいただいています」

　病人達を移送するために手配した幌馬車とは違い、ソフィアと子息のために用意した四頭立ての馬車は、コーチと呼ばれる大型の箱馬車だ。向かい合った座席の間にスツールを置き、隙間をクッションで埋めて簡易の寝台を誂《あつら》えた場所に、意識を失ったソフィアは横たえられていた。

　医師が同行していないので何とも言えないが、ノイシュラとの面談にはどうにか漕ぎ着けられるだろう。

「それではトキワ殿。そちらの馬車に乗り込み、ネピメンの王城まで、ソフィア様とご子息にご同行を願えますか」

「わ、私ですか」

「はい。先程から拝見していましたが、赤子を抱える手際もなかなか様《さま》になっていらっしゃいました。もしかして、トキワ殿はご兄弟の面倒を見られていたことがおありなのでは？」

俺の問いかけに、赤子を抱いたままのトキワは少し寂しそうな表情になった。

「シラユキ様とサツキは、私達とかなり年が離れていました。特にシラユキ様は身体が弱く、泣きすぎて体力が尽きると、そのまま死んでしまうこともあるとまで言われていたんです。だからいつも、私か兄上達の誰かが抱き上げ、泣きやむまであやしていました」

「……良い、思い出ですね」

小さく俯《うつむ》くトキワの頬に、俺は指先でそっと触れる。

「トキワ殿、忘れてはいけませんよ」

「……っ？」

「貴方様はこの先、シラユキ姫の家臣となります。これまで兄弟として、弟として庇護していた存在を、今度は主君として仰《あお》ぎ、護《まも》らねばなりません」

「……はい」

「でも、これだけは心の何処《どこ》かに留めおいてください。それでも、貴方様はシラユキ姫の『兄』です」

「っ！」

弾かれたように上げられた視線を受け止め、俺はトキワに微笑《ほほえ》みかけた。

「シラユキ姫がこれより歩むは、間違いなく修羅の道。魑魅魍魎《ちみもうりょう》が跋扈《ばっこ》する王権の中枢を、生き抜かなければいけない。そんな道を歩むと、シラユキ姫は、あの齢《よわい》で自ら選ばれました。その決意、その素質。称賛以外の言葉が見つかりません」

「はい」

「しかしトキワ殿。シラユキ姫の『兄』は、もう貴方様しかいないのです」

親指の腹で目の下から頬の膨らみにかけての稜線をゆったりとなぞり、辿り着いた唇の端を少しだけ押した後で、指先を浮かせる。離れていく俺の指先を残念そうに目で追うトキワの耳元で、俺は囁《ささや》いた。

「支えなさい。忠臣として、幼い姫君を全身全霊で支えなさい。それでも姫が膝をつきそうな時には……兄として、抱えておあげなさい。それは、貴方様にしかできないことなのです」

「私に、しか……」

「そうです。貴方様にしかできない、貴方様だけの、使命です」

「……っ！」

赤子を腕に抱いたままのトキワの表情が、陶然としたものになる。

時として人は、分かりやすい道標を尊《たっと》ぶものだ。それが今のトキワのように、自らの進退に悩み、それでも心を決めたばかりの者にとっては尚更。選んだ道を肯定され、それが貴方しかできないことだと認められたら、悪い気はしないだろう。

「……ありがとうございます、アンドリム殿」

頭を下げるトキワに笑みを返す。しっかりと目を布で覆った赤子を抱いた彼が馬車に乗り込むのを確かめてから、俺も行き掛けに乗ってきた馬車に乗り込んだ。

ソフィア達の乗る馬車より幾分小さく作られた二頭立ての馬車《キャデラック》はパルセミス王国から乗ってきているもので、遠路を進むことを考慮し、見た目よりも乗り心地を重視して作られている。馬車の中には先にヨルガが乗り込んでいて、カーテンを開けた窓の外を、何やら眺めていた。

「病床のソフィア様を伴っての帰城だ。急ぐ必要はないので、安全な移動を心がけるように。……移動の間、私とヨルガは少し休む。護衛を頼むぞ」

馬車を護《まも》る騎士達に声をかけ、俺がヨルガの隣に座ると、程なくして馬車はミルケの町を出立する。

ヨルガは何を見ていたのだろうかと窓の外に視線を向けると、そこには黒と白のコントラストで象《かたど》られた小鳥がいて、軽く飛び跳ねては地面を尾の先で叩《たた》いていた。

「……鶺鴒《せきれい》か」

別名、イシタタキ。

地上にいる時、リズミカルに尾を振る姿から名付けられたこの小鳥は、人や馬車を先導するように飛ぶことがある。

チィチィと愛らしく鳴く姿を目で追っているうちに、じっとこちらを見下ろしていたヨルガと視線が絡んだ。

「……何か、言いたげだな？」

ぴたりと身体を密着させたまま腕を伸ばし、掌《てのひら》で顎《あご》を摩《こす》ってやると、ヨルガは大きく溜息《ためいき》をつく。

「今更、お前の性悪について、とやかく言うつもりはないが」

「失敬な。俺の何処《どこ》が性悪だ」

「……一度お前も医者に診てもらったらどうだ？」

そんなことをぼやきつつ、ヨルガは車窓を覆うカーテンを隙間なく閉める。薄暗くなった車内で俺は早速彼の膝に乗り上げ、厳《いか》つい軍服の襟に指を引っ掛けた。

急がせた往路と違い、ゆっくりとした移動を申し付けた復路は、舗装された道の上ということもあり振動は少なめだ。それでも、馬車なのだからそれなりには揺れる。

俺を支えるために腰に腕を回してくれたヨルガの制止がないのを良いことに、俺は勝手に軍服の襟元を緩めさせ、首の中央に膨れた喉仏を唇で覆った。飴玉のように舌で舐めしゃぶってやると、ごくりと飲み下される唾液とともに、上下に揺れる喉骨の感触をリアルに感じられる。

「そんな所が美味《うま》いのか？」

「んっ……ふ」

「物好きめ」

唇の下から響いてくる、低い男の声。

少しばかり揶揄《やゆ》が含まれる声色は、それでも間違いなく情欲を滲ませていた。

太い腰を挟み込もうと大きく広げていた脚の付け根を、硬い膝頭で軽く突き上げられる。たったそれだけで、この男に抱かれ慣れた身体は歓喜に震え、受け入れる準備だとばかりに蕩け始めた。胎の奥が期待に蠕《うごめ》くのを感じつつも、唇を窄《すぼ》めて喉を吸い上げ続ける。すぐに肩にしがみついていた手を取られ、親指の腹に歯を立てられた。

「っ……！」

身体を揺らす俺をちろりと見やる榛色《はしばみいろ》の瞳に宿るのは、僅《わず》かな憤《いきどお》りと嫉妬《しっと》の光。俺がトキワの頬に触れていたことが、少しばかり気に食わなかったと見える。

ヨルガは、俺が他の男に触れることも、触れられることも、極端に嫌う。

この世界では、主君の側室を褒美として下げ渡されたり、他国から奪ってきた美姫《びき》を俸禄《ほうろく》として与えられたりは珍しくない。妻として処女が好まれるのは確かだが、そうでなくとも構わないといった風潮がある。ヨルガ自身とて、二人目の妻を亡くした後は、娼館に赴《おもむ》くこともあっただろうに。

「……アンリ」

熱に浮かされたように呼ばれる名前に応え、俺はヨルガの喉から顔を上げ、濡れた唇でその唇に喰らいつく。互いに譲らず深みを求め合い、前歯同士がカツカツと触れ合って、溢《こぼ》れた唾液が口の端はおろか顎《あご》先まで滴《したた》り落ちる。

「俺のアンリ……あまり、俺を煽《あお》らないでくれ。お前は自分が思っている以上に、人を惹《ひ》きつけていることを、忘れるな」

「……ヨルガ？」

「前にも言っただろう。俺を仰《あお》ぎ見《み》る眼差《まなざ》しには、お前を手に入れた俺を羨めばこその類《たぐい》が、多く含まれる」

それはまるで、あの鶺鴒《せきれい》のように。

道の先に立ち、正しく歩むべく導きを与える存在は、光であると同時に憧憬を産む。そしてそれはいつしか、渇望にも変わると。俺が隙なく身に纏《まと》った貴族服を剥《は》ぎ、叡智《えいち》にあふれる顔が快楽に歪《ゆが》むのを見たいと思う男は、多いのだと。

ヨルガは滔々《とうとう》と、俺に語ってみせる。

「……はっ」

ヨルガがこの異常な執着心を見せるのは、不思議なことに、俺相手にだけだ。我ながらおかしいと思うと閨《ねや》の中で自ら吐露したほどに、その独占欲は強い。

その事実に仄暗《ほのぐら》い悦《よろこ》びを感じる反面、少し心配でもある。万が一にでも俺が何かしら敵の手に落ち貞操を奪われるようなことがあれば、この男は正気を保っていられるのだろうか。

「……可愛い俺のヨルガ。だが、案ずるな」

だから俺は、ヨルガの耳に、そっと約束を吹き込んでやる。

「もしこの身をお前以外に穢《けが》されることがあれば、そうなる前に、自ら生命を絶ってやろう。永劫に、お前だけのものであるように」

「……っ！」

「だから……んっ」

安心すると良いと続けるはずの言葉は、再び重ねられた唇の間に、消える。

「それは違うな、アンリ」

かけられた言葉と同時に、ぐいと腰を抱き上げられ、ベルトとホーズを引き抜かれた。

シャツガーターの留め金が外される僅《わず》かな金属音と共に、下着を脱がされた肌が、外気に晒される。ヨルガの肩にしがみつく俺の尻の下で、袷《あわせ》を寛《くつろ》げたボトムの隙間から隆々と聳《そそ》り立《た》つペニスが掴み出された。

「あ……」

「入るぞ」

「あっ、う……！」

ろくに前戯もなく受け入れたにもかかわらず、俺の胎は歓喜の声を上げ、待ち望んでいた熱杭を咥《くわ》え込《こ》む。

女と違い本来は濡れるべくもない場所がぐちぐちと卑猥《ひわい》な音を立てるのは、身体が骨の髄まで征服されている証《あかし》でもあるのだろう。愛する雄を胎の奥まで迎え入れたいと、全身が悦《よろこ》びに震え、孕《はら》ませてほしいと訴えかける。

「あっ、あぁ。いい、う、気持ち、良い……！」

「アンリ」

「ヨルガ、ヨルガ……！　もっと、突いて。もっと俺の、奥に……！」

「ククッ……」

悦楽に善がる俺の顔を間近で見つめる瞳が、獰猛《どうもう》な気配を宿す。

躊躇《ちゅうちょ》なく胎の奥を突き上げてくる衝撃は、馬車の揺れと比べるのも烏滸《おこ》がましいほどに強靭《きょうじん》で、穂先で深みを抉《えぐ》られ続ける俺は仰《の》け反《ぞ》り、夫の精を求めて痙攣《けいれん》する下腹を懸命に抑えるしか術《すべ》がない。

「う、あ、あぁ……もう、もうっ……」

「アンリ……俺の、アンリ。あぁ、クソッ……締め上げ、すぎる、な……！」

「だ、って。む、り。だめ、あ、んっ。ヨルガ、ヨルガ……！」

ずんと臍《へそ》まで響くような深みを犯された、一瞬後に。俺はヨルガの首にしがみつき、声もなく絶頂を迎える。俺の尻をしっかりと抱えたヨルガも、陰毛が擦《こす》りつくほどの深さで、胎の奥が待ち望んだ種付けをたっぷりと施してくれた。

「あ……ふっ……」

腸壁を濡らす、愛しい男の精液。刷り込むように腰を蠢《うごめ》かせると、言いようのない幸福感が込み上げてくる。

濃密な性交の余韻に浸り、広い胸に身体を預ける俺の髪を指先で優しく梳《す》いたヨルガは、小さな声で俺の耳元に囁《ささや》きかけてきた。

「アンリ……この先、万が一にでもお前が不本意に、誰かに身体を穢《けが》されるようなことがあっても」

「……？」

「安易に死を選ぶな。必ず、俺が助けると約束する」

見上げた先にあるのは、俺を映す瞳。

清廉潔白《せいれんけっぱく》な騎士道をかなぐり捨て、俺を愛する道を選んだ男。

「お前を無事に助け出してから、すぐに『俺だけのもの』に戻してやる……あぁ、すぐに、とは言えないいか。愚かにもアンリに手を出した輩《やから》には、生まれてきたことを後悔してもらわねばならないだろうからな」

それでも長くは待たせないから安心しろと穏やかに語る口調は、子供を優しく諭《さと》す親のように、柔らかい。

……成るほど。

俺が誰かに穢《けが》されたとしても。その誰かを殺してしまえば、また俺は、ヨルガだけのものに戻るという見解か。

なかなかの暴論、捻《ね》じ曲がった思考だが。

「……ありがとう、ヨルガ。その言葉、忘れない」

「あぁ……愛してる、アンリ」

それを、心底好ましく感じてしまう俺も、既《すで》に溺れているのかもしれないな。

† † †

ネピメンの王城に入ったソフィアとその子息は、早速、医師の診察を受けた。

子息のほうは、栄養失調気味ではあるものの、健康状態に異常はないと診断される。しかし、ソフィアのほうはそうもいかなかった。

夫を始めとした周囲から非難され続けたストレスに加え、子供を育てるために無理を押して働いた弊害は、産後間もない彼女の身体を容赦なく蝕《むしば》んでいる。

世間体的には、ノイシュラとソフィアは、従兄妹《いとこ》同士ということになるだろう。

ソフィア自身は、王城に着いてから自分の生い立ちを教えられ、国王の従兄妹《いとこ》なのだと説明されても「まさか」といった表情で半信半疑だった。

けれど、謁見室で初めて出会ったノイシュラ本人に凶王らしからぬ優しい言葉をかけられ、魔眼だと疎《うと》まれ続けた我が子を抱き上げあやしてもらってからは、緊張の糸が切れたように肩の力を抜き、ただほろほろと涙を流す。

「私は……私は生まれた時から両親がおりませんでした。育ててくれた祖母も亡くなって、愛したあの人には信じてもらえなくて……。たった一人だと、でもこの子だけは守りたいと、そう思って……！」

嗚咽《おえつ》を漏らすソフィアの手を握ったノイシュラは、瞼《まぶた》を閉じた端正な横顔を悲しみに曇らせ、懺悔するように頭を下げて呟《つぶや》く。

「本当にすまない、ソフィア。叔母上は、我が愚父の魔の手から、貴方を護《まも》りたかったのだろう。足跡を見事にお隠しになっていて、魔眼を宿したこの子を貴方が産むまで、私達は貴方の存在すら知らなかった。そうでなくとも、貴方の父は私を護《まも》ったがゆえに罪に問われ、処刑されたんだ……」

「そんな、陛下。それは陛下のせいではありません……何より、陛下をお護《まも》りして亡くなった高潔な騎士が私の父だと知ることができて、とても嬉しく思います」

「ソフィア……」

泣き笑いの表情になる従兄《いとこ》の前で、ソフィアは意を決したのか、改めてノイシュラに向かい深々と頭を下げた。

「陛下……ノイシュラ陛下。どうか、どうかこの子を。私の子を、お護《まも》りくださいませんか」

もって、半年。下手をすれば数ヶ月の命だと余命宣告を受けた彼女は、自分亡き後、魔眼を持つ我が子が闇に葬《ほうむ》られることを恐れていた。

そうでなくとも王家の血を引くとあれば、この先リサルサロス国内で反抗勢力が現れた時、無理やり旗頭《はたがしら》に据《す》えられる事態が充分に考えられる。

しかしノイシュラの庇護下にあれば、その可能性が限りなく低くなる。ノイシュラ自身も、魔眼を持って生まれた王子。その瞳が齎《もたら》す悲劇は身に染みているのだから、幼い赤子に無残な結末を与えたりはしない。……彼女は、そう判断したのだろう。

「ソフィア……当然だ。貴方の息子は、我が子も同じ。王家の一員として、大切に育てると約束しよう」

「あぁ……あぁ、ありがとうございます。ノイシュラ陛下……！」

感動に震えるソフィアの肩を抱いたノイシュラは、腕に抱えていた赤子を一旦トキワに預け、タイガに軽く頷いて見せた。タイガは指を鳴らし、謁見室の端に控えていた俺と書類を携《たずさ》えた文官達を呼び寄せる。

「貴方は……」

救護院を訪れたのを覚えていたのか、片膝をついて微笑《ほほえ》む俺に、ソフィアも柔らかく笑い返す。

「アンドリム様……私を、迎えにきてくださった方ですね」

「はい。ソフィア様におかれましては、無事、陛下とご拝謁叶いましたこと、お喜び申し上げます」

「ソフィア。アンドリム殿は、パルセミス王国の前宰相だ。今は縁あって、内政にお力添えいただいている」

「まぁ……」

「フフッ、所詮過去の栄光ですよ。陛下の治世には前々から興味がありましたので、今は客分なれど、図々しくも口出しをさせていただいております」

そんな会話を交わしている間に、文官達が机と椅子を謁見室の中央に運び込み、書類をセッティングしてくれた。

俺はノイシュラとソフィアを促《うなが》し、机の前に対面で置かれた椅子に、二人をそれぞれ腰掛けさせる。特にソフィアが腰掛ける椅子は、座面のクッションが柔らかく背凭《せもた》れにピローを置いた、座り易いものを準備させた。

「さて、ソフィア様。ソフィア様とご子息の存在を把握された陛下に提案させていただいたのは、こちらになります」

「これは……？」

訝《いぶか》しむソフィアの前に置かれているのは、ネピメンにある総括府の記章が透かしで入った白紙の出産証明書が一枚。それとミルケの町役場に認証済みで保管されていた、ソフィアの出産証明書が一枚。こちらには、まだ赤子が魔眼を持っていると知る前のソフィアの元夫。ソフィア自身。そして窓口で担当した職員の署名が施されている。

「町役場に保管されていたものを、出産率の調査目的と称して提出させました。白紙のほうはまぁ、ネピメンは陛下のお膝元ですからどうとでもできたのです」

「……はぁ」

「宜《よろ》しいですか、ソフィア様。ご子息をお護《まも》りするために、まずは戸籍を変えたいと思います」

「戸籍、ですか」

「ええ。お気持ち的に少し複雑になるかもしれませんが、ご子息の魔眼が持つ重要性を考慮いたしますと、それが賢明です」

父親であるソフィアの元夫と、母親であるソフィア本人と、第三者の証明である窓口の職員。その三人で署名を入れた出産証明書がある限り、赤子の出自は辿り易い。魔眼を持っているなんて情報があるので、尚更だ。

「ソフィア様の『私生児』であると……そう、届け出を行います。今後、ご子息の父である商人が万が一にでも『子供を返せ』などと要求してきた場合。署名の入った出産証明書があれば、どうあっても、父親が有利になってしまいがちなのです」

「……そうなのですね」

「可愛い従兄妹《いとこ》の子を、いくら父親だろうと、ロクでもない男に預けられないからな」

「まぁ、陛下」

憮然とするノイシュラの言葉に少し笑ったソフィアは、分かりましたと頷き、俺の指示通りに、白紙の出産証明書に『結婚前』の名前を署名する。俺は総括府から呼び寄せておいた文官に三番目の署名をさせて、それを丁寧にホルダーに挟み込んだ。

「総括府に戻り次第、手続きをお願いいたします」

「承知いたしました」

恭《うやうや》しく頭を下げた文官にホルダーを預け、俺はソフィアに労《いたわ》りの言葉をかけた。

「お疲れ様です、ソフィア様。後のことは、私どもにお任せを。少しでもご子息と長い時間を過ごせますよう、全力でお手伝いいたします。まずはゆるりと、ご静養ください」

「……ありがとうございます」

椅子の背凭《せもた》れに沈み込むように身体を預け大きく息を吐いたソフィアのもとに、車椅子が運ばれてくる。メイド達の手を借りて車椅子に移った彼女は、そのまま充てがわれた自室に戻ることになった。

「ソフィア。必要なものがある時は、何でも言ってくれ」

「陛下……ご温情、痛み入ります」

弱々しく微笑《ほほえ》んだソフィアが車椅子と共に謁見室を退室する。赤子を抱いたままのトキワはどうしようかと一瞬迷った素振りを見せたが、俺が「ここに」と口の形だけで示したので、黙って部屋の中に留まった。

「……さて」

キィキィと車椅子の車輪が鳴る音が廊下の向こう側に遠ざかり、やがて全く聞こえなくなった後。

俺はおもむろに手を伸ばし、頭を下げた文官から、先程渡した書類の挟まったホルダーを受け取った。

「ノーラ」

「あぁ」

タイガが声をかけ、ソフィアの対面に座っていたノイシュラの前にホルダーから取り出された出産証明書が置かれる。ソフィアと総括府の文官、二人分の署名が入ったものだ。このまま総括府が手続きをしてしまえば、ソフィアの産んだ子供は父親を持たない、私生児として戸籍を持つことになる。

タイガが横から手を伸ばしてノイシュラの手首を掴み、盲目の王に代わり、署名欄の先頭までペン先を誘導してやった。そのままノイシュラが自らの名前を『父親』の欄に書き込む。

インクが乾くのを少し待ってから再びホルダーに挟んだ出産証明書を、俺は今度こそ文官の手に託した。

「本日中には、手続きを」

「承知いたしました」

唖然《あぜん》としているトキワの手から赤子を抱き上げた俺は、顔の半分を覆われて表情が見えないその子をノイシュラの手に渡す。赤子を膝の上に抱いたノイシュラは軽く手を上げ、自分の周りから護衛の兵士達を離れさせる。そしてそっと、赤子の顔半分を覆い続けていた布を解いてやった。

「……うぅーー、う、だぅうう！」

俺も遠目にしか確認できない位置まで下がっているのだが、盲目のノイシュラは平気な顔をして、魔眼を持つ赤子に笑顔を見せてやっている。赤子はそれが嬉しいのだろう、痩せてはいるが丸みを帯《お》びた手足をバタつかせ、ノイシュラの腕にペタペタと触れてご満悦だ。

今まで、泣いている母親の顔か、遠巻きな畏怖の視線しか、目にしていなかっただろうしな。

「うん、可愛い。……可愛いみたいだな、俺の息子は」

「えぇ。とても愛らしいですよ」

「フフッ、これから、片目で過ごせるように慣れさせないとな……タイガ、母さんは？」

「今夜にはネピメンに着くそうだ」

「そう、良かった。母さんにも手伝ってもらおう」

分かり易い。

あまりにも簡単で単純な、子供の奪い方。

「ま、さか……陛下」

俺と一緒に謁見室の片隅にいたトキワが何事か言いかけたのを、足を軽く踏みつけて止める。俺は唇の前で人差し指を一本立てて、「シー」と合図を示した。

それは、それ以上、口に出してはいけない。

「……合法的に、言い訳が作れる。ノイシュラ王は、所用で訪れた町で出会った町娘の優しさに心打たれ、恋をした。やがて彼女は身籠もり、ノイシュラに招かれたネピメンで、男の子を産んだ……

しかし臨月間際の旅が祟って、出産して間もなく命を落とした」

「なっ……」

「実にありがちな、お話だろう？」

その子を、父親であるノイシュラが認知するのも、王太子として迎え入れるのも、問題はない。

確かに母親の身分は低いかもしれないが、そもそも王位簒奪者《さんだつしゃ》の子供だ。そこまで煩《うるさ》く言われることもないし、あったとしてもすぐに、ノイシュラの剣が横凪ぎに振るわれるだけのことだ。書類の真偽云々《うんぬん》は、何せ本人が書いているのだから、否定はされない。

「文官達は忙しいぞ。王太子の擁立《ようりつ》を急がねば」

「まぁ、そう急《せ》かすな、アンドリム殿……頼みがあるのだが、この子に良き名を」

「私などより、適任がいるだろう……」

「いや、俺は貴方が良い」

傷の入った深青の瞳で微笑《ほほえ》まれると、流石《さすが》の俺もおいそれとは断りにくい。

王太子となる赤子の命名を託された俺は、天を仰《あお》ぎ、暫《しばら》く考え込む羽目になったのだった。

† † †

リサルサロス王国国王ノイシュラ・ラダヴ・ハイネの嫡男にして王太子ダンテの擁立《ようりつ》式典は、貴族達を招いたネピメンの王城で大々的に行われた。

柔らかい産着と絹糸で織られた色彩鮮やかな布に包まれた王太子、ダンテ・アドニス・ハイネ。まだ一歳にも満たない王太子を両腕で抱き上げ微笑《ほほえ》んでいるのは、少女ながらも凛《りん》とした美しさを持つ異国の王女、シラユキ・ササラギ姫だ。

少女が東の隣国ヒノエの王女であると知った貴族達は、一様に驚きを隠せなかった。

ヒノエとリサルサロスの国家関係は良好とは言い難く、姫とはいえ王族の一員がリサルサロスを訪れていること自体がまず珍しい。しかもノイシュラ王は我が子を彼女の細腕に預けることで、シラユキ姫に対する深い信頼を暗に示している。

何かが、変わりつつある。

そう判断した貴族や家臣達は、まずは我先にと国王に祝辞を述べ、次いでシラユキ姫の美しさとリサルサロスを単身で訪れた勇気を褒めそやした。

「……都合の良い奴らだ」

玉座より一段下がった位置に控えた家臣達に混じった俺は、次いでパルセミス王国からの名代としてノイシュラに祝辞を述べるヨルガの様子に視線を向ける。

美丈夫と謳《うた》われた騎士団長が礼服を身に纏《まと》い、ノイシュラ王と王太子の前で恭《うやうや》しく片膝をつく姿は、それこそ絵画のように調和した一場面だ。居並ぶ家臣達のみならず、彼らに同行した淑女達からも感嘆の溜息《ためいき》が漏れている。

さて、生ける伝説に等しいパルセミス王国の高名な騎士団長とノイシュラ王が親しく言葉を交わす光景は、どんな憶測を呼ぶことやら。

その動揺こそが、ノイシュラと俺の狙いなのだが。

「――長年犬猿の仲であった東国ヒノエと良好な関係を築き、国交に乏しかったパルセミス王国と新たな絆《きずな》を結ぶ。ノイシュラ王の功績は、更に揺るぎないものとなった」

「揺さぶりをかけようってことだね？　面白いが、あまり年寄りを働かせすぎるのはどうかと思うよ」

俺の呟きに、隣に立っていた壮年の女性が軽く肩を竦《すく》めた。

「ご謙遜《けんそん》を。タビヤ様を『年寄り』などと称する愚か者は、リサルサロス全土を探しても赤子一人存在しないでしょう」

「息子達よりも若々しい見た目をしている癖に、何を言う。私は、お前が一番恐ろしい」

「……フフッ、光栄にございます」

女性にしては身長が高く、俺と然程視線が変わらない女性の名はタビヤ・ウル。黒豹将軍タイガの実母であり、ノイシュラの養母である女傑《じょけつ》だ。

彼女はノイシュラが革命軍となっていた間は二人の息子と共に前線で指揮を執るほどの戦上手であり、若かりし頃はタイガに負けず劣らずの戦士でもあったと聞く。ノイシュラが国王の座に就いた後は一線を退《しりぞ》き、ムタニ族の生き残りである女性達と共に、ネピメンから少し離れた山間部の集落で隠居生活を送っていたところだった。

それを、今回の王太子擁立《ようりつ》にあたり、乳母として王城に召喚されたのだ。

「まさか、私に孫ができるとはね」

彼女は、王太子となったダンテがノイシュラの子供でないことを既《すで》に知っている。

当然、今のは実子でないことを分かった上での発言だ。

俺の向けた視線の持つ意味に気づいた彼女は僅《わず》かに首を傾《かし》げ、「息子の心情を見抜けないほど、鈍い母親ではないよ」と笑ってみせた。

「うちのバカ息子は、捨てられていたノイシュラを拾ったその瞬間から、あの子を愛していた。それまでは自分でも族長になることを望んでいたのに、あっさりとその夢を捨てたんだ」

「……貴方は、反対しなかったのですか？」

「息子の選んだ道を信じるのが、母親である私の役目さ。私達にも、ムタニ族にも、確かに色んなことがあった。だがタイガがノイシュラを愛し続けたこと、そしてノイシュラがムタニ族の一員であり、私の可愛い息子であることは、何も変わらないんだよ」

成るほど、勁《つよ》い女性だ。

ノイシュラとタイガを分け隔てなく立派に育て上げた彼女がついているならば、俺が名付け親《ゴッド・ファーザー》となった王太子ダンテも、賢く育つことだろう。

「それで、調査のほうは？」

タビヤの問いかけに、俺は感謝の念を込めた一礼を返す。

「ムタニ族の手をお借りしています。いやはや、優秀な諜報員ばかりだ」

国を取り巻く事情が変化を遂《と》げれば、それに伴い人もまた動く。

十年前の革命でかなり粛清されたとはいえ、リサルサロス国内にはまだ多くの不穏分子が潜《ひそ》んでいる。今回の大々的な王太子のお披露目は、凶王の名が浸透しているノイシュラの印象に一石を投じ、民衆の心を揺り動かすだろう。

愛を知らなかった孤高の王と純朴な町娘との間に芽生えた恋物語。町娘は父である王と等しく魔眼を宿した子を産むが、若くして命を落としてしまう。しかし王はその想いを貫き、彼女の忘れ形見を王太子とした……

実に、大衆好みの話だ。プロパガンダ的にも、都合が良い。

前王の圧政に腐りきっていたリサルサロスを救ったノイシュラの功績は高く、更には隣国ヒノエとの関係を正常化させることに成功し、大陸の中でも有数の力を有するパルセミス王国とまで友誼《ゆうぎ》を結んだ。これを偉業と言わずしてなんと言おう。

それでも実父をその手にかけた我が身は呪われた存在だと公言し、独身を貫いていた国王のもとに、突然降って湧いた後継者。その存在は、虎視眈々《こしたんたん》と後釜を狙っていた者達を動揺させるはずだ。

彼らの慌ただしい動きを辿れば、国内の勢力図を見抜くことができる。

「後は、炙《あぶ》り出《だ》されてくる小蝿どもを、始末するだけですな」

「楽な仕事だよ。お前を敵に回さなかったことだけは、息子達を褒めてやらないとね」

タビヤはそう言うが、ノイシュラと親交を深められたのは、俺にとっても都合が良かった。後顧に憂いなく前に進める上に、即座に退却を余儀なくされたとしても、逃げ場に困らない。

「……正念場だな」

この先に赴《おもむ》くヒノエこそ、真の魔窟だ。

第七章　花咲く足跡

擁立《ようりつ》式典から、数日後。

シラユキ姫を伴ったパルセミス王国の使節一行はネピメンの王城を発ち、一路、東国のヒノエへと馬車を走らせていた。

馬に跨《またが》り馬車と並走する護衛の騎士達のかなり先では、タイガの寄越した配下達が露払いがてら道の安全を確保してくれている。おかげで、整備された街道をかなり安定した速さで進めていた。

「最初の目的地は、リサルサロスとヒノエの国境が接するフブラタ山脈の麓《ふもと》だ」

「フブラタ山脈……」

「確か、ヒノエではトタカ山脈と呼ばれている」

「はい」

同乗していたシラユキと、その隣に腰掛けていたトキワが軽く頷《うなず》く。

「トタカ山脈には渓谷が多く、其処《そこ》彼処《かしこ》で温泉が湧いている。ノイシュラ王とタイガ将軍の話では、スサノイ王子と二人が出会ったのも、そんな温泉の一つだったらしい」

緊張を強《し》いられる王都での日々を少しだけ逃れ、湯治に訪れていたノイシュラとタイガ。彼らは身分を隠して訪れた村で暴れ馬から子供を救ってやったことで信頼を得て、地元の住人しか知らないという静かな渓谷に湧く温泉の場所を教えられた。

一方スサノイも自領の統治と国に巣食った大蛇の処遇に悩み、癒《いや》しを求めて、子供の時に通った覚えがある渓谷の温泉を探しにきていた。

それは同じ場所——まさに二国の境界線上に存在する温泉だった。

そして、いがみ合う二国を導く立場の青年達は、奇《く》しくも、裸で出会うこととなる。

「言葉を交わし、打ち解け合い、やがて互いの正体を知った。それでも、育《はぐく》んだ友情は変わらなかったと聞く」

ノイシュラはタイガにリサルサロスの最東端に位置する領地を与え、隣接するスサノイの領地との間で交易を行い、互いの国を豊かにする方法を熱心に語り合った。

しかし当時のノイシュラは革命を成《な》し遂《と》げてからまだ数年しか経ていなかったこともあり、国内情勢は盤石とは言い難く、スサノイにも大蛇という積年の宿敵が待ち構えていた。幾ら次世代を担《にな》う二人が親しくなったとは言え、すぐに国交を正すわけにはいかない。

「スサノイ王子の夢は、自分の手で大蛇を倒し、ノイシュラ王の目を治すこと。そして、ヒノエとリサルサロスの国民達が手を取り合い、互いの足りないものを補い合う豊かな隣国となること……その二つだったそうだ」

「スサノイ兄様……」

俯《うつむ》いたシラユキの手を、トキワがそっと握りしめる。

「その夢が叶うかどうかは……シラユキ姫。貴方にかかっている」

「……私、に？」

「……シラユキ姫。貴方はこの先、今までより更に辛《つら》い現実を目の当たりにするかもしれない」

大蛇の存在を利用し、唯一残された正妻の実子であるシラユキ姫を亡き者にしようとする計画。

弟の身を案じて旅に同行した王子の側近達に命じられていた、暗殺の指示。

しかし敵の姿がはっきりすればするほど、浮き彫りになってくるのは纏《まと》わりつく悪意の複雑さだ。

まるで、蜘蛛《くも》の糸のように絡み合い、互いの思惑《おもわく》で綱引きをしては足を引っ張り合う愚かな一族。

アスバル家にかけられた呪いの手がかりと、ヨルガのことさえなければ、俺はとうに彼らを見限っていただろう。しかし、シラユキ姫の見せた選択に対しては、ノイシュラと同様に、一定以上の評価を与えている。

となれば、俺の行動方針は、至って単純だ。

「だがどうか、このアンドリム・ユクト・アスバルを信じてほしい。さすれば貴方を……ヒノエの頂点たる国主の座へと、確実に導いてみせよう」

リサルサロスから街道沿いに馬車が進み、いよいよヒノエに近づくと、目に入る風景が変化してきた。建物は石造より木造のものが、街路沿いに並ぶ木々はスギやマツが多くなってくる。

瓦で屋根を葺《ふ》いた漆喰壁の屋敷を見かけた時は、懐かしさが込み上げるのを抑えられなかった。

薄れつつあるとはいえ、日本人だった【俺】の根底が消えてしまっているわけではない。生粋のパルセミス王国育ちであるアンドリムとしての生を謳歌していても、やはり和の雰囲気は愛《いと》おしかった。

「……機嫌が良いな」

窓から外を眺め続ける俺の顎《あご》からうなじのラインを、太い指がゆるりとなぞる。

頬を撫《な》でられた猫のように指先を追い掛けつつ首を巡らせ、厚みのある掌《てのひら》を舌先で軽く舐《な》めると、指の持ち主は喉から低い笑みを漏らした。

対面に座るトキワとシラユキ姫はいい加減免疫がついてしまったのか、さして動揺することもなく軽い戯《たわむ》れに興じる俺とヨルガを見つめている。

「しかしまぁ、のんびりできるうちに、しておいたほうが良いだろう」

「……ほう？」

問いかけた言葉の応えは、ヨルガが軽く視線で示した窓の外にある。

木立の間に時折見え隠れする、異質な黒い影。複数なのか、それとも単独なのか俺では判別がし難いが、こちらの隊列を追っている何かに間違いはないだろう。

リサルサロス国内では目立って動かず、ヒノエに近づいてから存在を主張してきたそれが国主の手の者か、或《ある》いはシラユキ姫の害を目論《もくろ》む何かか。

圧倒的な武力を誇るヨルガの同行は彼らにも伝わっているのであろうから、迂闊《うかつ》にこちらへ手が出せないといったところか。

「こっちから動く必要はない。あちら側が行動を取るまでは、放置だ。トキワ殿、出立前に手配した準備は？」

「手続きそのものは滞《とどこお》りなく。ただ、残念ながら母上には感づかれた様子です」

「成るほど」

そうなれば、妨害は一陣営だけとは限らないな。

俺は馬車の小物入れに差し込んでおいた羊皮紙を引き抜き、丸められていたそれを膝の上で広げた。自然と四人の視線が集まるその紙は、事前に手に入れておいたヒノエの地図だ。

俺はリサルサロスから続いている街道を示す線を辿り、ヒノエとの国境付近を指先でトントンと叩《たた》く。

「そろそろトタカ山脈に入るところだが、そこで一旦街道を逸《そ》れて、崙観《ろんかん》村を訪れる予定だ」

「アンドリム様。もしかして、そこは」

「あぁ、ノイシュラ王とタイガ将軍が骨休めに来ていた村だな。スサノイ王子も、幼少期にはよく訪れていたらしい」

崙観村には温泉を売りにした旅館が軒《のき》を連ねており、他に目玉となる観光資源がないため高名な観光地とは言えないが、貧困に喘《あえ》ぐ寒村ではない。

ノイシュラとタイガ、そしてスサノイが交流を深めたのは村からほど近い渓谷に湧いた温泉だと聞いている。しかし中継地点として、この村を利用していた可能性は高い。

俺はそこで少しばかり、スサノイの行動について情報を仕入れておきたいと考えていた。

「……ノイシュラ王とタイガ将軍の手前、濁していたがな。スサノイ王子の……そして国主殿の行動には、些《いささ》か腑に落ちない部分がある」

敵国であるリサルサロスとの国境に位置する領地を与えられ、国防の要《かなめ》である重責を担《にな》う王太子。聞こえは良いかもしれないが、改めて考えれば相当におかしな話だ。

国境の領地を任せられるのは辺境伯と呼ばれたりもする熟練の領主か、軍功に優れた武将であることが多い。智略で国境を守護するか、武力で国境を守護するかはそれぞれであろうが、いくら優秀でも年若い王太子に任せる領地ではないだろう。それを補ってあまりあるメリットがあれば別だが、それこそ崙観村の周辺には温泉程度しかなく、領地全体を見てもさして魅力のない土地だ。リサルサロスのように、積極的に鉱山を開発している気配も見受けられない。

そんな土地に王太子を着任させようとすれば、家臣達からの反対を受けたはずだ。

「……そうなれば、可能性は二つだ」

俺は地図の上に指を走らせ、スサノイ王子の領地であった土地を円で囲むようになぞった。ヒノエの首都でもあるアズマは海際でユジンナ大陸の最東端に位置し、スサノイ王子の領地とはかなりの距離がある。

「一つは、スサノイ王子が自らこの土地を領地にと希望した場合。彼がこの土地に何を求めていたか理由は不明だが、足取りを追えば、手がかりが見つかるかもしれん」

「……大蛇を屠《ほふ》る手がかりではないのか？」

「その考えもあるが、そもそも大蛇を屈服させる術《すべ》は、最初から判明している。スサノイ王子には、【龍屠《ほふ》る剣】を振るう資格がなかっただけだ。それならばシラユキ姫がヨルガを求めたように、資格のある人物を探すほうが理に適っている。大蛇の鏡のこともあるが、ノイシュラ王の瞳を治したいという彼の願いは、スサノイ王子が二人と出会ってから得たものだ。この土地に来た本来の理由ではない」

「ふむ」

「……アンドリム様。では、もう一つの可能性とは……」

俺の口調から不穏な気配を察していたのであろうトキワは俯《うつむ》きつつも、俺にそろりと問いかけた。

「トキワ殿もお気づきの通り、だな。国主モトナリ殿の嫌がらせである可能性、だ」

「……っ！」

言葉をなくしてしまったシラユキ姫には悪いが、俺としては、おそらくこちらのほうが真実に近いと踏んでいる。

「そんな……！　父上が、そのようなことをスサノイ兄様に強《し》いた理由は何なのですか？」

「私も、信じ難いです……父上はスサノイ兄上を跡目として頼りにしていらっしゃいましたし、兄上も父上を深く敬愛されていました。そんな兄上に対して、父上が不遇を与えるなど……」

どうやら息子達からの信頼は篤《あつ》いと見える国主《モトナリ》を庇う二人の言葉は、それでも、どこか「そうであってほしい」との願いが入り混じっている。

「所詮、机上の空論、予測にすぎん。……だが過去に良き間柄であればこそ、一度こじれてしまえば、修復が難しい事柄はあるものだ」

俺は地図を元のように丸めて小物入れの隙間に差し込み、座席に背を預ける。

ただ今回の騒動、リサルサロス国内に入ってからも続けさせた諜報の結果から推察する限りでは、国主殿も被害者ではあるのだろう。だからと言って、息子を犠牲にして良いとは限らないわけだが。

スサノイ王子はおそらく、早い段階でそれに気づいた。父である国主モトナリが目指すものに、気づいてしまった。

「……そして捨てられた、か」

なまじ優秀であったがために早々に親の手を離れ、危険だと彼を諫《いさ》めてくれる部下も、諭《さと》してくれる師の存在もなく。スサノイ王子は、自分の手で暴こうとした闇に、呑み込まれたのだ。

「まぁ……遺物は、ありがたく利用させてもらうがな」

後に秘めやかな愛を捧げることになる、ノイシュラと出会った場所を、スサノイは大事に思っていたのではなかろうか。そうなれば今から向かう村と渓谷に、彼が何らかのメッセージを残している可能性がある。故人の想いを覗き見する形で申し訳ないが、弟を救うためだと我慢してもらうことにしよう。

そうこうしているうちに俺達を乗せた馬車は街道を逸《そ》れて、山の麓《ふもと》に続く道を進み始めた。

トタカ山脈はリサルサロスとヒノエの国境に跨《また》っている山脈で、互いの国にとって国境線となっている場所でもある。領地の保有権はそれなりに曖昧で、その付近の裁量は、国境線に領地を持つもの同士で話し合って決めていたと聞く。

一時ほど馬車を走らせた先にある崙観村は、村の中央を流れる小さな川を挟んで温泉を売りにした旅籠《はたご》が軒《のき》を連ねた、美しい村だった。川には朱色の欄干《らんかん》を備えた短い橋が一定間隔で架けられており、川岸では青柳が風にそよと揺れている。

しかし村には人影が少なく、その風景が、逆に物悲しい。村の外で控えていた護衛の騎士達にも入ってこいと声をかけて始めて、その小さな村は少しばかり活気を増した。

俺はヨルガが騎士達と護衛任務のルーティンについて話し合っている間に、シラユキ姫を連れて幾《いく》つかの旅籠《はたご》を巡り、スサノイ王子の足跡を探してみることにする。

俺達が宿を取ると決めたのは【いずつ】と綴《つづ》られた看板を下げた比較的小さな旅籠《はたご》だ。その旅籠《はたご》には、スサノイ王子専用の居続け部屋があるらしい。

……ぜひ、そこに泊まりたいものだ。

仲介人に多めの金を掴ませ希望を伝えると、彼はホクホクとしつつ、部屋が手配されている間に、嵛観村に伝わる【言い伝え】について俺達に説明をしてくれたのだった。

さて、同じ時期に、同じ宿の、同じ部屋に、泊まる心境は如何《いかが》なるものか。

いや、心境というよりも、理由か。

「考えられる理由は二つ。まず一つ目は『観察』だ」

「かんさつ……」

言葉を反芻《はんすう》するシラユキ姫の頭を緩く撫《な》でた俺は、窓から外を見下ろす。

スサノイ王子が決まって利用していたと聞くいずつ屋の部屋は、旅籠《はたご》の二階にある。細い廊下の突き当たりに設けられたその部屋は予想に反して純和風ではなく、和モダンに近い造りになっていた。

シラユキ姫やその従者達が揃いも揃って和服で通すために失念しがちだが、ヒノエは島国である前世の日本と異なり、ユジンナ大陸の東に存在する地続きの国。他国の文化も、それなりに浸透し易いと見える。

部屋に入ってすぐの主室にあたる部屋は板張りだが、西洋文化圏に近いパルセミスやリサルサロスよりも、東亜の雰囲気が濃い家具で調えられている。部屋の区切りにはガラスの嵌められた格戸が使われていて、主室の続きになる寝室に敷かれているのは懐かしい畳だ。寝具はまだ準備されていないが、もしかしたらこれは久々に布団で眠れるか？　少し楽しみだ。

寝室の先には一人掛けのソファが対面に置かれた広縁があり、連子窓《れんじまど》の外は小さいながらも手入れの行き届いた庭園と、そこかしこから白い湯気の上がる山脈の光景が広がっている。

庭園にはヨルガを始めとした騎士達が軽装で集まり、トキワも一緒になって何やら鍛錬を始めているようだ。

スサノイ王子はここから、何かを見ていた。

決まった場所から、決まった時期に、見つめていたもの。

それが判明すれば、ヒノエを取り巻く因縁《いんねん》を紐解く手助けの一つとなるだろう。これに関しては、ヨイマチが崙観村の住人達に聞き込みをしに行ってくれている。

「そしてもう一つの理由が……これなのだが」

広縁のソファに腰掛けた俺は文箱を膝の上に置き、蓋の表面を覆う埃を指先で軽く払う。

馴染《なじ》み深い部屋にスサノイが何かを残してはいないかと探索した結果、天井板の隙間から覗いた暗がりの先に、漆塗《うるしぬ》りの文箱が置いてあるのを見つけたのだ。

当然俺は上れないので、身軽な護衛騎士の一人に頼んで取ってきてもらった。

それは天井裏に走る横木の上にぽつりと置かれていたそうで、蓋の裏側にはスサノイが好んで使ったという梅の印章が丁寧に刻まれている。

埃を被った文箱の中に収められていたのは、予想通りにスサノイに宛てられた手紙の束だ。

故人宛の手紙とはいえ、シラユキ姫の状況を鑑《かんが》みて、今は情報源として捉え確認するべきだろう。

手紙の送り主はリサルサロスのノイシュラ国王とその側近であるタイガ将軍が殆《ほとん》どだったが、女性らしい文字の書簡も幾《いく》つか交ざっている。

広げた手紙に視線を落とし表情を曇らせるシラユキ姫に軽く首を傾《かし》げて問いかけると、「母上の字です」と短い応えが返ってきた。

シラユキ姫とスサノイ王子の母、つまりヒノエの国主モトナリの北の方である、ヒルガオの君《きみ》か。

都より遠くに赴任した息子に対する、母からの手紙。

言葉だけで聞けば何とも労《いたわ》りに満ちたその手紙も、これに限ってはあまり穏やかとは言い難いようだ。文面に目を通すシラユキ姫の表情が芳《かんば》しくない。

「……どの文《ふみ》でも、兄上に対して、都には帰ってこないようにと……諭《さと》しています」

「ふむ？」

「体調を気遣うお言葉もありますが……何となく、形式上だけのような」

「成るほど」

俺は組んだ腕の指先で肘の上を軽く叩《たた》きつつ、思考を巡らせる。

最悪のパターンを視野に入れた上で、ヒノエを取り巻く因縁《いんねん》については幾《いく》つかのシナリオを想定しつつこの地まで来た。どうやらその最悪が正解になりそうな予感がする。

そうなれば、シラユキ姫の身辺により一層の警戒が必要だろう。

更に確認を進めていくと、ヒルガオの君とリサルサロスの主従以外からも手紙が届いていることが分かった。どれも同じ人物で、「キクオカ」と名乗っている。その差出人と思われる人物は、シラユキ姫が覚えている限りでは一人しかいないらしい。

「スサノイ兄様の、側近のお一人だったはずです……ただ、その」

「……だった？　過去形だな」

「はい。スサノイ兄様が八岐大蛇《ヤマタノオロチ》に挑まれた後に、瀕死の兄様を置いて逃げたと……そう、聞き及んでおります」

それはまた、おかしな話だ。

「シラユキ姫、キクオカとやらの逃走後の動きは掴めているのか？」

「いいえ。足取りが忽然《こつぜん》と消え失せているとかで、何処《どこ》に身を潜《ひそ》めているのか、はたまた息絶えているのか……手を尽くしても結局は不明とのことでした」

「……面妖だな」

ヨイマチの話を総合した限りでは、八岐大蛇《ヤマタノオロチ》はスサノイ王子の手によって討伐されている。スサノイ王子はその後大蛇に倒されたという名目で暗殺された可能性が高いから、口裏を合わせるためにスサノイの身辺に敵側の手配が潜《もぐ》り込んでいてもおかしくはない。

としても、スサノイの側近であったキクオカが行方不明という事実は辻褄《つじつま》が合わないだろう。

残されていた手紙の内容を見る限り、キクオカはスサノイがノイシュラやタイガと交流を深めていることを知っていた。つまりは、スサノイからかなりの信を得ていた存在と推察できる。ならば彼は、スサノイと一緒に葬《ほうむ》られていなければおかしい。彼が裏切る展開は不自然だからだ。少なくとも俺ならば、そうする。

しかしキクオカは亡くなっているのではなく、行方不明だ。

つまり、これはおそらく、敵側にとってイレギュラーだ。

スサノイと共に殺される予定だったキクオカは、その前に消えた。

何故《なぜ》、消えたのか。

何を持って、消えたのか。

「見当はつくが……正解を探す術《すべ》は難しい」

「正解を探す、ですか」

「あぁ。ヨイマチ殿の聞き込みで、何かしら掴めると良いがな……ん」

日の当たる庭園に、一瞬過《よぎ》る黒い影。

シラユキ姫と共に覗き込んでいた手紙から顔を上げ改めて眼下に視線を向けると、差し出された
ヨルガの腕に一羽の鷹が降り立つところだった。

「……本国《パルセミス》から伝令が来たな」

時期を考えて、そろそろ動き出す頃合いかもしれないと思ってはいたが、予想通りか。

ヨルガは鷹の足環に収められた手紙を抜き取り、綴《つづ》られた文面に目を通して二階の広縁から見下ろす俺と視線を合わせた。

軽く頷《うなず》いてみせるその相貌《そうぼう》は僅《わず》かに緊張を孕《はら》んだもので、ヨルガと二言三言と言葉を交わして内容を知った護衛騎士達も、一様に表情を強張らせている。

俺は一旦手紙の束を文箱に戻し、それを忘れずに荷物として持ち出すようシラユキ姫に言い含めた後、庭園に下りてヨルガと騎士達が屯《たむろ》している場所に向かう。

「ヨルガ」

「来たか、アンリ」

俺が声をかけると、興奮した様子で会話を続けていた護衛騎士達は一斉に口を噤《つぐ》み、ヨルガの後ろに並んで頭を下げた。俺はもう宰相ではないのだから、そんな応対はしなくても良いと言っているのだが……行動が染みついてしまっているのだろうな。

別に悪い気はしないのでそのままでも構わないが。

「良い、楽にしろ……それで、どうだ？」

「概《おおむ》ね予想通りだな。兼ねてより報告が上がっていた、パルセミス王国の国家転覆を狙う、セムトアの地下組織が一枚噛んでいるらしいとの見解だ」

「フン、何処《どこ》の国の中枢にも、愚か者は少なからず存在するものだな」

ヨルガの指先に頬擦りしている鷹が運んできた手紙は、パルセミス王国の宰相であるモリノからのものだ。伝書鳩ではなく訓練された鷹を使った伝達は、その内容が火急のものだと示している。手紙に記されているのは、おそらく俺達がヒノエに入る頃に起きるだろうと予想していた事態。

――パルセミス王国で、クーデターが勃発《ぼっぱつ》したとの報《しら》せだ。

「首謀者は……ピルジ伯爵か。これはまた、操り易そうな相手を選んだことだ」

「以前起きたクーデターの際に、お前が餌とした街道沿いの土地を持つ者として色めき立っていた一人だな。騒動の後に領地を縮小され、王家に対する不満を方々で溢《こぼ》していたとは聞いていたが」

「そこを焚き付けけられたわけか。まぁ、もっと中枢に近い家臣などではなくて良かったさ」

ヒノエは、パルセミスから二つ国を跨《また》いだ、ユジンナ大陸最東端の国。

どんなに急いでも帰還に十日以上を要するこの土地に、俺達が到達するのを待っていたとばかりに起きたクーデター。

つまり、この事実が指し示しているのは――

「……やはり、ヒノエの中枢と繋がりを持つ組織が潜《ひそ》んでいるな」

「ウィクルム陛下の治世になってから優遇されなくなったとは言え、ピルジ伯もパルセミスの中では旧家だ。そんな家柄に生まれた男を愚行に走らせる影響力を持つ組織、か……興味深い」

「今回に限っては、宰相閣下の手腕を拝見だな。ベネロペ様の補佐があるし、シグルドもリュトラもいるから、特に問題はあるまいよ。万が一のことがあれば、マラキアを通じてジュリエッタが動く。カリス猊下《げいか》にお縋《すが》りすれば、一伯爵風情《ふぜい》が起した反乱軍ごとき、蟻《あり》を潰すよりも容易だろう」

「……少しは陛下も頼りにしてやれ？」

呆れた表情をするヨルガの拳で翼を休めている鷹に手を伸ばすと、鷹は俺のほうに身体を傾け、チィと小さく鳴きつつ頭を下げて甘えてきた。俺は微笑《ほほえ》み、嘴《くちばし》から眉間のあたりを指先で優しく掻いてやる。

気持ち良さそうに喉を震わせ、瞳を細める様《さま》が何とも愛らしい。

この鷹は孵化直前の卵を貰い受け、程なく生まれた雛鳥を俺とヨルガで育てた一本《ひともと》だ。ヨルガの吹く指笛を良く聞きつけ、人間よりも遥かに優れたその視力で、旅先にある俺達を見つけてくれる。

いずれ他国に赴《おもむ》く予定があるからと、早い段階で訓練を始めておいた成果が表れた形だ。

「ピルジ伯も驚くことだろう。パルセミスの誇る王国の盾、その不在を千載一遇と狙ったはずだからな」

俺は鷹の眉間を撫《な》でていた指先でヨルガの肩に触れ、掌《てのひら》で厚い胸板を辿り、腰に帯《お》びた刀の柄《つか》に触れる。武人ならば他人が得物に触れることを嫌がるものだが、ヨルガと俺の間にそんなものは関係なかった。

そもそも、これは、厳密に言えば、ヨルガのものではない。

「……唯一の不満は、息子《シグルド》の晴れ舞台を目の前で拝めないことだが」

俺は遠く離れたパルセミス王国で、団長代理として王国騎士団の先頭に立つシグルドの姿を思い浮かべる。榛色《はしばみいろ》の瞳に力強い光を宿し、黒髪を戦場の風に靡《なび》かせる凛々《りり》しい青年騎士は、万の敵が相手であろうとも引くことなく立ち塞がる。

その腰に帯《お》びるのは、代々の騎士団長が引き継ぐ王国の宝剣【竜を制すもの《クィスタシス》】。

刮目して見よ、叛逆者ども。

今や王国の盾は、一つに非《あら》ず。

† † †

崙観村から三つほど山を越えた先に、誰も近づけない沼がある。

中からぼこぼこと泡が噴き出るその沼に近づくと、人も鳥も獣も命を落とす。

沼の水面には常に白く濃い靄《もや》が立ち込めていて、沼を越えた先を見た者はいない。

その昔。この村には、仙人を目指している男がいた。

彼は仙人になどなれるはずがないと嘲笑《あざわら》われても気にすることなく、毎日黙々と修行に励んでいた。

ある日のこと。彼が村人の誰もが見たことのない、美しい花を持ち帰った。

男が言うには、いつものように修行をしていたところ、空から舞い降りた天女が沼のほうに向かうのを目にしたそうだ。

こっそり後を追いかけてみると、沼を覆っていた靄《もや》は消えており、その向こう側は見上げるような岩山へと続く草原になっていた。男は沼を渡り、山裾に広がる草叢《くさむら》から一輪の花を摘んできた。

これが、その花だと。

男は村人達に、あの山は仙人達が住まうと聞く、崑崙山《こんろんざん》に違いないと語った。

男の話を聞いた村人達は何度か沼を越えてみようと試みたが、靄《もや》が立ち込める沼に近づけば連れていた犬は倒れ、鳥は地に落ちる。

遂《つい》には村人にも犠牲が出た後で、自分達を陥《おとし》いれるために男が嘘の話を伝えたのだろうと考えた村人達は、彼を牢に繋ぎ食料も水も与えず餓死させてしまう。

けれど、男の亡骸からは彼が持ち帰った花が芽吹き、その花が咲く頃になると、沼を覆い隠す靄《もや》の向こう側に聳《そび》え立つ岩山の姿が薄《うっす》らと見えるようになった。

村人達は男が真実を告げていたと知って反省し、彼を丁寧に供養した。

男が持ち帰った花は崙観《ロンカン》と名付けられ、いつしか村の名前となった――


「……と言うのが、この村に伝わる昔話ですね」

「私が仲介人から聞いた話と概《おおむ》ね同じだな」

夕暮れ時にいずつ屋に戻ってきたヨイマチは、崙観村に到着してすぐ足を休めることなく村の隅々までを周り、村人達に聞き込みをしてきていた。

毎年同じ時期に村を訪れていたスサノイのことを覚えている村人は多く、余程この村を気に入ってくださっていたのでしょうに残念だと、王子の早逝《そうせい》を悼《いた》む言葉が多かったそうだ。

丁度夕餉《ちょうどゆうげ》の準備が整った頃合いだったので、俺は恐縮するヨイマチを促《うなが》し、シラユキとトキワも同席させて食卓を囲みつつ、彼が仕入れてきた情報を共有する。

俺達一行と別れてヒノエの首都であるアズマに先行したアサギを除くと、ヒノエからの使者は既《すで》に三人になってしまった。……随分と、減ったものだ。

「スサノイ様がこの村を訪れるのは決まって、件《くだん》の崙観が咲く時期だったそうです」

「……ほう？」

「崙観村にある宿の中でも、いずつ屋はトタカ山脈の尾根が良く見える位置にあります。もしかしてスサノイ様は、崑崙山を目指されていたのでしょうか」

「ふむ。おそらくだが、それは過程が正解で、目的が不正解だな」

「……過程が正解で、目的が不正解？」

俺の言葉を繰り返すヨイマチに頷《うなず》き、箸で蒟蒻《こんにゃく》を摘み、隣に座るヨルガの口に放り込む。

もぐもぐと咀嚼《そしゃく》した後に自分でも蒟蒻《こんにゃく》に箸を伸ばしているので、どうやら食感も気に入った様子だ。

器用なヨルガは最初こそ食卓に並んだ箸に戸惑っていたが、俺やシラユキ姫に使い方を教わるとすぐに使えるようになってしまった。少しは餌付けめいたプレイを楽しめるかと思ったのだが、面白味がない。

「古くから伝わる寓話や御伽噺《おとぎばなし》には、実際にあった出来事が影響を与えているものが多い。過分に脚色はされているだろうが、話の大筋に近い何かがあったのは確かだ」

例えば、男が誰も見たことのない花を持ち帰ったこと。

例えば、その花が咲く頃には沼に立ち込める靄《もや》の向こう側に山が見えること。

「天女を追いかけて崑崙に辿り着く展開はありがちだが、注目すべきはそこではない。この昔話の中で重要なのは、男が天女を追いかけた時に『沼の靄《もや》が晴れていたこと』、後から村人達が訪れた際には『再び靄《もや》で覆われていたこと』、そして『崙観の花が咲く頃に山が見えること』の三箇所になる」

そこから導かれる事実は、分かり易い。

「件《くだん》の沼には常に毒の靄《もや》がかかっていて、誰も近づけない。しかし崙観が咲く時期に一定の時間だけ、沼の向こう側に行けるようになる……つまりは、そんな風が吹くのだろうな」

崙観村の周辺は温泉地帯。ということは、地下水を温めるマグマが地底にある。そして沼から出る泡とやらは、火山性の有毒ガスの可能性が高い。

見つけ出した条件を一つ一つ並べていけば、同じ時期にこの宿を訪れていたスサノイの行動理由が、自ずと見えてくる。

「そうだな……ヨイマチ殿。明日、村をもう一回りしてもらえるか」

ヨイマチに声をかけつつ、俺は箸の先で割った大根の欠片《かけら》を口に運び、芯まで沁みた味噌の味をじっくりと堪能する。

久々の和食が嬉しくて、少し食べすぎてしまいそうだ。

今夜の不寝番を控え俺達より先に夕餉《ゆうげ》を取った護衛騎士達にも、優しい味付けの野菜が好評だったらしい。何とかパルセミスにも技術を持ち帰りたいところだ。

「スサノイ王子の側近であった、キクオカとの面識は？」

「……一時は、共に肩を並べてスサノイ様をお守りしたこともありました。ただ、キクオカは……」

「スサノイ王子を見捨てて逃げた……と言われているのだったな」

ヒノエの中では、かなり不名誉な行動に入るであろうそれは、ばら撒かれた噂であるとは思うが。

「スサノイ王子が八岐大蛇《ヤマタノオロチ》討伐に失敗して命を落とした年……その討伐の直後あたりに、キクオカがこの崙観村を訪れていなかったか。そこを調べてほしい」

「キクオカが……？」

「あぁ、頼む」

まず間違いなく来ているとは思うが、念のためだ。

それを確かめた後は、崙観村で調べるべきものは、一旦なくなる。

後は、トキワ達が準備を整えてきた儀式を、滞《とどこお》りなく終えられるかどうかだな。

「最後に確認だが、崙観の開花時期は、二ヶ月と少し先頃になるか？」

「……っ！　よく、お分かりですね」

「……まぁな」

ヨイマチは驚いているが、これも俺の推測が当たっているならば、簡単に計算できる代物《しろもの》だ。

「明日、ヨイマチ殿の聞き込みが終わり次第、『儀式』の準備に取り掛かる。トキワ殿、シラユキ姫、宜《よろ》しいですか」

「はい」

「……はい」

既《すで》に重々覚悟は決めてきたのかしっかりと返事をするトキワの横で、シラユキ姫も小さく、それでも確かに頷《うなず》いた。

「滞《とどこお》りなく予定が進めば、三日後には儀式が行えるでしょう。……それまではどうぞお二人で、ごゆるりとお過ごしください」

兄と弟でいられる最後の時間ですからと俺が促《うなが》すと、二人は顔を見合わせ、食卓の上でそっと手を繋ぐ。

どれだけ母親同士が啀《いが》み合《あ》っていても、彼らは仲の良い、兄弟だったのだ。長兄を亡くし、姉妹を亡くし、残された弟の一人は無理難題を押しつけられて使者として他国に赴《おもむ》かなければならない。

生命を狙われ続けた弟は、愛する兄に引導を渡す決断までも強《し》いられた。それでも前に進もうとする弟を、誰よりも近くで支える臣下になると、唯一の兄は決意した。

ヨイマチはトキワに深々と頭を下げ、兄の手を握りしめたシラユキ姫は唇を噛み、眦《まなじり》に涙を浮かべている。

「そのためにも……邪魔者は、排除せねば」

俺の視線を受け、ヨルガは軽く首を縦に振る。

いずつ屋の壁越しにこちらを窺《うかが》っていた何かが走り去った気配は俺ですら気づいていたのだから、ヨルガは言わずもがなだろう。護衛騎士達にもわざと見逃すように言い含めておいたので、逃走にさして障害はなかったはずだ。

さて、秘密を知って慌てた間諜は、誰の所に駆け込んだのやら。

そして『儀式』を邪魔しようと真っ先に駆けつけるのは、どの陣営か。

「賭けるかヨルガ。俺の予想では、明後日の夜だ」

「……不謹慎だぞ、賢者殿。明後日の朝だな」

ぐい飲みから清酒を一口呷《あお》り、ヨルガは瞳を細める。

日本酒も口に合ったようだ。

「そんなに早くか？　報《しら》せが届くのは、早くとも明日の昼過ぎだろう」

「国許《くにもと》であれば、動かせる手駒は多い。こちらの進路を予測して部下を待機させておけば事《こと》足りる」

「ふむ……」

成るほど、一理あるな。

「相手が別ならば、また違うかもしれんが……国主殿が関わるならば、相当の手練れを送り込んでくる。国主本人の武名《モトナリ》は耳にしたことがなくとも『黒百合』の噂は俺でも聞き及んでいる」

黒百合の名を聞きつけたトキワとシラユキ姫は揃って息を呑み、ヨイマチは僅《わず》かに眉を顰《ひそ》めた。

「まさか……黒百合のお二人は、モトナリ様の筆頭側近です」

「だからこそだろう」

ヨルガの見解は、淡々としている。

「最後通牒を兼ねて、一番の側近が来る。立ち位置をはっきりさせるために、な」

そう言い切ったヨルガの正しさを証明するかのように。

漆黒《しっこく》の装《よそお》いを身に纏《まと》った二人がいずつ屋を訪れたのは、それから二日後の早朝のことだった。

——その来訪が示すものは、分かり易い決裂だ。

シラユキ姫と俺達の一行が崙観村に到着してから、三日目の早朝。

長閑《のどか》な山村にそぐわぬ漆黒《しっこく》の使者は、黒漆の鞘《さや》に納めた揃いの太刀《たち》を腰に下げ、いずつ屋の庭に立ち込めた朝靄《あさもや》の中から滑り出るように姿を現した。

伝令を務めた若鷹に餌《えさ》を与えている最中であった俺は、カルタと名付けられているその鷹が翼を羽ばたかせ誰かを呼ぶかのように甲高く上げた警戒の声で、来訪者の存在に気づく。

「……やれやれ、賭けはヨルガの勝ちか」

独りごちる俺に対し、ヒノエの民にしては随分大柄な二人は、ゆっくりと頭を下げた。

年頃は二十代後半といったところだろうか。黒い短髪の精悍な顔立ちの青年には左の頬に、焦茶色の前髪を揺らした穏やかな顔立ちの青年には右の頬に、花弁を開いた黒百合の刺青《いれずみ》が色鮮やかに刻まれている。

「パルセミス王国最後の賢者と誉《ほま》れ高き、アンドリム・ユクト・アスバル殿とお見受けいたす」

左頬に黒百合を印した青年の問いかけに、俺は軽く肩を竦《すく》めることで応えた。

「自ら賢者を名乗るほど暇を持て余してはいないが、パルセミス王国で現状『アスバル』を名乗るのは、俺だけだな」

「……賢者殿。我らはヒノエ国主、ササラギ・モトナリ様の使いにございます」

苗字を先に述べる懐かしい名乗り方は、ここがユジンナ大陸外の文化に影響を受けた国だと示しているものだ。

俺の応えに片膝をついたもう一人の青年が、懐《ふところ》から懸紙《かけがみ》に包まれた書状を取り出し、恭《うやうや》しく俺に差し出した。

封蝋の代わりに添えられた紅葉《もみじ》の枝がどうやら国主直々の使者を示すものらしいが、俺は敢えて書状には手を出さず、紅葉《もみじ》だけを青年の指先から引き抜く。

「大まかな要件は予想がついている。そのまま話すと良い」

つ、と枝先で片膝をついた青年の額《ひたい》辺りを指し示すと、最初に俺の名を確認した青年から僅《わず》かな怒りの気配が滲む。

向けられた敵意にまたもやカルタが鋭い声を上げたが、俺が喉から嘴《くちばし》の横までを指先で優しく掻いてやる。すると、掌《てのひら》に頭を擦《こす》りつけて喉を鳴らし、甘える仕草を見せた。

それでも猛禽類《もうきんるい》特有の鋭い眼差《まなざ》しはひたりと件《くだん》の青年に注がれたままなのであるから、どうも育ての親《ヨルガ》に影響を受けすぎている。

「それでは、僭越《せんえつ》ながら申し上げます。我らはこの度、主君より逆賊を処する使命を言付かり、この地を訪れました」

「ほう。逆賊とは、穏やかではないな」

「ヒノエ本国より霊剣【龍屠《ほふ》る剣】を持ち出し、大陸に名を轟《とどろ》かせる友好国を諌言にて謀《たばか》り、あまつさえ兄たる第二王子セイジ様を死に至らしめた元第四王子シラユキ。……彼の逆賊を、我らにおとなしく引き渡していただきたい」

「……ふむ」

「パルセミス王国より訪れし尊き方々《かたがた》におかれましては、国の痴情である騒動に巻き込んでしまいましたこと、深くお詫《わ》び申し上げます。後日、慰謝の証《あかし》を携《たずさ》え、日を改めて謝罪と説明に馳《は》せ参《さん》じる所存にございます。どうかこのまま、本国にお戻りいただけるとありがたい」

……そうか。そこまで、袂《たもと》を分かつか。

俺は瞳を眇《すが》め、滔々《とうとう》と口上を述べた青年の額《ひたい》を指していた紅葉《もみじ》の枝を指先でくるりと回した。

紅葉《もみじ》の揺れる枝を口元に引き寄せ、掌《てのひら》の形をした唐紅《からくれない》の葉を前歯で咥《くわ》えて引き千切る。

「……っ！」

「貴様……！」

あからさまな挑発に、二人の表情が変わった。

太刀《たち》に手を伸ばしかける彼らに構わず、俺はカルタの頭を撫《な》でて一言、簡単な注文をつける。

「……ヨルガよ。殺すな」

はっと気づいた黒百合の二人が鯉口《こいくち》を切るより先に、頬を殴られた黒髪の青年が後方に吹き飛ばされた。

「南《なん》ちゃん!?　……ぐっ！」

驚きに相方の名を叫んだ青年の腹にも、ずしりと重い一撃が入る。

拳《こぶし》が振り抜かれる寸前に何とか飛《と》び退《すさ》って衝撃を相殺し、意識を失《な》くして地に転がっていた青年を庇うように刀を抜き払う。そんな彼の前で、未だ腰の刀に手をかける仕草すら見せないヨルガは小さく鼻を鳴らす。

「おのれっ……！」

ぎちりと唇を噛んだ青年は、低い姿勢から地面を蹴り、ヨルガに斬りかかった。

俺には到底目で追えない速度で繰り広げられる斬撃をヨルガは悠々と躱《かわ》し、都度都度、青年の腹や背を長い脚で蹴り飛ばしている。やがて一旦は地に膝をついた青年が、それでも刀を支えによろめきながら立ち上がり爛々《らんらん》と光る瞳で睨《にら》み付《つ》けてくるに至って、漸《ようや》くヨルガは腰の刀に手をかけた。

「……良い闘志だ」

強者《つわもの》であれば誰しもが認められたいと謳《うた》われるヒノエの霊剣が、異国の民であるヨルガの手で、封じられた鞘《さや》から引き抜かれる。

青白く光る刀身を目の当たりにした青年は息を呑み、ぶるりと肩を震わせた。

おそらくは黒百合の二人も、ヒノエの中では達人の域に入る存在なのだろう。それでも武神に愛されたと称される男の前では、卓越した剣技すら児戯《じぎ》に等しい。

「……オミ、ダメだ」

頬を腫らした黒髪の青年が、何とか意識を取り戻したのか半身を起こし、刀を構え続ける青年の足を掴む。

「……っ」

「駄目、だ。到底、私達では、敵わない」

「分かってる！」

「命、を、無駄に、しては！　……っ！」

懇願を続ける青年の表情が、瞬時に強張った。釘付けになった視線の先には、騒ぎを聞きつけたのか、トキワと手を繋いで庭に下りてきたらしいシラユキ姫の姿がある。

「南天《なんてん》、北臣《ほくしん》……!?」

シラユキ姫に北臣と呼ばれた青年が、音を漏らさず、唇の形だけで『シラユキさま』と呟《つぶや》く。

二人がシラユキ姫に注ぐ眼差《まなざ》しに、怒りや憎しみは欠片《かけら》も含まれていない。ただそこに宿るのは、深い苦しみと、悲壮なまでに強い、何らかの決意だ。

先程まで北臣を押し留めようとしていた南天もゆらりと立ち上がり、血混じりの唾を吐き捨て、ヨルガに向かって刀を構える。

何が彼らをそこまで、駆り立てるのか。

シラユキ姫に向けられた視線で答えは充分に出ていたのだが、久々に多少歯応えのある相手と武器を交えられそうとあってか、ヨルガが実に楽しそうな表情をしている。

仕方がないので、心配して駆け寄ろうとするシラユキ姫をトキワと一緒になって窘《たしな》めながら、ろくに振るったこともない刀で黒百合の二人を圧倒するヨルガの武勇を存分に鑑賞することにした。

「ぐっ……！」

「ガハッ！」

半刻ほど続いた攻防の後、ボロボロの姿で地面に這《は》いつくばったのは、予想通りに黒百合の二人だ。対するヨルガは軍服の襟を軽く緩めた程度で、息一つ乱《みだ》していない。あまりにも手加減がなさすぎるのはどうかと思うぞと声をかけると、心外と言いたげな表情をされた。俺という首輪をつけられていても、狂犬気質は失わないと言ったところか。

「南天、北臣。どうしてこんなことを……！」

シラユキ姫を一旦俺の手に預けたトキワが、ヨイマチとともに、仰向《あおむ》けに転がる二人を助け起しに走る。

自分の非力さを嘆いているのか、それとも違う何かの絶望に苛《さいな》まれているのか、青褪《あおざ》めた二人の表情はひどく虚《うつ》ろだ。彷徨《さまよ》う視線はヨルガと護衛騎士達に庇われたシラユキ姫にまで辿り着くと、じわりと涙を溜めた瞼《まぶた》の下に隠される。

「なんと、いう、なんという、無力だ……」

「あぁ……せめて。せめて我らの手で、シラユキ様を、送り出したかった……のに」

嗚咽《おえつ》混じりの、嘆きの言葉。

「……ふむ」

俺は紅葉《もみじ》の枝を啄《ついば》んで遊ぶカルタをヨルガに任せ、トキワに背を支えられた南天の傍《そば》で、軽く身体を屈めた。

上から顔を覗き込まれた青年は一瞬たじろいだものの、紫紺の瞳で俺を見据《みす》え、「早く殺せ」と呟《つぶや》く。

「良いのか？　お前達が死ねば、どうせ次が来るのだろう」

「っ！」

「左大臣殿から、どんな処罰をシラユキ姫に与えると唆《そそのか》された？　国主の近衛兵《このえへい》である黒百合の二人が、職務を投げ棄ててまで駆けつけるほどに、悲惨な末路を与えると？」

「左大臣、ですと……？」

南天の背を支えるトキワの言葉が、驚愕《きょうがく》に震える。左大臣マコバはトキワの母であるアマトの実父であり、トキワにとっては祖父にあたる男だ。

「賢者、どの……」

ヨイマチの腕を借りて起き上がった北臣も、俺の問いかけには、動揺を隠せない。

「貴方様は……どこまで、見通しているの、ですか」

「別に、全ては知らん。……だが驕《おご》った相手が描く夢想図程度、模倣するのは、さして難しくないのだよ」

そこに欲が混じれば、尚更だ。

「幸運に恵まれ、何をせずとも大きな障害が一つ消え失せた時。人は更なる運命を期待する。『風がこちらに吹いている』と勘違いし易くなってしまう」

「……それ、は」

側室とは言え、トモエの実子であるセイジが消えたのは、左大臣にとって僥倖《ぎょうこう》としか言いようがない。

継承権は低くとも、トモエとセイジがモトナリの気に入りであることは、周知の事実だった。それでなくとも、第一王子のスサノイは人気が高く、その地位は不動のものである。それがいつの間にか命を落とし、残された子供達も次々と大蛇に捧げられて、正室であるヒルガオに残された実子はシラユキだけになった。そして目の上の瘤《こぶ》であったセイジすらも、消え失せた。

これは神が、示しているのだ。

次の国主は、自分の孫であるトキワに違いないと――

「それを現実にさせたいと望むならば、『こちらに流れのあるうちに』シラユキ姫を亡きものにしようとするだろう。それも、可能な限り惨《むご》たらしく、時間をかけて。これが裏切りの王子が辿る末路だと、知らしめるように」

俺の言葉に促《うなが》され、黒百合の二人は唇を噛みしめる。

「……拷問にかけ、罪を吐かせた後に、晒し首にすると」

「幼き王子に何の罪がある……ただ、ただ父母を喜ばせようと懸命に努めただけの、幼き王子に」

年端《としは》のいかぬ子供を拷問にかければ、苦痛のあまり、犯していない罪もそうだと認めるだろう。その上で咎人《とがびと》となった王子の首を晒し、正室であるヒルガオの評判を地に落とす算段か。それを阻止したくとも、残念ながら黒百合の二人では、左大臣であるマコバの権力に逆らう力は持ち合わせていない。

なかなかに下衆な思考をお持ちの人物のようだが、言っては何だが、そこそこありふれた考えとも言える。

「それでお前達が来たのだな。シラユキ姫が左大臣の手に落ちる前に、せめて、自分達の手でと。そしてあわよくば、何処《どこ》かに逃がせないかと」

「……その通りだ」

「では、この書状は？」

「モトナリ様の代筆を務めることの多い文官に、密かに協力してもらった」

「……ふむ。ヒルガオの君から示唆されたのではない？」

「あぁ」

「成るほど」

俺は顎《あご》に手を当て、思考を巡らせる。

暴走しかけている左大臣に対しては、そこまで脅威とは感じない。俺が真に恐ろしいと思うのは、実の親であるモトナリとヒルガオが、濡れ衣を着せられようとしているシラユキ姫《我が子》に対して、何のアクションも起こしていない点だ。

まるで、このまま殺されてほしいとでも。そうであるほうがありがたいとでも、態度で示しているかのごとく。

ササラギ・モトナリよ……賢君と慕われるその表情の下に、お前は何を、隠している？

何を勘違いしたのか、座り込んだ姿勢のまま無抵抗に頭を下げ続ける『黒百合』の二人の前に、俺はシラユキ姫を呼び寄せた。

ぱたぱたと仔犬のような足取りで駆け寄ってきた姫は、何の躊躇《ためら》いもなく膝を折り、『黒百合』の二人に手を差し伸べる。幼い掌《てのひら》に労《いたわ》るように頭を撫《な》でられ、南天と北臣は瞼《まぶた》を伏せた眦《まなじり》にじわりと涙を滲ませた。

「……シラユキ様。不忠なる我らが、最期に御前《おんまえ》に侍《はべ》ることが叶いました僥倖《ぎょうこう》を、神仏に感謝いたします」

「南天……？」

「シラユキ様……あぁ、数ヶ月前にお別れした時より成長なされたご様子。どうぞ、この先御身《おんみ》が健《すこ》やかにありますよう、草葉の陰より心から祈念申し上げます」

「……北臣まで。シラユキは、斯様《かよう》な別離の言葉を、二人から受け取る義理はありません」

頬を膨らませたシラユキ姫にぎゅと鼻を抓《つね》られて、流石《さすが》の二人も『うぐっ』と低い声を漏らしている。俺はトキワとヨイマチに合図を送り、二人が頷《うなず》いたのを確認してから、シラユキ姫の肩を軽く叩《たた》いた。

「そうだな、丁度《ちょうど》良いだろう……シラユキ姫よ」

「はい、アンドリム様」

見上げてくるシラユキ姫に笑いかけ、俺は『黒百合』の二人を指で軽く指し示す。

「神官長に習ったことを、この二人で試してみると良い」

「えっ……？」

「確かヒノエに入ってから、【人】相手には使ったことがなかったであろう？　お誂《あつら》え向きの練習台だ」

「で、でも」

戸惑うシラユキ姫と、意味が分からずキョトンとしている青年達を置いて、俺は三人から距離を取った。

「フフ。既《すで》に我が身が惜しくないと態度で示している輩《やから》だ。何があっても後悔はあるまい」

「……っ」

「さぁ、試しなさい。それは貴方の『武器』の一つだ」

「……はい」

頷《うなず》いたシラユキ姫は、再び『黒百合』の二人に優しく触れる。

静かに目を閉じた幼い唇から紡《つむ》ぎ出されるのは、不思議な響きを持つ祝詞《のりと》だ。

『かけまくもかしこき　みくまりのかみ　うぶすなのおおかみ　はらえどのせおりつひめたちのおおさき　さざなみよすがようまれのみこ　おおさきたちのひろきあつきめぐみをかたじけなみまつり　もろもろのまがことといたみけがれあらむをば　はらえたまへきよめたまへと　かしこみかしこみもうす』

シラユキ姫が唱え終わるのと同時に淡い青色の光がその掌《てのひら》からあふれ、黒百合の二人を包み込む。

「っ⁉」

「これは……！」

全身を包んだ青色の光が身体に吸い込まれるようにして消えた後、ヨルガとの対戦を経て満身創痍であった二人の身体は、驚くほどの回復を見せていた。完治とまではいかないようではあるが、頬にあった大きな青痣が明らかに小さく薄くなり、全身に刻まれていた無数の切り傷は肌の上から消え失せている。

「……上出来だな」

「あぁ。マラキアの見立ては、正しかった」

ヒノエに向けて出発する前、鉛毒に侵されたシラユキ姫の治療を請け負っていたパルセミス王国の神官長マラキアは、姫には自分と同じような治療術師の素質があるようだと報告をあげてきた。それならばと指導を受けさせてみたものの、シラユキ姫は、マラキアが予想していたレベルの治癒効果を出せるようにはならなかった。

完全にできないのではなく、僅《わず》かながらにではあるが、治癒魔法は使えている。しかしそれはマラキアを始めとした他の治療術師達が繰るものと比べると、格段に効果が劣っていたのだ。

もっと素質があるように感じるのですがと首を捻《ひね》ったマラキアの見解は、もしかしたら、シラユキ姫がパルセミス王国に属していないからではないか、というものだった。

「――治癒魔法の源は、殆《ほとん》どが水の精霊です。他の精霊から治癒の力を借りる治療術師も確かにいますが、少数でしょう。そしてシラユキ姫は、東国ヒノエの民。パルセミス王国の水の精霊とは、相性が良くないのかもしれません」

それならばとマラキアが使う理《ことわり》の言葉《ことのは》を崩し、シラユキ姫が耳にしてきた言語に変えて試してみたところ、治癒魔法の効果は跳ね上がる。それでもこれはヒノエから呼んでいるだけなのだから、現地ではもっと力を発揮できるようになると思いますよとマラキアは太鼓判を押してくれていた。

その言葉通り、黒百合の二人は支えられなければ起き上がれなかった先程までの這々《ほうほう》の体《てい》とは打って変わって折目正しく居住まいを正し、掌《てのひら》を地につけシラユキ姫の履いた草履《ぞうり》に恭《うやうや》しく額《ぬか》づいている。

顔を上げてください、と慌てるシラユキ姫を見上げる二人の表情は、興奮で恍惚《こうこつ》としていた。

「まさか、シラユキ様に御業《みわざ》が宿るとは……！」

「神仏のお導きあってのことでしょう。シラユキ様をお救いする道に、光明が差し申した」

「……ふむ？」

「ヒノエに伝わる伝承です。ササラギ家の始祖は、国造りの神。国造りの神であるクニヌシミコト様は、民の傷を癒《いや》す御業《みわざ》をお持ちだったとか」

当然のように抱いた俺の疑問に、それを予想したヨイマチが問いかけるより先に答えてくれた。

成るほど、そのような謂《いわ》れがあるとすれば、それは確かに利用できる。始祖の再来や神の降臨は、民衆に好まれ易いからな。

ともあれ、これでヒノエに纏《まつ》わる駒はおおよそ全て、盤面に出尽くしただろう。

後は敵方がどう動くか……そして何を求めているのか。

……できれば予想が外れていてほしいと、俺は初めて願う。

ありきたりなお家騒動であれば、それこそ、そこまで苦労しない。

【龍屠《ほふ》る剣】を手にしたヨルガをシラユキ姫の擁護に立たせ、国主側にじわじわと圧をかけてやれば良い。進退窮まる状況に追い込まれてしまえば、モトナリとて撤退せざるを得ないだろう。

封印されていた【龍屠《ほふ》る剣】が持つカリスマは、それを成《な》し得る充分な影響力を持っている。後はシラユキ姫擁立《ようりつ》の功績を主張して、【大蛇の鏡】が俺の手に渡るよう話をつけていけば良いだけだ。

だが俺のそんな願いに反して、ヒノエに近づくにつれ、嫌な予想は少しずつ現実味を帯《お》びてきていた。

「……うむ」

眼鏡の下で瞳を眇《すが》める俺の視線の先には、黒百合の二人に傅《かしず》かれ、困った表情をしているシラユキ姫の姿がある。十という齢《よわい》でありながらも、自らの身を立てるためであれば身内を葬《ほうむ》る決意を示した、勁《つよ》い心根の持ち主。

自らの信念を持つ者は、心根が揺るがない。

それには、年齢も性別も、関係がなかった。

「……念のために聞いておくが、お前達にシラユキ姫に降る心算はあるか？」

シラユキ姫の前に膝をついていた黒百合の二人に尋ねてみると、顔を見合わせた青年達は静かに唇を噛む。

「我らはモトナリ様に恩義がございます。しかし、シラユキ様の御身《おんみ》をお救いできるよう、力及ぶ限り計らうつもりです」

「アズマに戻りましたら、シラユキ様が癒《いや》しの御業《みわざ》に目覚められましたことをモトナリ様にお伝えいたします。さすれば如何《いか》にモトナリ様と言えども、始祖の再来たるシラユキ様を悪いようにはなさらないかと」

「ないな」

断言する俺の言葉に、二人の身体がピシリと硬直する。

「そんな甘さを見せるぐらいであれば、最初からシラユキ姫をパルセミスに行かせたりはしない。あんな不手際の土産《みやげ》を持たせたりもしない。……あれは正しく、捨て駒だったのだよ。ただ国主殿にとって予想外だったのは、弟思いの兄二人が、従者と身分を偽ってまでシラユキ姫に同行したことだ」

だからこそ、シラユキ姫の一行を国許《くにもと》まで無事に戻す必要ができた。

自分の権力が届き易いヒノエの国内に到達した途端にパルセミス王国で内乱が起こったのも、ある程度モトナリの糸引きがあってのことだろう。

黒百合の二人が先駆けて来たのはシラユキ姫を案じての行動だったようだが、左大臣に情報を流したのが国主自身であれば、もう一悶着《ひともんちゃく》が待ち構えている。

「……分かるか、賢君と誉《ほま》れ高きモトナリ公の近衛《このえ》達よ。お前達の敬愛する主君が、何を望んだか」

国主モトナリが、期待した未来図。

あわよくばと、狙っていたもの。

「それは……シラユキ姫の首を掲《かか》げたパルセミス王国側が、開戦を要求することだ」

「なっ……！」

「そんな！」

黒百合の二人は驚愕《きょうがく》の声を上げるが、薄々とその気配を感じていたのかシラユキ姫はただ俯《うつむ》き、ヨイマチとトキワも口を閉じたままだ。

「何故《なぜ》わざわざそんなことを、と、思うだろう？　理由を聞けば、もっと馬鹿馬鹿しく感じるぞ」

俺は南天と北臣を見つめたまま片手を軽く上げて、背中側に立っていたヨルガに触れる。すぐに握られた指先に伝わる吐息と温もりは、そこに軽く口づけられたからに他ならない。

ヨルガ・フォン・オスヴァイン。

赤みを帯《お》びた黒髪を持つ、軍神に愛されし、パルセミスの盾。

元々は勇者パルセミスの持ち物であった【竜を制すもの《クィスタシス》】を自在に操り、パルセミス王国の歴史上、騎士団長を配することがもっとも多い、オスヴァイン家の直系。

「……壊して、しまいたいのだろうな。ヒノエという国の、全てを」

連綿と続けられてきた歴史ごと、積み木を崩すように。

ヒノエを支え続けてきた、忌まわしき一族の因習までも。

そして、その先に欲するものこそ——

「……ヨルガ。おそらくは、お前だ」

振り返った俺の視線を受け、ヨルガは僅《わず》かに首を傾《かし》げる。

どういう意味だと問い返されるよりも先に、俺の左腕を、一本の矢が貫いていた。

第八章　布石を打つ

南天と北臣には、弓矢に、良い思い出がない。

元々ヒノエの民より大柄で、武芸達者を輩出してきた二人の一族は、ヒノエの貴族達に疎《うと》んじられていた。

ある日、子供達を人質に取られて身の隠し用がない草原に誘い出された彼らの一族の大人達は、抵抗する間もなく鋼《はがね》の矢に射抜かれ、次々と殺される。

その時、南天と北臣は、人質にされていた子供達の中にいた。息絶えていく両親の姿を見ていることしかできず。

孤児となった二人は人買いの手により、二束三文の値段で山賊の一味に売り払われる。

しかし山賊の一味は、奴隷として買ったはずの二人に優しかった。

山賊とはいえ義賊に近い行動を繰り返していた彼らも、殆《ほとん》どが元々は孤児だったのだ。

刀の扱い方も、馬上で手綱《たづな》を握ったまま戦う術《すべ》も、身のこなしも、全て山賊達が教えてくれた。粗野で荒々しい男達の集団ではあったが、彼らは間違いなく、南天と北臣にとって第二の親だ。

ところがそんなある日、裏切り者が現れて、根城の位置を敵に漏らす。

『朝敵粛清』の大義名分を掲《かか》げ、根城を取り囲んで矢の雨を降らせた弓兵達の手によって、山賊達は悉《ことごと》く射殺された。降り注ぐ矢の雨から身を挺して南天と北臣の二人を守ってくれたのは、大柄な山賊の頭領だ。厳《いか》つい顔つきの彼は、広い背中に針山のように矢を受けながらも、怯《おび》える二人を安心させるように、最後まで笑いながら逝った。

子供だった二人は捕まり、山賊達の罪を証言しろと強要される。断固として断ると、拷問に等しい折檻が待っていた。

そして、傷ついたまま牢に投げ入れられていた二人を救ってくれたのが、国主である父の名代として、抜き打ちの視察に各所を回っていたモトナリだ。

二人はモトナリの庇護を受け、懸命の努力を重ねて成長し、やがて国主となったモトナリの近衛《このえ》にまで上り詰めたのだ。

「——賢者殿！」

目の前でぐらりと傾《かし》いだ細身の身体を、ヨルガの腕が抱きとめる。鋭い鳴き声を上げ、翼を休めていた鷹が獲物を見定め、一直線に飛んでいった。

アンドリムの左腕を貫いているのは、白木の矢だ。

黒百合の二人は息を呑み、目を見張る。矢羽の先どころか鏃《やじり》まで白く造られた美しいその矢が、見覚えのあるものだったからだ。

「陽炎《かげろう》矢!?」

「何故《なぜ》、こんな所に……っ！」

しかしその疑問を確かめる前に、二人の身体は凍りつく。

「なっ……!?」

「あ、あぁ……」

「ヒッ……!」

それは黒百合の二人だけではなく、シラユキも、トキワも、ヨイマチも、そしてパルセミス王国より追従してきた護衛騎士達も同じだ。皆、等しく震え上がった。

「……っ」

その根源は、アンドリムを抱きとめたヨルガの放つ、異様なまでの殺気だ。

陽炎《かげろう》矢に貫かれた左腕を右手で押さえ、端正な横顔を苦痛に歪《ゆが》めるアンドリムを見下ろすヨルガの表情は、淡々としている。

しかし、沈黙を守るその静かな表情とは裏腹に、溢《こぼ》れ出《だ》す怒気が齎《もたら》す緊張感の、何と恐ろしいことか。

感情の矛先が自分ではないと理解していても、生存本能が警鐘を鳴らし、逃げろ逃げろと心臓を追い立てる。それなのに、恐怖に竦《すく》み上がった手足は鉛と化したかのように重く、ちっとも動いてはくれない。

「……っ……ヨルガよ。そんな見境なく、牙を剥《む》くな」

一言でも声を漏らせば、死に繋がる。

そんな雰囲気を崩したのは、額《ひたい》にじわりと汗を滲ませた、アンドリムの言葉だ。

「……アンリ」

語尾を震わせながら呼ばれた名前に応え、彼は「大丈夫だ」と宥めるように、右手でヨルガの頬を撫《な》でる。目を細めたヨルガが血に濡れた指先に唇を寄せると、気丈にも美しく微笑《ほほえ》んでみせた。

射抜かれた瞬間の衝撃から少し回復したのかふうと細く息を吐き、それでも苦痛はあるだろうに、ヨルガに凭《もた》れ掛《か》かるようにして、自らの左腕を貫いている矢を検分する。

「……随分と珍しい代物《しろもの》だな。お前が気配に気づかないなんて」

白木の矢に視線を落とすアンドリムの疑問に、漸《ようや》く呪縛が解けた南天が平伏しつつ言葉を返す。

「恐れながら申し上げます賢者殿。その矢は……【陽炎矢《かげろう》】に、間違いないかと」

「……陽炎矢《かげろう》？」

「ヒノエに伝わる古い武具で、神の遺物とされる矢の一本です。陽炎《かげろう》の気を持ち、如何《いか》なる熟練の猛者《もさ》であろうとも、その気配を察することはできないと言われております」

南天の言葉を補い、北臣も跪《ひざまず》いて頭を下げる。

「……ほう」

アンドリムは軽く首を傾《かし》げ、翡翠《ひすい》色の瞳で二人を見つめた。

「持ち主は、分かっているのか？」

「……既《すで》に【陽炎矢《かげろう》】の残りは三本しかなく、国主のモトナリ様、そして左大臣殿と右大臣殿が、それぞれ一本ずつを所有していたはずです」

答えを聞いた彼は幾分控えめに肩を揺らし、喉の奥を鳴らしてくつくつと笑う。

「ククッ、それは何とも、都合が良い」

「……賢者殿？」

訝《いぶか》しむ二人の疑問には答えず、ヨルガの頬に触れていた掌《てのひら》を滑らせ、形の良い顎《あご》の裏を指先で撫《な》で摩《こす》る。狂気の気配を漂わせたままの榛色《はしばみいろ》の眼差《まなざ》しに臆することなく、玩具を強請《ねだ》る子供のように、ヨルガの耳に願いを囁《ささや》く。

「可愛い俺のヨルガ。……頼みがある」

「……何だ？」

「俺の前に、連れてきてくれないか？　わざわざご丁寧に証拠を運んできてくれた使者殿を。どうやら既《すで》に、カルタが追ってくれているようだからな」

「……先に腕の手当てを」

「いや、これは後回しで良い。幸い、シラユキ姫もいることだ。それに、相手は弓を持っている。カルタ《あの子》だけでは不安があるんだ」

「……加減が難しそうなんだが」

溜息《ためいき》をつきつつ漏らされた率直な意見には、流石《さすが》のアンドリムも苦笑するしかない。

「最悪手足はどうでも良いが、首と胴体ぐらいは繋がったまま、連れてきてくれ」

「……善処する」

視線で促《うなが》され、すぐに侍《はべ》った護衛騎士達の腕にアンドリムを委《ゆだ》ねたヨルガは、その腕を離しざまに、そっと彼の頭を撫《な》でた。白銀の髪を掻き分ける温かい指の感触に、アンドリムは軽く顎《あご》を上げ、猫のように額《ひたい》を擦《す》り寄《よ》せる。

薄く微笑《ほほえ》んだヨルガは、ぐ、と一瞬地面を踏みしめたかと思うと、次の瞬間には風のような速度で駆け出していた。

「……オミ！」

「分かってる！　南ちゃん、ここを頼む！」

あっという間に姿が見えなくなりかけるヨルガの後を追いかけ、足の速い北臣も走り出す。

豆粒のようになっていく二人の背中を見送ってから、南天は護衛騎士達に支えられているアンドリムに近づき、再びその側で跪《ひざまず》いた。

神が育てたと言われる特別な樹木から削り出された白木の【陽炎矢《かげろうや》】は、見かけよりかなり丈夫だと聞いている。腕に貫通した矢を引き抜く場合、一旦、鏃《やじり》側か矢羽側かを折らなければならない。治癒魔法の腕前を披露したばかりのシラユキがいるので不安はないが、段取りを手間取れば、苦痛を与える時間が長くなってしまう。

少なくとも護衛兵士達よりは腕力に自信のある南天は、矢を手折《たお》る役目を、自分が担《にな》おうと考えていた。

「賢者殿。お怪我の手当てを、させてくださいませんか」

「……悪いが、それは不要だ」

平伏して告げた言葉は、何故《なぜ》かアンドリム自身に、きっぱりと拒絶される。

「賢者殿……？」

「アンドリム様。私が、矢が抜けましたら、私が、お治しします……！」

傷口から流れる血に染まったシャツの袖を掴み、シラユキも必死に訴えるが、アンドリムは笑って、静かに首を横に振った。思わず顔を上げた南天をひたりと見つめるその相貌《そうぼう》に浮かぶのは、ただの痩せ我慢ではなく、得体の知れない思惑《おもわく》を秘めたもの。

先刻ヨルガに感じたのとはまた違う種類の威圧感に、南天は再び、その背筋を凍らせる。

最後の賢者と名高き、パルセミス王国の誇る、智謀の持ち主。

とてもではないが武芸に秀でているとは思えない、白い肌と、細身の体躯。

南天や北臣がその気になれば片手で縊《くび》り殺《ころ》せそうな姿をしているのに、一度対峙すると総毛立つほどに深い恐怖と、「無理だ」と諦念《ていねん》すら浮かぶ心境に晒される。

……あまりにも。あまりにも自分達とは、格が違う。

押し黙り、ただ平伏する南天を軽く見やってから、傷ついた腕を押さえたまま、アンドリムは再び、ゆっくりと嗤《わら》った。

「これで良い……このままのほうが、都合が良いからな」

† † †

「……まぁ、首と胴体が繋がってさえいれば良いとは、言ったがな」

荷物のように足元に転がされた身体を見下ろしつつ、俺は小さくぼやく。

黒く長い髪と袴《はかま》の裾は乱《みだ》れ、打たれた縄に自由を奪われて、猿轡《さるぐつわ》を嚙まされた口で自害も封じられている。それでも爛々《らんらん》と憎悪に燃える瞳で俺とシラユキ姫を睨《にら》み付《つ》けてくるのは、年頃は四十路《よそじ》前半と思《おぼ》しき、気の強そうな雰囲気を持つ女性だ。

先行したカルタが見つけてくれていた襲撃者をいとも容易く確保してきたヨルガは、相手が女性と知っても手加減をしなかったらしい。

武器を手にし立ち向かってくる相手であればそれは誰であろうと戦士に違いなく、どれほど実力差があろうとも、手を抜く行為は侮辱に値する。

以前ヨルガからそんな持論を聞いた時は、鼠《ねずみ》を狩る獅子の心得のようだなと思ったが、どうやら今回もその信念を曲げなかったと見える。

そうは言っても、傷だらけの類とおかしな方向に曲がったまま縛られている右腕以外に大きな怪我はないようだから、早々に降参したか追従した北臣が何とかして止めたかのどちらかだろう。

「……トモエ様」

俺の傍《そば》に控えていたシラユキ姫は女性の名を呟《つぶや》き、そのまま言葉をなくしている。

彼女がトモエだとすると、ヒノエの第二王子、セイジの母親か。国主モトナリと同じ師のもとで学んだ幼馴染《おさななじみ》であり、貴族ではなく豪商の娘という身分ながらも、モトナリの側室となった女性だ。

「成るほど」

であれば、襲撃の理由は分かり易い。

シラユキ姫に、息子のセイジを殺された仇討ちといったところか。

俺は護衛騎士の一人を呼び寄せ、トモエの後ろ髪を掴み、顔を強引に仰向《あおむ》かせた。苦痛に歪《ゆが》む表情に構わず、顎《あご》が天井を向くほどに喉を反らせる姿勢を取らせたところで、折れた腕に黒髪の先端を括《くく》り付《つ》ける。

「轡《くつわ》を取ってやれ」

「はっ」

頷《うなず》いた護衛騎士に猿轡《さるぐつわ》を外されたトモエは、一旦大きく息を吸った後で、「さっさと殺せ！」と大声で叫んだ。しかし続いてシラユキ姫の姿に視線を移し、今度は憎々しげに顔を歪《ゆが》めて「鬼子め！　殺してやる！」と叫ぶ。

……忙しい女だな。

反してシラユキ姫は頬を少し青褪《あおざ》めさせたものの、俺の陰に隠れるようなことはせず、唇を噛んでその罵倒を正面から受け止めた。

そんな俺とシラユキ姫の傍《そば》に、ヨルガを追いかけていた北臣が布で包んだカルタを抱えて近づいてくる。

「……アンドリム様」

「カルタ！　……大丈夫か？」

北臣の白い外套に包まれ、俺に向かって小さく甘えた声で鳴くカルタは、翼に矢傷を負っていた。

どうやら、俺の不安は的中してしまったらしい。

ただでさえ俺の腕を射抜かれて冷静さを失いかけていたのに、可愛がっている若鷹までも傷つけられたヨルガの怒りは凄《すさ》まじく、追走する北臣の足を一瞬竦《すく》ませたそうだ。

空から落とされ、地上で踠《もが》くカルタに止《とど》めの矢を射かけようとしていたトモエは、迫り来るヨルガの気配に気づき馬に飛び乗り逃げ出した。しかし瞬時に追いつかれ、乗っていた馬の脚を切られる。そのまま落馬し、ヨルガの体重を乗せた靴の裏で踏みつけられたそうだ。

カルタを抱えて追いついた北臣の懸命の懇願がなければ、とてもではないが無事では済まなかっただろう。

ヨルガは舌打ちをして足に乗せた力を緩め、身体を引き起こしざま、トモエの右腕を細枝のごとく容易く折った。そして絹を引き裂くような悲鳴を完全に無視して、彼女の長い黒髪を掴み、ここまで引《ひ》き摺《ず》ってきたのだと言う。

なかなかの猟奇的な行動を取った彼は、足元にトモエを転がした後は、何事もなかったかのように俺の背中側に回って腰を抱き、再び背凭《せもた》れになってくれている。俺は右腕を伸ばし、矢が刺さったままの左腕に眉を顰《ひそ》めているヨルガの肩を軽く叩《たた》き、『取ってこい』を上手にこなしてくれた可愛い番《つがい》を労《ねぎら》った。

少し彼の機嫌が浮上した気配を服の生地越しに感じつつ、目で殺せるものならばとばかりにシラユキ姫を睨《にら》み付《つ》けているトモエに視線を向ける。

「……トモエ様、でしたな。顔も合わせぬ内より随分なご挨拶、痛み入る」

俺が矢が貫通して力の入らない左腕の肘近くを右手で握ってみせると、トモエは悔しそうに瞳を眇《すが》めた。

「それは、そこの鬼子を狙ったものだ！　お前が邪魔で、射殺し損ねた……！」

「おや、そうですか。トモエ殿は弓馬の扱いに長《た》けた女傑と聞き及んでおりましたが、ハハ、噂は当てにならない」

「おのれ！　この私を、侮辱するか！」

「事実を言ったまでですが？　……さて、矜持《きょうじ》の高い貴方が口を割るとは思えませぬが、一応は聞いておきましょう。誰の差金ですかな？」

俺の問いかけに、トモエは少し訝《いぶか》しんだ表情をした後で、すぐに「まさか」と小声で呟《つぶや》く。

鏃《やじり》から赤い雫が滴《したた》り落ちている【陽炎矢《かげろう》】を目にして、俺が敢えてその矢を腕から引き抜かず、そのままにしている意味合いに気づいたらしい。

「……ヒノエに三本しか残っていない【陽炎矢《かげろう》】は、所有者がはっきりしている。私がこの矢に射られたという事実と共にアズマに赴《おもむ》けば、楽しいことになりそうです」

パルセミス王国からの賓客であり、更には【龍屠る剣《ほふ》】に認められた騎士が同行しての一行。そのもてなしは通例ならば、ヒノエの重鎮達を招いた、国を挙げての盛大な宴《うたげ》となる。しかしその場に、【陽炎矢《かげろう》】に射抜かれたままの俺が現れ、そして国主モトナリの側室であるトモエがその被疑者として明るみに出たとしたら。

それはトモエ自身だけでなく、彼女に【陽炎矢《かげろう》】を渡した張本人にも、そして国主モトナリにも、責任が及ぶことになる。

にこりと俺が微笑《ほほえ》みかけると、トモエは口を噤《つぐ》み、静かに「殺せ」と、再度呟《つぶや》く。

「早く、私を殺せ。お前達がそうしないのであれば、自ら幕を引くまで」

「ハッ……できるものならば、好きにしたら良い」

嘲《あざけ》りを含んだ俺の言葉に目を見開き、咄嗟《とっさ》に奥歯で舌を噛もうとした彼女は、次の瞬間、悲鳴を上げた。

「キャアッ……!?」

予想通りの反応に、俺はヨルガの胸板にのんびりと寄りかかりつつ、仰《の》け反《ぞ》った姿勢でガクガクと震える女を見守る。

最初の暴力的な衝撃が通り過ぎ、トモエは漸《ようや》く、舌を噛もうとした瞬間に走った激痛の正体を知ったらしい。

「……人間はたとえ舌を噛み切っても、そう簡単には死なない」

あふれた血で窒息するとか、切れた舌が喉奥に巻き込まれるとか、余程のことがない限り起こらない。そもそも、舌を噛み切るという行為自体に、相当の無理がある。歯で舌を食《は》んだまま顎《あご》を強打するぐらいの事故がなければ、筋肉の塊《かたまり》である舌を噛み切るのはなかなかに困難だ。

更に今のトモエは、上向きに仰《の》け反《ぞ》らせた頭を髪で引っ張り、わざわざ折れた腕に固定させている。舌を噛み切るためには、顎《あご》を強く閉じなければならない。しかし喉を反らした姿勢では、力が入りにくい。だからと無理にでも舌を噛もうと頭を動かせば、頭に繋がる黒髪が折れた腕を強く引っ張る仕掛けになっているというわけだ。

「どうした、ヒノエの巴御前《ともえごぜん》。お前の意気込みは、その程度か？　このまま俺達に連行されれば、お前の大事なモトナリ殿にも、累が及ぶぞ」

「くっ……う、くそっ……！」

何度自害を試そうとしても、頭を動かした瞬間に走る骨折の激痛には、そうそう耐えられるものではない。

更に畳み掛けるように俺が挑発の言葉を投げかけることで追い詰められた彼女は焦りの色を濃くし、無駄な努力を必死に重ねる。

「ひっ……う、ひ、ううっ……！」

繰り返される激痛と精神的な負担の繰り返しに、遂《つい》にトモエはヒクヒクと喉を震わせて過呼吸を起こし、白目を剥《む》いて地面に転がった。じわりと股の間から紫紺の袴《はかま》に広がる染みは、意識を失った彼女が晒す、醜態の極みだ。

流石《さすが》に痛ましげな表情を浮かべている黒百合の二人に構わず、俺はフンと鼻を鳴らす。

「……あまり長く持たなかったな。面白みが少ない」

女傑と聞いていたから、少しは期待していたのだが。

まぁ、それでも自ら仇討ちに来る気概くらいは、褒めてやるか。

頭を傾けてヨルガを見上げると、微《かす》かに頷《うなず》き返される。

少し離れた位置に立っていたヨイマチにも視線を送り、「全て去りました」と小さく返された。

「そうか。案の定……あっさり、切り捨てていったな」

俺は僅《わず》かばかりに哀れみを含んだ眼差《まなざ》しで、トモエを見つめる。

ヒノエの国内に入ってから、ずっと俺達をつけ回し続けていた、誰かの監視。

それが俺達一行が国王の側室であるトモエを手中に収めたと知ると、助け出そうとするどころか、置き去りにして消えた。

ヒノエの国主、モトナリの幼馴染《おさななじみ》。

正妻のヒルガオに代わって公《おおやけ》の場に同行することが一番多い、モトナリのお気に入りの側室。

トモエ自身、自分はそんな存在だと自負しているだろうし、周りからもそう見做《みな》されているだろう。

だが、その実態は――

「トカゲの尻尾切りか」

「いいや……あれよりもひどい。トカゲが尻尾を落とすのは、危険に晒され、なお生き延びるための最終手段だ。だがこれは、違う」

ヨルガの例えを否定し、俺は小さく唸《うな》る。

おそらく、最初から。

トモエは、捨てることを前提とされている。

彼女も捨て駒として、息子を殺された情報と【陽炎矢《かげろう》】を与えられ、崙観村に自ら赴《おもむ》くよう、仕向けられた。

その矢を託した持ち主の、目的のために。

「……シラユキ姫。カルタの治療を頼めますか」

「は、はい」

促《うなが》され、北臣におとなしく抱えられていたカルタの翼に手を当て、シラユキ姫が祝詞《のりと》を唱え始める。カルタの身体を包む淡い青色の光を見つめながら、俺は思考を巡らせ、ゆっくりと息を吐いた。

「なかなかの、狐だ」

いや、どちらかと言うと。この執着心は、蛇か。

「……ヒノエ国主、ササラギ・モトナリ」

お前が滑稽《こっけい》な悲劇を望むならば、俺がお誂《あつら》え向きの舞台を拵《こしら》えてやる。ただしその結末が望み通りになるとは、限らない。

――誰かが紡《つむ》いだシナリオ通りの終わり方など、面白くないだろう？

「……そのための準備を、整えていかないとな」

俺はそう呟《つぶや》き、くるりと身体を反転させて、見下ろしてくる伴侶の胸に頬を擦《こす》りつける。

「手短に頼む、ヨルガ」

「承知した」

ヨルガは頷《うなず》き、身体を屈めて軽く俺の額《ひたい》に口づけを落とした。するりと俺の左腕に這《は》わされた指が、俺の二の腕を貫いた【陽炎矢《かげろう》】の、矢羽側を掴む。

「……噛んでいろ」

何処《どこ》を、とは指定されなかったので、俺は目の前にあったヨルガの鎖骨付近に、服の上からではあるが軽く歯を立て、目を閉じてその瞬間を待った。

「んぐっ……！」

一瞬、腕から瞼《まぶた》の裏にかけて火花が走るような感覚が突き抜けた直後。

再び傷口から溢《こぼ》れ出《で》た血液が、ぬるりと腕の内側を濡らして滴《したた》る感触が生まれる。

「は、ふ……」

腕から矢を引き抜かれた衝撃に、くたりと体重を預ける俺を抱えた美丈夫はびくともせず、すぐに傷口に布を押し当て、カルタの治療を終えたシラユキ姫を呼び寄せてくれた。

「アンドリム様……！」

「……シラユキ姫。続けてになるが、治療を頼めるか」

「はい！」

血に塗《まみ》れた俺の腕を取り、シラユキ姫は甲斐甲斐《かいがい》しく、美しい祝詞《のりと》を唱える。

俺は腕から引き抜かれた【陽炎矢《かげろう》】をヨルガから受け取り、呆然としてここまでの経緯を見守っている黒百合の二人に、そっと笑いかけた。

「さて、南天と北臣よ。【三本の矢】に纏《まつ》わる逸話を、知っているか？」

第九章　想うがゆえの敵対

崙観村からヒノエの都であるアズマまでは、馬車を使って三日ほどの移動になるらしい。

パルセミス王国からの特使とも言える俺達一行は、トモエによる襲撃を受けてからすぐに準備を整え、翌日には崙観村を出立した。

黒百合の二人に先行を頼み途中で馬を交換できるよう手配しておいた甲斐《かい》もあってか、馬車は予定通り、三日目の朝時点でアズマの入り口にほど近い街道に差し掛かっている。

俺は、トキワの膝を枕にしてすぅすぅと寝息を立てているシラユキ姫の肩に右手で毛布を掛け直し、疲労の滲んだ顔つきのまま座席に背を預け眠り込んでいるトキワの頭も軽く撫《な》でてやった。

この旅で大きく成長したシラユキ姫と、目まぐるしく変わる環境に戸惑いつつ、それでも後継者の立場を捨てて自らシラユキの配下につく道を選んだトキワ。二人とも、並大抵の決意ではなかっただろう。

「……気に入ったか」

対面席に座っていたヨルガは、何処《どこ》か懐かしさを滲ませた眼差《まなざ》しで、眠る二人を見つめている。

俺は改めてヨルガの隣に腰掛け、束ねた布で吊った左腕に負担がかからないよう気をつけながら緩くその左肩に凭《もた》れかかった。カタンカタンと車輪の奏《かな》でる音は不規則のようでいて、それでも不思議と眠りに誘われる心地になるのだから、不思議だ。

「そうだな、確かにまだ青く、身も心も未熟。しかし、国を背負う覚悟を見せた」

俺は、そういう相手は嫌いではない。

……ただし、自分と関わらない相手に限る、が。

俺のそんな心内を見抜いてか、ヨルガは喉の奥で、くつくつと笑う。

「あまり本性を見せるなよ、気に入りに怯《おび》えられるぞ」

「心外だ。俺は最初から最後まで、変わることはない」

「そうだな……それでこそ、お前《アンリ》だ」

大きな指が俺の前髪を梳《す》き、生え際に少しかさついた唇が押しつけられた。皮の厚い指はそのまま俺の耳朶《じだ》を弄《もてあそ》び、今は後ろ髪に覆われ姿を隠している焼印《あかし》に辿り着くと、その窪《くぼ》みを確かめるように、ゆったりとなぞる。

俺は顎《あご》を上げ、愛しい番《つがい》の顎《あご》先を下から軽く食《は》んでやった。

くすぐったいぞ、と笑う響きが緩く噛みしめた歯の隙間から伝わり、僅《わず》かな陶酔と掠《かす》めるような高揚が俺の背筋を震えさせる。

パルセミス王国を出立して、ひと月あまり。この先に待つアズマでの対決が正念場だが、焦燥感はない。本来ならば、シラユキ姫に国主として立つべき理由を与えて足元を盤石にしてから国主と対峙するつもりだったのだが、相手が勝手に証拠を与えてくれたのだから、これを利用しない手はないだろう。

「……面白いものだな」

ここが『乙女ゲームの世界』だと俺が自覚してから、そんなに長い時間は経っていない。しかし【竜と生贄《いけにえ》の巫女《みこ》】というタイトルであったゲーム本編に当たる時間軸が過ぎてからも、当然のように人々の営みは続く。

それと同時に、この世界からは少しずつシナリオの影響が薄れていっている。そもそも、乙女ゲームの正しいシナリオ通りであれば、どんなルートでも破滅していた俺とジュリエッタが存在している以上、既《すで》にイレギュラーだ。

言い換えてみれば、この世界は「成り損ない」に当たるのかもしれない。

竜と生贄《いけにえ》の巫女《みこ》が織りなす美しい物語が紡《つむ》がれるはずだった世界を、俺という異分子が喰い散らかした後に生まれた残骸だ。

穴の開いた蚕繭《かいこまゆ》からは絹糸を紡《つむ》げないのと等しく、もう同じシナリオの世界に戻る修正力は残されていないだろう。

しかし確かにここが『作られた』世界だと感じる名残は、あちこちに残されている。

ユジンナ大陸の各所に残された『童話』や『逸話』と、前世の【俺】が知っていた『物語』は、形や名前は違えど、それなりに符丁が一致しているものが多い。

そうであれば、俺のこの【記憶】はまだ、立派な武器だ。

八岐大蛇《ヤマタノオロチ》然り、毛利家の三本の矢然り。……『白雪姫』然り。

その先を知っているのであれば、対処することも、未来を逆手に取ることも、できる。

俺は左の二の腕を貫いたままにしてある白木の矢に視線を落とし、ほくそ笑む。

破れた蚕《かいこ》の屑繭から作られる紬糸は、所々に瘤《こぶ》のような歪《いびつ》さを残し、しかしそれゆえに味があり、丈夫な布に仕立て上がると聞いたことがある。綻《ほころ》び、穴だらけになったシナリオであろうとも、手放す必要などない。

頭を預けていたヨルガの左肩から少し首を浮かせて、今度は、左胸の上に耳を押しつける。とくん、とくん、と規則正しく脈打つ心臓の鼓動が響いて、やたらと心地良い。

「……なぁ、ヨルガよ。俺が欲しいものは、そんなに多くない」

独り言のように吐露してみせた本音に、ヨルガは少し身動《みじろ》いだ。

目を閉じて心音に集中している俺からは窺《うかが》い知《し》ることはできないが、あの榛色《はしばみいろ》の瞳で、じっと俺を見下ろしているのだろう。

「俺は、ジュリエッタが愛《いと》おしい。シグルドのことも、可愛いと思っている。俺がヒノエを訪ねる予定を立てていたのは、どうにかしてジュリエッタにかけられたアスバルの呪いを解きたかったからだ」

「……そう言っていたな」

「だが、シラユキ姫達がパルセミスを訪れたことで……あの【龍屠《ほふ》る剣】が持ち込まれたことで、もう一つ、欲しいものが……いや、違うな。手放したくないものが俺にもあると、知った」

俺は右手で、腰を支えてくれているヨルガの腕に触れる。

最初は、明白な打算。

利用するために、俺が手に入れた男。

「屋敷も、金も、名誉も必要ない……お前とともにならば、住処に犬小屋を与えられたとしても、文句はない」

「……アンリ」

「困ったものだな……」

今はもう、自覚している。

……相手に嵌ったのは、俺も、同じだ。

少し速度を増した鼓動はそれでも規則正しい調律を刻み、俺の瞼《まぶた》に錘《おもり》をつけて、緩やかな眠りに誘おうとしてくる。小さく噛み殺した欠伸《あくび》はヨルガの落とした口づけに吸い取られ、俺の身体はそのまま太い腕の中に囲われた。

「んぅ……ヨルガ……？」

「あまり煽《あお》ってくれるな、アンリ。決着を前に、腰が立たなくなっても良いのか？」

「ククッ……流石《さすが》にそれは、困るな」

何より、今は眠っているとはいえ、未成年の二人と同じ車内だ。

俺は半ば微睡《まどろ》みかけていたのだが、仕方がないと気を取り直して体重を預けていた番《つがい》の胸板から身体を起こし、窓の外に視線を向けた。

馬車の速度で流れていく景色はすっかり和風の雰囲気に染まっていて、ここでは自分達のほうが異分子なのだと、まざまざと実感させられる。

アズマの都に入る大門では揃いの鎧《よろい》を身に纏《まと》った門兵達が「反逆者のシラユキを渡さねば通さない」と難癖をつけてきたが、そこはヨルガが刀を抜く前に黒百合の二人が現れて諌《いさ》め、事《こと》なきを得た。

「……露骨になってきたな」

モトナリが導こうとしている『結末』は、なかなかにエグいものだ。

その先に見えているのは、ヨルガ・フォン・オスヴァイン。パルセミス王国の誇る騎士団長にして、王国の盾。更には、ヒノエに伝えられていた【龍屠《ほふ》る剣】の、新たな主。

そう。わざわざ国を幾《いく》つも横断してまでヨルガを呼び寄せたのには、必ず意味がある。

不審に思ったとしても、父や継母達の言葉は、シラユキ姫にとって絶対だった。

シラユキ姫は自分でも気づかぬうちにモトナリの手駒にされていたわけだが、そこは俺が見抜いたことで、逆にこちら側の陣営に引き込むことに成功している。

「……終焉とは、美しいものだ」

俺は不安そうな表情を浮かべるシラユキ姫に、優しく語りかける。

都に入ってからも馬車は碁盤の目のように割られた区域を横切るように動き続けたから、多少疲れているだろう。実は、都に入ってから再び現れた影のような追跡者に対する嫌がらせだったのだが、それはまぁ、シラユキ姫には教えなくとも良い話だ。

「幕引きが良ければ、全てとは言わんが、評価が上がることは多い」

その『終わり』が個人のものだけでなく、国の全てをというところが、なかなか思い切った選択ではあるが。

「……では、父上は……父上は、ヒノエを滅ぼしたいと……？」

「おそらくは、な。だが、理由は、それだけではなかろう」

散々遠回りをした馬車はやがて、寝殿造の美しい建物の前に寄せられた。

ヒノエの都であるアズマには立派な城があると聞いていたため、当然国主もそこに住んでいるのだろうと思っていたのだが、ササラギ家の住まいは別にあるタイプか。

そしてそんな建物を守る門の前には、線の細い壮年の男が何も言わずに佇《たたず》んでいた。

「……おやおや」

俺は車窓のガラス越しに見上げてくる男の顔を確かめ、これはまた多少、予想外だなと考える。

シラユキ姫は緊張のあまりか、隣に座るトキワの手を、指が白く成るほど強く握りしめていた。

トキワは何も言わず、そんなシラユキ姫の手を優しく握り返す。

「シラユキ……姫。大丈夫です。私がついていています」

「……トキワ」

顔を見合わせ二人が頷《うなず》くのを待ってから、俺は護衛騎士に合図をして、馬車の扉を開かせる。

門の前には、緩く腕を組み、直衣《のうし》を身につけた男性が立っていた。

……あの人物が――

「父上……」

「お父様……」

ああ、やはりそうか。あれが、ササラギ・モトナリ。

ヒノエの国主にして、ササラギ家の現当主である男。この騒動の、発端か。

細身の身体を直衣《のうし》に包み、感情が掴めない表情で門前にひたりと立ち尽くすその姿は、おおよそ国主の威厳からはかけ離れているようにも感じる。

三年前、命を落とした第一王子のスサノイが二十五歳だったと聞いているから、その父親であるモトナリの年齢は俺と同じくらいだろう。

モトナリの傍《かたわ》らには遠回りしろという指示を守りながらこの屋敷まで先導してくれた黒百合の二人が片膝をついて控え、静かに頭を下げて主人の言葉を待っている。

「……待て、まずは俺が行こう」

動こうとする俺とシラユキ姫を制し、一人、馬車から降りてモトナリと対峙したのはヨルガだ。

無言で見据《みす》える軍服姿のヨルガが腰のベルトに下げた刀を見咎《みとが》め、モトナリは僅《わず》かに瞳を眇《すが》める。

体格で全てが判断できるわけではないものの、俺と同じように剣の才能に恵まれなかったらしいモトナリでは、試したことすらないであろう【龍屠《ほふ》る剣】を悠々と従えた男の存在は、相当に自尊心を擽《くすぐ》るのではないだろうか。

「パルセミス王国騎士団長、ヨルガ・フォン・オスヴァイン殿とお見受けいたす」

聞こえてきたのは、思ったよりも柔らかい、テノールの声。

「如何《いか》にも」

頷《うなず》いたヨルガに対して、モトナリはゆるりと頭を下げる。

「某《それがし》はモトナリ・ササラギ。ヒノエの国主にございます」

「あぁ、貴殿がモトナリ殿か。シラユキ王子から子細、聞き及んでいる。……祖国思いの、良い跡取りをお持ちだ」

なかなかに、痛烈な嫌味だ。

流石《さすが》のモトナリも押し黙り、傍《そば》に控えた黒百合の二人は目を丸くする。俺は小さく噴き出してしまい、外を窺《うかが》っていたシラユキ姫とトキワも硬直しているみたいだ。

「……最初から、貴方方の『応え』はそうだと、おっしゃるのか」

「分かっているのであれば、今更確かめる必要もなかろう？」

泰然とした態度を崩さないヨルガにモトナリは小さく溜息《ためいき》をつき、そのまま後ろを振り返って、屋敷のほうに声をかける。

「連れてこい」

「ハッ！」

モトナリの言葉に従い、屋敷の中に控えていたと思われる武士の二人が、あるものを引《ひ》き摺《ず》るように運んできた。

足元目がけて遠慮なく投げ捨てられたその正体を見定めたヨルガの眉間に、深い皺が刻まれる。

同時に、それを目にしたシラユキ姫が小さな悲鳴を上げ、トキワと俺が止めるのを聞かず、馬車の扉を開いて外に飛び出した。

「アサギ……！」

ごろりと地面の上に転がり、力なく四肢を投げ出した少年の身体。ぼんやりと開いた瞳は焦点をなくし、虚《うつ》ろなその表情からは自我の存在を確かめることが難しい。

シラユキ姫に縋《すが》りつかれ、名前を呼ばれても返事はなく、唇の端からだらしなく溢《こぼ》れ落《お》ちた唾液は細い顎《あご》まで滴《したた》り落ちた。

すぐにシラユキ姫の後を追いかけたトキワと馬で併走していたヨイマチが駆けつけ、アサギを助け起こして容態を確かめたが、その異様な有様には言葉をなくすばかりだ。

アサギはシラユキ姫の従者で、彼の母親はシラユキ姫の乳母であり、同時にヒルガオ直属の女房だと聞いている。

パルセミス王国からヒノエに向かう旅路の間に何か思うところがあったのか、崙観村に向かう前に俺達と別れ、先触れとしてアズマに先行したいと申し出たのは、アサギ自身だ。

シラユキ姫は危ないと止めようとしたが、俺はそれを許してやった。

おそらく、彼自身がもっとも正しく、気づいていたはずだったから。

「……この子に、何をした？」

ヨルガの問いかけに、モトナリは「何も」と、小さく答える。

「ただ、悟ったのだろう。我知らずとして犯した罪に」

「罪……？」

「愚かな子だ。何も知らなければ、苦しむこともなかっただろうに」

「……それは違うな」

淡々と続けられる言葉を遮《さえぎ》った俺に、モトナリの視線が向けられた。

鈍い光だけを湛えた、昏《くら》く、闇を含む瞳。

「……貴殿は」

「ヒノエ国が国主モトナリ様におかれましては、お初にお目通りが叶いましたこと、恐悦至極」

俺は馬車のステップを一段一段下り、アサギを抱きしめて啜《すす》り泣《な》くシラユキ姫の隣に立つ。白木の矢が貫通したままの左腕を布で吊り下げ、うっそりと嗤《わら》う俺の姿は、それこそ異様だろう。

モトナリの屋敷は碁盤の目状に整えられた城下町の一角にあるので、人通りも多い。

俺は予め黒百合の二人に、俺達がモトナリと対峙する際はその場にできるだけ多くの民衆が集《つど》うように誘導してくれと依頼しておいた。おかげで一連の会話の間にも更に人が人を呼び、屋敷の周りはお誂《あつら》え向きにアズマに住まう民衆達で囲まれている。予定よりも些《いささ》か早いが、初手を打つのに悪くない状況だ。

「私はアンドリム・ユクト・アスバル。親愛なるヒノエ国への救済をお届けすべく、パルセミス王国より国王陛下の親書を携《たずさ》え、騎士団長殿の介添えとして随従した従者にございます」

「従者……？　貴殿のその名は、パルセミス王国に名を轟《とどろ》かせし、前宰相閣下のものと記憶しているが」

「クク、さて、そうでしたかな？」

従者にしては不遜な態度を取っている自覚はあるが、当然ながらそれは敢えての行動。

モトナリが軽く眉を顰《ひそ》めた仕草に合わせ、つ……と視線を軽く横に移すと、彼の傍《かたわ》らに控えていた南天が僅《わず》かに頷《うなず》く。同時にガラガラと車輪が回る音が四方から近づいてきて、何台かの馬車が、次々と屋敷の門前に到着した。

「お前達……何故《なぜ》、ここに？」

少し困惑した、モトナリの声。

次々と門前に集《つど》ってきたのは、ヒノエの名だたる重鎮達だ。

その中でも仕立ての良い直衣《のうし》を着込み、何やら筒を抱えた一人の手弱女《たおやめ》を連れて眼をぎらつかせている小太りの男は、容姿から察するに件《くだん》の左大臣、マコバだ。

そして逆に、野畑に土を耕しに行きそうな、如何《いか》にも朴訥な気配を醸《かも》し出《だ》している壮年の男が、右大臣のサモン。単身で馬車を降り、細長い筒を自ら携《たずさ》えた彼は、第五王子のイツガエの伯父に当たる。

呼び出しておいた出演者達は幸いなことに、全員揃っているようだ。

俺は一つ息を吐き、ゆっくりと銀縁の眼鏡を外した。

使えない左手の代わりに、眼鏡のテンプルを軽く唇に挟み、頬に押し当てるようにして折り畳む。

少し乱《みだ》れた白銀の前髪をそのままに、自分の持つ翡翠《ひすい》の瞳が、白磁の肌が、どれほど強烈な印象を周囲に与えるか。全てを計算した上で、俺は嫣然《えんぜん》と微笑《ほほえ》んだ。

それだけで、ざわついていた屋敷の前が水を打ったように静まり返った。

俺は笑みの形を取った唇の隙間にちろりと舌を這《は》わせ、一つ瞬《また》いてから首を軽く傾《かし》げる。

「皆様をお呼びだていたしましたのは、他でもありません。お伝えすべきことがあったためです。皆様もお気づきの通り、ヒノエに入り程なくして、私は襲撃に遭《あ》いました」

この通り、と白木の矢が貫通した左腕を軽く揺すると、民衆達から小さな悲鳴と動揺の言葉が漏れ聞こえてくる。

「襲撃者は、既《すで》に捕らえてございますれば……あとは首謀者を炙《あぶ》り出《だ》すのみ」

先程のモトナリよろしく、俺は後方に駐めていた馬車に向かって、軽く指を鳴らした。

すぐに「承知いたしました」と頷《うなず》いた護衛騎士の二人が、馬車の後部座席から薄汚れた女性の身体を引《ひ》き摺《ず》り出す。

既《すで》に自害する気力も失せたのか、護衛騎士に両脇を抱えられ、悪臭のする袴《はかま》の裾を引《ひ》き摺《ず》って歩いたトモエは、今度はモトナリの足元に投げ捨てられる。

「あれは……！」

「トモエ様!?」

「まさか、トモエ様が外国の使者殿を襲って……？」

「そんな馬鹿な！」

「しかし、捕らえられているのは事実……」

おや。なかなかどうして、トモエ殿は民衆には人気だったようだ。

確かに彼女はモトナリの側室の中でも唯一、王侯貴族の出身ではなく、豪商の娘だ。庶民派と言えば聞こえはいいだろうが、政治の絡むこのような場面では、後ろ盾がなく無力になるのが致命的。

意識がなくともシラユキ姫やトキワ達に助け起こされたアサギとは真逆に、投げ出されたトモエの身体はただ砂利の上に転がるだけだ。

「……トモエ」

「……っ！　モトナリ様……！」

名を呼ばれ、勇んで顔を上げたトモエの表情は、愛する夫の顔に浮かぶ侮蔑の感情を目の当たりにして、瞬時に凍りついた。

「モ、モトナリ、様……？」

窺《うかが》うようなトモエの言葉にも、応えはなく。

ただ冷たく見下ろす昏《くら》い瞳だけが、モトナリの心情を見せつけてくる。

「……卑賤《ひせん》の身では、所詮、その程度か」

「なっ……」

ガクガクと震えるトモエからすいと視線を外したモトナリは、再び俺と見つめ合う。彼を守る黒百合の二人に合わせて、今度は右大臣のサモンと左大臣のマコバが、モトナリを庇うように立ちはだかる。俺は軽く頭を巡らせ、アサギを抱きしめたまま泣いているシラユキ姫を見下ろした。

アサギは、おそらく、これまで自分が【薬】としてシラユキ姫に与え続けていたものを呑んだのだろう。その正体を知らぬゆえに、実母かそれともヒルガオかに頼まれて、シラユキ姫の身体を治すものだと欠片《かけら》も疑わず与え続けた、静かな毒杯の雫。

その可能性に気づいたアサギは、一足先にアズマに戻り、おそらくは、実の母を問い詰めた。

そして、知ってしまった。憶測の全てが事実であることを、知ってしまった。

少年の心を苛《さいな》んだ衝撃と絶望は、想像に難くない。

「潔《いさぎよ》い子だ……勿体《もったい》ない」

少しずつ与えることで慢性的な鉛中毒を起こさせる目的で用意された薬を一度に大量摂取すれば、どうなるのか。

急性の鉛中毒は、重度の脳疾患を引き起こす場合が多い。これは、シラユキ姫の治療術でも治せるかどうかは分からない、重篤な疾患だ。逆に言えばそれほどまでに、アサギの心が追い詰められたがゆえの、悲劇でもある。

「……立ちなさい、シラユキ姫」

俺は右手でシラユキ姫の頭をゆるりと撫《な》でて、それでも、短い言葉で促《うなが》す。

涙に濡れた顔で見上げてくる少年と視線を合わせ、軽く頷《うなず》いた。

物事には、順序がある。失ったものを嘆くのは、後からでも構わない。

しかし敵に鉄槌を下す瞬間は、逃してはならない。

そのためには、モトナリの目論見《もくろみ》に乗ってやるフリも、少しはしてやろう。

新たなヒノエの君主となるべく、毒林檎を自ら選び、齧りついたシラユキ姫のために。

長きに亘《わた》り、蔓延とのさばり続けた蛇蝎《だかつ》のごとき因縁《いんねん》を、断つために。

抱きしめていたアサギをヨイマチの腕に預けたシラユキ姫は、涙を袖で拭《ぬぐ》い立ち上がる。

凛《りん》とした決意を湛えた榛色《はしばみいろ》の瞳は、それでも震えることなく真っ直ぐに、もはや敵と化した父の顔を見据《みす》えた。

俺はそんなシラユキ姫の肩に軽く掌《てのひら》を置き、自らも正面に視線を向ける。

……こうしていると、あの日を思い出す。意識を失《な》くしたジュリエッタを腕に抱き、俺を取り囲む全ての敵とただ一人対峙した、あの瞬間を。

知識と言葉と身体を武器に敵の駒を裏返していく戦いは楽しくもあったが、常に魂が疲弊する緊張感と隣り合わせだ。ヨルガを手に入れたのは打算の結果だったが、実質的にはその存在が、俺を最後まであの舞台に立たせる支えとなった。あれに比べたら、今回の『舞台』の演目はそこまで難しくない。

権力を振りかざす国主。次々と殺される王の子供達。その母親達が織りなす対立と暗躍。密かに摂政を目論《もくろ》む大臣。腐敗した貴族達の横行。……そして現れた、幼くも聡明な王子。

どれもこれも、取ってつけたかのような、配役と言える。

ヒノエを『滅ぼせ』と囁《ささや》く誰かが盤上に並べ置いた、とても都合の良い、そんな駒の配置。

「お父様……シラユキは、私は、仰《おお》せつかったお役目を、果たしてまいりました」

「……役目など、お前をヒノエから追い出すための、方便だ」

「方便でございましょうとも、役目は役目。お父様の名代を無事務めた私には、褒賞あって然るべきかと」

父の冷たい言葉にも動じず、シラユキは淡々と言葉を返す。

平静を装《よそお》うモトナリの瞳に、僅《わず》かな歓喜の光が揺らめいたのを、俺は見逃さなかった。

「では問おう……何が望みだ」

「……お父様。この場で、シラユキに家督をお譲りくださいませ」

「っ！」

「何を、戯《たわ》けたことを！」

右大臣サモンが目を見張り、左大臣マコバは声を荒らげる。

「ヒルガオ様の御子《みこ》とはいえ、シラユキ王子は第四王子！　順当に言えば、モトナリ様の世嗣《よつぎ》は第三王子のトキワだ！」

「そのことについては、既《すで》に話がついている」

俺は指を鳴らし、激昂するマコバの前にトキワを呼び寄せた。

何故《なぜ》呼ばれたかを重々承知しているトキワは俺と視線が合うと頷《うなず》き、シラユキ姫の少し後ろに立つ。仰《あお》ぎ見《み》る弟の頭を優しく撫《な》でてから、彼はモトナリと、その家臣達と相対した。

幼くもヒノエの行く末を案じ、子供であることを早々に捨てた弟。あのまま諾々《だくだく》と流れに身を任せ続けていれば、ヒノエの継承権はトキワの手に転がり込んでいた可能性が高い。そうならないために、彼もまた、選んでいた。

「ヒノエが国主モトナリ様、並びに家臣の皆様方。お初にお目通り叶いましたこと、恐悦至極にございます。シラユキ様の筆頭家臣、トキワでございます。以後、お見知り置きを」

「トキワ!?　何を言っている!!」

「トキワ王子、その奏上は……」

「サモン様、『王子』の敬称はもはや不要。私は第三王子の肩書を捨て、シラユキ様の臣下となりますことを、アマテラスの神に誓いました。血判を押した誓文も既《すで》に、惣社に納めております」

「馬鹿な！　誓いの儀は防がれたはずだ！　邪魔が間に合ったと、報告を受けている！」

マコバは拳《こぶし》を握りしめ、肩を震わせて叫ぶ。その言葉は同時に、崙観村でのトモエの襲撃に、彼が加担していることを示すものだ。

すぐに気づいたサモンは驚いた表情でマコバを見やっているが、興奮した左大臣はその事実に気づいていない。

「……子供でも分かるような、単純なことだ」

それこそ幼子に言い含めるように、俺はマコバへ言葉をかける。

「誓いの儀が三日後と聞いていたから、阻止できたと思っているのか？　誓いの儀は、崙観村に到着した翌日に執り行ったのだよ」

あの日、いずつ屋の外から走り去った『影』を敢えて見逃したのは、偽《いつわ》りの情報を持ち帰ってもらうためだ。儀式が三日後だと思い込んでいれば、襲撃の準備を整えようと、敵は一旦兵を引く。しかし翌日に儀式を行うと知れていたら、崙観村の周辺に潜《ひそ》んでいた影達が阻止しようと何かしら動いた可能性が高い。それは、些《いささ》か面倒だ。

「情報は一箇所から得たもののみに信を置かず、多方面から集め、確かめてから使うものだ。そうでなくとも、保険ぐらいはかけるべきだな。……そうしなければ、簡単に騙されるぞ」

例えばこれから俺達が披露しようとしている、茶番劇のように。

「おのれ……！」

ギリギリと奥歯を噛んでいるマコバを無視して、俺はゆっくりと、外套代わりに羽織っていた打掛を肩から落とす。

パサリと軽い音を立てて足元に蟠《わだかま》った布地の下から現れた俺の腕には、白木の矢が貫通したまだ。白地のブラウスには矢傷からあふれた血の染みが、黒く色を変えて生々しく残されている。

「あれは、陽炎矢《かげろうや》……！」

「まぁ、なんてこと！」

「本当に、トモエ様が……？」

途端にざわつく民衆達の前で、俺は軽く、右手を上げた。周囲が静まり返るのを待ってから、再び、モトナリと正面から向かい合う。

彼の足元に縋《すが》りついたままのトモエに視線を向けると、彼女はのろのろと顔を上げて俺の姿を見やり、一瞬、恍惚《こうこつ》とした表情を浮かべる。

俺がトモエに施した教育は、女傑と謳《うた》われていた彼女の矜恃《きょうじ》を打ち砕くのに、充分だったらしい。

国主であるモトナリの側室として、そして彼の贔屓《ひいき》である幼馴染《おさななじみ》だと自覚のあった彼女は、これまでに大きな挫折を味わったことなどなかっただろう。そんな彼女を屈服させたいと思うならば、貶《おとし》めるべきはその身体ではなく、精神だ。

俺はトモエを馬車の足元に設けられた荷物置きに閉じ込め、崙観村からアズマに移動してくる間、言葉のみで延々と甚振《いたぶ》り続けた。

……楽しみにしていると良い。お前の愚かな行動が発端で、愛するモトナリは国主の座を追われるのだ。お前の家族も同様だ。たとえ豪商と言えども、その身分は商人にすぎない。家族が大国から訪れた賓客を傷つけたとあっては、大店《おおだな》であっても取り潰しの憂き目に遭《あ》う。そうだ、第二王子の死に様《ざま》を聞いたか？　セイジ王子は生きながら、大蟲《おおむし》に腑を喰われて死んだ。お前がフカガワに命じた業が、そのまま息子に返り、彼を死に至らしめたのだ。お前はその張本人でありながら、母親でありながら、よくぞ、のうのうと生き延びているな？　獣の親とて、我が子は慈《いつく》しみ、守るものだろうに。お前は獣以下、狗《いぬ》以下だ……

耳を塞ごうにも折られた腕は動くことなく、狭い荷物置きの中では、ろくに体勢を変えることすらできない。呪詛のように苛《さいな》む言葉だけが降り注ぐ暗く閉塞された空間の中、傷の齎《もたら》す痛みと身体を蝕《むしば》む高熱。荷物のように粗雑に扱われ、自らの漏らしたもので汚れた装束は悪臭を放つままに放置され続ける。

トモエの精神が屈するのは思ったよりも早く、アズマに到着するかなり前の休憩で彼女は俺とヨルガの前で這《は》いつくばり、額《ひたい》を地に擦《こす》りつけて赦《ゆる》しを乞い、泣きじゃくった。

俺はトモエの改心を褒め称え、貴方の罪を濯《すす》ぐ方法はただ一つだと、彼女の耳元に囁《ささや》く。

その成果が、今現れる。

「……さぁ、トモエ様。皆様に真実をお伝えください。貴方はそれができる、強く賢く、気高い女性なのですから」

強制ではなく、自らが罪を告白してこそ、その咎《とが》を赦《ゆる》される。

俺のその言葉に促《うなが》され、それが愛するモトナリと息子の名誉を守るのだと信じ込んだトモエは、衆人環視の前で天を仰《あお》ぎ、よく通る大声で叫んだ。

「あぁ……アマテラス様！　愛するヒノエの大神様方《おおさき》、ここに告解《こっかい》いたします！　トモエは罪を犯しました。マコバ様より仇《かたき》が討てると教えられ、シラユキ王子を亡き者にせんと、卑怯にも死角より陽炎矢《かげろう》を射掛けました。けれど、邪《よこしま》な心を持って引き絞った弦は私の穢《けが》れを表すかのごとく、仇《かたき》ではなく、パルセミス王国より来訪された国賓の一人を傷つけたのです。これも全て、陽炎矢《かげろう》を授《さず》けてくださいましたモト……」

トモエの言葉は、最後まで述べられることはなかった。

胸の真ん中から突き出た刀の切先を不思議そうに見つめた表情のまま、薄汚れた身体はゆらりと傾《かし》ぎ、どうと地面に倒れ伏す。同時に、トモエの心臓を背中側から貫いていた刀が、ずるりと引き抜かれた。

「キャアア!!」

「トモエ様！」

「モトナリ様、何ということを……！」

沸き起こる民衆達の悲鳴をものともせず、ただ淡々と名実ともにトモエを切り捨て口を封じた国主は、刀を鞘《さや》に納め薄く息を吐く。

予想していた展開ではあるが、モトナリの瞳に巣食う澱《よど》んだ闇は、よほどこの国を憎んでいると見える。

……だが今はこの混乱を、利用しない手はない。

俺は自らの左腕を貫く【陽炎矢《かげろう》】の矢羽側を掴み、殊更ゆっくりと、それを引き抜いた。新たに周囲から起こる悲鳴と、民衆達とモトナリ達の視線がしっかりと俺に注がれていることを確認しつつ、矢を掴んだ手に力を込める。

ぬちぬちと絡みつく肉と血管が無理やり引き千切られる音が響き、再び開いた傷口からあふれ出る血潮が、鮮やかな緋色にブラウスの袖を染め上げていった。

「っ……」

最後は顔を歪《ゆが》めながらも自力で鏃《やじり》まで引き抜いた俺の手の中には、血に濡れた白木の矢が残される。

「……さて、先程トモエ様が証言されました通り、これは私がヒノエ国内で受けた襲撃の際に、我が腕を射抜いたもの。出所を探るために、敢えて、そのまま腕に残しておりました」

何せ、【陽炎矢《かげろう》】を持つのは、たったの三人。

俺の手中にその一本がある限り、手元に【陽炎矢《かげろう》】を持たない誰かこそ、この騒動の首謀者という証明になる。身の潔白を証明したいならば、この場に自らの持つ【陽炎矢《かげろう》】を携《たずさ》えて推参しろと左右の大臣に通達してくれたのは、黒百合の二人だ。

「さて左大臣、マコバ様。右大臣、サモン様。……国主、モトナリ様。貴方方がお持ちの【陽炎矢《かげろう》】を、お見せいただけますかな？」

俺の問いかけに、マコバは側女《そばめ》から受け取った矢筒の中から、一本の白木の矢を取り出して見せる。

サモンも同様に、自ら携《たずさ》えていた矢筒の中から白木の矢を取り出した。

当然ながら、トモエに矢を渡した張本人であるモトナリには、動きがない。固唾を呑んで見守る民衆達の前でモトナリが何か言葉を発する前に――モトナリの左右に控えていた黒百合の二人が素早く立ち上がり、サモンとマコバの手から、それぞれの持つ白木の矢を掠《かす》め取っていた。

大臣の二人が驚愕《きょうがく》のあまり呆然と見送るその前で、片膝をついた黒百合の二人が俺に向かって【陽炎矢《かげろう》】を恭《うやうや》しく差し出す。

「……ご苦労だったな」

「「はっ」」

主君が道を違えた時は、それを正すのも臣下の役目。ましてや、それが人道に背くものであるならば尚更、それ以上の罪を重ねさせてはならない。

崙観村での襲撃の後、俺が諭《さと》した言葉に頷《うなず》いた黒百合の二人は、俺への協力を約束してくれた。

タイミングを合わせて左右の大臣から矢を奪い取るのも、予め決めていた手順の一つ。

俺は左手の甲まで滴《したた》り落ちる血をそのままに、手元に揃った【三本の矢】に視線を向ける。

不穏な気配を感じたのか、マコバとサモンが、声を上げた。

「何をする気だ！」

「陽炎矢《かげろう》はヒノエの国宝、国主と我らの結びつきを象徴するものだぞ！」

それは、俺の知る逸話と似通った伝承だ。

ヒノエに遺された国宝、神が作りし三本の矢。一本では折ることができても、それが三本重なれば、どんな怪力の持ち主が挑もうとも折ることが敵わなくなると言われている。

翻《ひるがえ》って、それはヒノエの国主と大臣達の信頼関係を表し、絆《きずな》を象徴するものだとも聞く。

ならばその逸話を、利用するまで。

「シラユキ様」

「はい」

俺はシラユキ姫を呼びつけ、その小さな白い手に、国宝である三本の矢を握らせる。

「貴方の、思うままに……おやりなさい、シラユキ王子」

「……はい！」

頷《うなず》いたシラユキ姫が握りしめ、力を込めた細い腕の中で――

決して折れることがないと謳《うた》われた三本の矢が、乾いた音を立てて二つにへし折れた。

ばらばらと、二つに折れた白木の矢から、木屑の欠片《かけら》が溢《こぼ》れ落《お》ちる。

ヒノエに伝わる国宝が、三本揃えば決して折れることはないと神から授かったものが、子供の手で折られた。

唖然《あぜん》とするモトナリと二人の大臣に追い討ちをかけるべく、俺はシラユキの前に血塗《まみ》れの腕を差し出す。

「……シラユキ王子」

「はい、アンドリム様」

俺の腕にそっと手を添えたシラユキは、目を閉じ、静かに祝詞《のりと》を唱え始めた。

「掛まくも畏き　水分神　産土大神　祓戸の瀬織津姫等の大神　漣縁四生皇子　大神等の廣き厚き

御恵みを辱み奉り　諸々の禍事痛み穢《けが》れ有らむをば　祓へ給へ清め給へと　恐み恐みも白す……」

シラユキの呟《つぶや》く祝詞《のりと》とともに、左腕が淡い青色の光に包まれる。

その美しい光に民衆達が見惚れている間に、俺はゆっくりとブラウスの袖口を留めていた釦《ボタン》を外し、赤く染まった布地をおもむろに捲り上げた。露わにされた俺の二の腕は、ヨルガや護衛騎士達と比べれば幾分白すぎるてらいがあるものではあるが、白木の矢が貫通していた傷痕は何処《どこ》にも見当たらない。

「ありがとうございます、シラユキ王子。実に見事な、御業《みわざ》でございました」

「……お役に立てて、光栄です」

俺が胸に手を当てて頭を下げ丁寧な所作で感謝の意を述べるのに、シラユキは少しはにかみつつも、小さな頭を横に振って謙遜《けんそん》の意を示す。一連の流れを見守っていた民衆達は、その事実に気づくと興奮し、口々に叫び始めた。

「シラユキ様が、治癒術をお使いになったぞ！」

「なんと、それはヒノエの国造りの神、クニヌシミコト様の再来ではないか」

「シラユキ様は、天よりヒノエのために遣わされた、新たな大王《おおきみ》なのではないか？」

「何でも、隣国の国王、ノイシュラ陛下に後ろ盾を約束いただいたとか」

「素晴らしい！　あぁ、幼くも何と凛《りん》とした佇《たたず》まいだろうか。私達の新しい王が、あそこに……！」

沸き起こる歓声を耳にしつつ、俺は肩口まで捲り上げていたブラウスの袖を、ゆっくりと伸ばす。

久々に作った血糊は思ったよりも出来が良く、民衆達を欺《あざむ》くには充分だったようだ。

シラユキが使う治癒術はヒノエに入って効力を増したが、それでもまだ、大きな傷を一瞬で治せるほどではない。俺の二の腕を貫いた矢傷は、崙観村からアズマに移動してくる間に繰り返し治癒術をかけて、徐々に癒《いや》したのだ。

トモエに施した教育が功を奏し、彼女の証言によって、俺の腕を貫いているように見せかけた白木の矢が国宝の【陽炎矢《かげろう》】ではないと気づかれる可能性は低かった。

からくりはこうだ。

まずは、ヨルガの手で俺の腕から引き抜いた本物に似せて白木の矢を作る。それを中央付近で一旦折り、すぐに膠《にかわ》で繋ぐ。血糊を染み込ませた薄い布で包んでから、ブラウスの内側に通せば仕込みは完成だ。

モトナリ達と対峙した時も、如何《いか》にも負傷していますと言わんばかりに左腕を三角巾で吊り下げ、その上から打掛を羽織っていたため、詳しく確認しようとも思わなかっただろう。

後は俺が実際に矢を抜かれた時の感覚を再現しつつ、血糊塗《まみ》れになったフェイクの矢を自らの手で抜き取り、それをシラユキに渡す。

そして俺の腕にシラユキが治癒術をかければ、一瞬で傷を治せる御業《みわざ》の出来上がりだ。

簡単に折れるように細工したフェイクの矢に加え、左右の大臣から取り上げた【陽炎矢《かげろう》】は、黒百合の二人が取り上げた時に、それぞれ中央付近に傷を入れてくれている。シラユキには予め小さな鋼《はがね》の板を二枚渡して、それを手甲の掌《てのひら》側に忍ばせさせた。矢を折る程度ならば、力を込める部分を補強することで、格段に力を増やせる。

こうやって、なかなかに劇的なデモンストレーションが、準備されたわけだ。

そしてデモンストレーションというものは、結果が派手で分かり易いものほど、効果が高い傾向にある。

俺が国主側との邂逅《かいこう》で、民衆心理を誘導したかった部分は、主に三つ。

一つは、穏健派と思われていたモトナリの性根を暴き、その人気を貶《おとし》めること。簒奪《さんだつ》であろうとも、国主《トップ》の交代には、ある程度の理由が必要だ。統治面での粗が見つからなければ、性格のほうを攻める。例えば明らかな乱心や、ひた隠しにされていた凶暴性の暴露など。国主の座を追われても仕方がないと納得できる、そんな理由が必要となる。これに関しては、トモエを引《ひ》き摺《ず》り出《だ》した時に即座に彼女を切り捨てたモトナリの行動が目撃されているので、既《すで》に周知済みだ。

次の一つは、国主モトナリと大臣達、いわゆる政治の中核を担《にな》う者達の間にある信頼関係を、崩すこと。出自が分かり易い【陽炎矢《かげろうや》】が私的な仇《かたき》討ちに使用され、しかも失敗して、大国からの賓客を傷つけた。右大臣サモンは最初から心当たりがなく、左大臣マコバはトモエに情報を与えたものの【陽炎矢《かげろうや》】を貸し与えた覚えはないのだから、それぞれが互いの仕業だと考え、疑心暗鬼に陥《おちい》る。まさかモトナリが我が子を殺すために、トモエに国宝の矢を与えるなど考えつきもしなかっただろう。そこに追い討ちをかけるのが、折れることがないはずの三本を束ねた【陽炎矢《かげろうや》】が、容易く手折《たお》られた事実だ。自分達の信頼関係は【神】から否定された。そんな思いが、脳裏を過《よぎ》っても仕方がない。

そして最後の一つは、民衆からの承認だ。今まで表舞台に姿を見せることが少なかったシラユキが、その中央に躍り出た。幼い王子の未来はまだ不透明ではあるが、国造り神であるクニヌシミコトの再来を彷彿《ほうふつ》とさせる能力と、麗《うるわ》しい美貌は、民衆受けが良い。その上、長く諍《いさか》いが絶えなかったリサルサロスとの国交を結ぶ架け橋となることにも成功したそうだぞと仄《ほの》めかされれば、民衆の熱狂に拍車がかかる。何人か民衆の間にサクラを忍ばせ、声を上げさせての集団心理の誘導は、思ったよりも簡単に成《な》し遂《と》げられた。

国主の住居である館の前に集《つど》った民衆達は、幼い王子の素質と覚悟を褒め称え、次期国主はシラユキ様に違いないと、熱い視線と声援を送っている。

……さて、この先はどう出る？　国主殿よ。

トキワとヨイマチを従え、黒百合の二人も傍《そば》に控えさせたシラユキは、民衆達の歓声を背中に浴びつつ、父と二人の大臣に改めて向き直った。

モトナリは思案顔だが、左大臣マコバは顔を真っ赤にして、怒りで肩を震わせている。

「……一つ、お伺いしたい」

最初に言葉を発したのは、右大臣のサモンだ。

「貴方様が家督を継いだ節目に、第五王子イツガエは……私の甥《おい》の処遇は、如何《いかが》なさるおつもりだろうか」

右大臣サモンは、第五王子イツガエの母であるフミノの異母兄にあたる。イツガエはまだ四歳と幼く、政治のしがらみが分からないのはもちろんであり、利用され易くもあるだろう。トキワのように、自らの意思でシラユキの臣下に降ると判断することも、当然ながら不可能だ。

「イツガエは……大事な弟です。ですがシラユキは既《すで》に、この手を兄の血で染めました。我こそ国主にと目指すならば、甘さは枷《かせ》となると知りました。ですからイツガエには……出家を促《うなが》したいと考えています」

ヒノエでの出家は俗世との縁を切り仏門の道に入る行動だが、同時に、跡目争いから手を引く意思表示にもなる。後継者の資格を持つ者が複数いる場合の解決策に、よく使われる手段だ。

「……そうですか」

シラユキの返答にサモンは頷《うなず》き、腰帯に下げていた刀を外した。鞘《さや》に納められたままの刀を両手で捧げ持ち、並んだモトナリとマコバより前に、ゆっくりと歩み出る。

「……トキワ殿」

「はい」

俺に促《うなが》されたトキワが前に出て、歩み寄ったサモンから刀を受け取る。サモンはそのまま、静かにシラユキの前に片膝をついた。

「サモン！　貴様……寝返るつもりか！」

背後から投げかけられる非難を無視して跪《ひざまず》いたサモンは、シラユキに忠節の誓いを述べる。微《ほほ》笑《え》んだシラユキから「これからは、未熟な私を支えてくださると嬉しいです」と請《こ》われると、少しほっとした表情になった。

朴訥そうな表情をしていながら、なかなかの判断力だ。時節を正しく読む力があるのだろう。

「おのれ、おのれシラユキ王子……！　そしてトキワ！　お前は我が孫でありながら、父と祖父を裏切るのか……！」

そして権力にしがみつき状況がよく見えていない代表例が、モトナリの隣で煩《うるさ》く喚《わめ》き立《た》てている。

トキワは祖父の言動に軽く眉を顰《ひそ》めたものの、サモンの刀を南天に渡し、シラユキを守る位置に戻って澄ました表情を作った。

「……シラユキ」

モトナリがぽつりと、シラユキの名を口にする。名を呼ばれ、じっと父を見上げる榛色《はしばみいろ》の瞳を見つめ返した国主の表情には、何処《どこ》か諦念《ていねん》めいたものが感じられた。

「何故《なぜ》そこまでして、国主の座を継ごうとするか、シラユキよ」

抑揚のない問いかけを、シラユキは訝《いぶか》しみつつも、自らの決意を吐露する。

「ヒノエを、愛しているからです」

「……この国を、か」

「そうです。愛する国で生きる人々の営みを守りたいからです」

真っ直ぐなシラユキの願いを、聞き遂《と》げて……ヒノエの国主は、小さく溜息《ためいき》をつく。

隈の残る瞼《まぶた》が閉ざされ、色の白い唇が「愚かだ」と、掠《かす》れた言葉を吐き出した。

――その、次の瞬間。

落雷のごとき轟音と、何かが唸《うな》るような地響きとともに、地面に無数の亀裂が走った。

第十章　大蛇

この世界において、逸話を持つ生物の力は、強大だ。

パルセミス王国の地下に千年もの長きに亘《わた》り幽閉され続けていた、古代竜カリス然り。

海を越えた遠い異国の島国より、執念深く仇《かたき》の子孫を追いかけてきた八岐大蛇《ヤマタノオロチ》然り。

大地を揺るがし、国家を揺るがし、人心を揺るがせる。

そんな旧い生き物を、誰しもが畏怖し、敬い、信仰の対象と見做《みな》す。

それは、覚えていたはずなのに。

だからこれは完全に、俺の油断だ。

秘密を心に仕舞い込んだヒノエ国主モトナリと、新たな王を目指すシラユキ王子の、邂逅《かいこう》の一幕。

手駒は既《すで》に揃い踏み、演出効果も上々、観客は充分と、国家転覆劇にお誂《あつら》え向きに整えられた舞台は、いきなりの暗転に見舞われた。

そして――

「……アンリ」

耳に馴染《なじ》んだ声と、硬い皮膚に覆われた指先の温もり。くたりと四肢の力が抜けているのが分かるのに、身体を預けたままでも、俺の心は言いようのない安堵感に満ちている。

ふいに頬を包み込んでいた何かが、額《ひたい》に張り付いていた前髪を掻き上げた。湿《しと》りと眉間に落とされた柔らかい感触に、俺の意識は漸《ようや》く、ふわりとした覚醒に導かれる。

「起きたか、アンリ」

薄《うっす》らと開いた瞼《まぶた》の向こう側に、見慣れた顔が微笑《ほほえ》んでいた。

「ヨルガ……」

俺は手を伸ばし、間近にある男の頬に触れる。

すると、榛色《はしばみいろ》の瞳が瞬《また》き、大型の獣のように、頬に触れていた掌《てのひら》に顔を擦《こす》りつけられた。

「ふ、ふふ」

濡れた黒髪が手の甲を擽《くすぐ》り、指の内側にある柔肉を、前歯で軽く甘噛みされる。そんなヨルガの甘えた仕草に応えている間に、俺の意識は少しずつ、はっきりとしてきた。

胡座《あぐら》をかいたヨルガの膝で横抱きにされたまま周囲を見渡すと、白い氷柱のような形をした石が天井から幾《いく》つも吊り下がり、水を湛えた棚田のような段差が遠くまで幾重にも連なった、広く不思議な空間の様子が目に飛び込んでくる。焚《た》き火《び》が足元に置かれた俺達の周りだけはほんのりと明るいが、その先は暗闇に包まれた空洞が広がっていて、遠くからは水の流れる音と、何かがチィチィと鳴く声も聞こえているようだ。

「ここは……何処《どこ》だ？」

俺の問いかけに、ヨルガは緩く、首を横に振る。

「まだ、分からんな。アズマの地下にある、何処《どこ》かなのは確かだろうが」

「地下……そうか、これは鍾乳洞か」

人々の営みが広がる、ヒノエの中心、アズマの都。

その地下に、こんな空間が広がっていたのか。


あの、轟音とともに起きた激しい地鳴りと同時に、屋敷周辺の大地に亀裂が入った瞬間。

足元の地面が崩れてしまう直前に、俺はシラユキを抱きかかえ、少し離れた位置にいた黒百合の二人に投げ渡した。そして、俺は落下の感触にすぐ意識を失う。

大地の亀裂に呑み込まれたのは、おそらくあの場に居合わせた、シラユキ以外の六人だ。

俺と、俺を抱え込んでくれたヨルガ。シラユキの近くにいたトキワと、右大臣サモン。そして、モトナリと左大臣マコバ。

ヨルガの話では、俺達が落下した場所は、ある程度の深さがある温かい水の中だったそうだ。天井で揺れる夜光虫の光を頼りに俺を抱えたまま岸まで泳ぎついたヨルガは、スキットルで持ち歩いていたブランデーと革のベルトに仕込んでいた火打石を使って集めた木片に火を灯し、焚《た》き火《び》を組み上げ、俺をせっせと温めてくれていたらしい。

「……お前は本当に、生存術に長《た》けているな」

「まあ、軍人だからな」

全ての軍人がヨルガと同じような行動が取れるとは、そうそう思わないのだがな？

何はともあれ、まずは状況の把握が大事だ。

ヨルガが世話をしてくれていた甲斐《かい》あって、濡れた服は仕方がないとしても、水に落ちた身体にはちゃんと熱が戻っている。一緒に落下した四人がどうなっているかはまだ確認できないが、現状打破が優先だ。

鍾乳洞は石灰岩地層が雨水に浸食されて形成されることが多いから、ここは地表から然程遠くないはずだが、地下水などで完全に外部と遮断されていることもある。落下した場所から流されたとヨルガも言っていたし、元の場所から地上に戻るのは翼でも持ち合わせていない限りは困難だろうから、まずは歩いて出口を探すのが一番だ。

「地上に戻る手段が、早めに見つかるといいがな」

「なければ俺が作るだけだが……そう悲観することもないみたいだぞ」

「……何だと？」

「アンリ、あれを見てくれ」

ヨルガが指差す先を仰《あお》ぎ見《み》て、流石《さすが》の俺も一瞬息を呑む。

「何だ……これは」

揺れる焚《た》き火《び》の灯りに照らし出されていたのは、黒く長い身体を禍々《まがまが》しくくねらせた、八つの頭を持つ大蛇《おろち》の壁画。鬼灯《ほおずき》の目を持つ大蛇の八つの頭が追いかける先には、海原を渡る一艘の船。その先端には、腰に刀を下げ、頭上に掲《かか》げた両手の中央に何かの光を宿した人物が描かれている。

「明らかに、人工物だな」

俺はヨルガが簡易的に作ってくれた松明《たいまつ》を翳《かざ》し、色褪《いろあ》せた壁画にじっくりと目を通す。

良く良く見ると、壁画の前には小さな棚が置かれていた痕跡があり、松明《たいまつ》を挿していたのか穴の開いた壁の一部分が黒く焦《こ》げている箇所もある。もしかしたらここは、ヒノエの歴史から忘れ去られる前に、祭壇として利用されていた場所なのかもしれない。

空洞の壁面を平らに削った上で何らかの顔料を使って描き込まれたと思われる一連の壁画は、ヒノエの民がこのユジンナ大陸に流れ着いた頃を描いたもののようだ。

大海原で八岐大蛇《ヤマタノオロチ》に追いかけられた人々だったが、彼らは何とか新たな大地に到着する。幾《いく》つもの犠牲を払って一旦は大蛇を倒し、そこに都を築いたものの、その後も新たな八岐大蛇《ヤマタノオロチ》が生まれた。それは人々を襲い、家を壊し、必ず贄《にえ》を要求してくる。

指導者となった一族は八岐大蛇《ヤマタノオロチ》を倒す刀を打ち、贄《にえ》に毒を含ませる方法を考えつき、それを後世に伝えることにした。しかし、指導者の身内である一人は責任を子孫に押しつける方法に反対し、親しい友人を連れてヒノエを去る。

「……成るほどな」

俺は顎《あご》に指を当て、少しの間、考え込む。

所々朽《く》ちてはいたが、内容を読み取るには充分な残り方をしているその壁画は、かなり昔のものだ。

だが、伝えようとしていることは分かり易い。

ヒノエの民は、ユジンナ大陸ではない外国《とつくに》から来たということ。八岐大蛇《ヤマタノオロチ》は、彼らに対して、海を渡って追いかけるほどの執着心を持っていること。何度倒しても時間が経てば、八岐大蛇《ヤマタノオロチ》は再び生まれてくるということ。

「当たってほしくなかったほうの予想が、当たりか……」

ならば尚のこと、やはりヒノエを滅ぼすわけにはいかない。

「……行こう、ヨルガ」

「あぁ、分かった」

こんな壁画が残されているのであれば、近くに、それを描いた誰かの使った通路があるはずだ。

暫《しばら》くヨルガと一緒に周辺を捜索した末に見つけた地上への道は、かなり傾斜がきつい壁の所々に手足を引っ掛けるための窪《くぼ》みが刻まれているだけという、相当にストイックな階段まがいの代物《しろもの》だった。

ちなみに【俺】のほうはボルダリングの経験が何度かあるのだが、当然ながらアンドリムの身体では皆無だ。そもそもアンドリムの筋力と体力でこの階段を上り切れるとは、考え難い。如何《いか》にも嫌だという表情を隠しもせず浮かべる俺に、ヨルガは横を向き、軽く口元を押さえて咳払いを繰り返している。

……別に、笑ってもいいのだぞ。後で、絶対に泣かせるがな。

「先に行け、アンリ。尻を支えてやるから」

「……覚えていろよ」

文句を言いながらも、俺はヨルガに支えられ、地上に続く階段を少しずつ上っていく。何度か踊り場のような場所で休憩を挟みつつ少しずつ近づいてきた地上は、音に満ちている。

数時間をかけて上り切った階段は、山中にある短い洞窟の中に繋がっていて、その外には朽《く》ちた鳥居がひっそりと佇《たたず》んでいた。

俺はヨルガと二人で鳥居を潜《くぐ》り、洞窟側に軽く頭を下げてから、喧騒《けんそう》が漏れ聞こえてくるほうに歩みを進める。

「……騒がしいな」

「あれだけの地震だ。被害があまり大きくなければ良いが」

やがて、山の木々が途切れる。アズマの都が眼下に見渡せる場所に俺達は辿り着いた。

「これは……」

碁盤の目状に区切られた、美しい都、アズマ。

しかし、見下ろす先では、その方々から黒煙が上がっている。

そして都の中心を貫く大通りの真ん中には。長くのたうつ蛇の下半身を揺らした異形の存在が陣取り、赤く踊る炎を吹きかけ、都を焼き尽くそうとしていた。

「何だあれは……」

都の中央で火を噴き、暴れている異形の化け物は、下半身が蛇で上半身が女性の姿をしている。

ラミアやメリュジーヌの伝承、日本では安珍《あんちん》・清姫《きよひめ》に代表されるみたいに、女性と蛇が融合した素質を持つ生き物は、物語に語られることが多い。

だがそれが実際に動き回る姿を目の当たりにするとなれば、抱く印象は違ってくるものだ。

俺は古代竜カリスとの親交がそこそこあるほうだが、あの神にも等しい力を持つ巨大な古代竜よりも、女性の特徴を残した異形に畏怖を感じる。

燃える都から山手にまで噴き上げてくる空気は、血臭混じりで、生暖かい。

ふと、空を見上げたヨルガが小指を咥《くわ》え、鋭く指笛を吹いた。

「クルルル！」

ヨルガの指笛を聞きつけ、都の上空に立ち込めていた黒煙を切り裂くようにして、茶色の影が飛び下りてくる。

「カルタ！」

「ピュロロロ、リュイィ」

差し出されたヨルガの腕に下り立ったカルタは、俺の声に応え、甘えるように鳴く。

俺達が地面を裂いた亀裂の中に呑み込まれてから、空を廻り、ずっと探し続けてくれていたのだろう。指先で嘴《くちばし》の横を掻いてやると、気持ち良さそうに瞳を細める仕草が愛らしい。

「よく見つけてくれたな、シラユキ達は大丈夫か？」

「ピュピュイ」

ぱちぱちと瞬《またた》いたカルタは一声鳴いて、翼を広げ、ヨルガの腕から飛び立つ。

その行く先を目で追うと、比較的火の手が届いていない建物の陰に、見慣れた子供の姿を見つけることができた。

シラユキの傍《そば》にいたヨイマチが飛んできたカルタを腕に止まらせて、何かを話しかけている。刀を構え、大通りの中心で火を噴く大蛇と対峙しているのは、黒百合の二人だ。アズマの兵士達も姿を見かけるが、彼らは専《もっぱ》ら、民衆達の誘導と救助に回っているらしい。

「……女妖か」

「まぁ、刺激したのはこちら側だ。……しかしあのまま暴れ続けられると、ヒノエが滅びる」

「それは良くないことだったよな？　どれ、【龍屠《ほふ》る剣】の真偽でも確かめに行くか」

まるで散歩にでも行くかのように軽い言葉とともに、俺の身体は太い二本の腕に抱きかかえられる。

「おい……まさか」

「アンリ、舌を噛むなよ」

嫌な予感に眉を顰《ひそ》めた俺が抗議の声を上げる間もなく、ヨルガは俺を抱えたまま、崖の淵から切り立った急斜面の上に身体を躍らせていた。

「――っ!!」

足元が崩れるより先に次の足場へ移動し、足場がなければ法面《のりめん》を蹴って衝撃を殺す。そんな人間離れした動きを繰り返し、ヨルガは余裕の表情で垂直に近い斜面を崖下まで滑り下りた。

俺は言葉もなくヨルガの首にしがみついていたのだが、地上に着いて「もういいぞ」と声をかけられたところで、その無駄に整った顔の鼻先を容赦なく捻りあげて少し溜飲を下げる。

「痛い……」

「貴様、もう少し考えて行動しろ」

最近躾《しつけ》が行き届いてきたなと思っていた矢先に、これだ。先刻地下空洞からの階段を上った時に尻を支えられた件を含めて、落ち着いたら絶対に泣かせてやる。

そんなことを考えながら改めて都の中に足を踏み入れてみると、なかなかにひどい有様だ。地面はひび割れ、建物は崩れ、炎が逃げ惑う住人達を追い詰めている。

これをたった一頭の大蛇で仕出かしたのだとすれば、八つの頭を持っていたという八岐大蛇《ヤマタノオロチ》が蹂《じゅう》躙《りん》した過去の災いは、相当なものだったのだろう。恐怖を抱き、争うよりも贄《にえ》を差し出すほうに意見が傾いたとしても仕方がなかったのかもしれない。

「アンドリム様！」

「団長！」

こちらもカルタの飛んだ先を見ていたのか、シラユキとヨイマチ、それにパルセミスから随従してきた護衛騎士達が都に入った俺とヨルガのもとに集まってきた。実際に姿を目にして安堵したのか、涙目のままぎゅっと抱きついてきたシラユキの頭を撫《な》でつつ、俺は残りの消息を確認する。

幸いなことに、トキワと右大臣サモンは地割れに落下したものの迫り出した棚のような場所に一旦引っかかり、そこが崩落する前に護衛騎士達の手で地上に引き上げられたそうだ。左大臣マコバの消息は知れないが、国主モトナリに関しては地の底に落ちていく寸前に、『何か』が巻きつくように彼の身体を絡めとって闇の中に消えたのを、複数の騎士達が目撃している。

そして、地下に落ちた俺達を救助するために動こうとした矢先、地割れの隙間から這《は》い出《で》てきた女妖の大蛇が鎌首を擡《もた》げ、アズマの都を破壊し始めたわけだ。

身動きが取れないアサギを右大臣サモンに託し、南天と北臣は被害を喰い止めるべく大蛇に立ち向かう。トキワはシラユキの護衛をヨイマチに任せて住人達の避難誘導の指示に当たっているとのことだ。

なかなか、良い連携が取れているな。

「……して、ヨイマチよ」

何を聞かれるか、分かっていたのか。俺に名を呼ばれたヨイマチは俯《うつむ》き、唇を噛みしめる。

「あの大蛇の顔に、見覚えは？」

大蛇と言っても、それは八岐大蛇《ヤマタノオロチ》とは違い、顔を一つしか持ち合わせていない。下半身は大蛇で、腰から上は女の身体だ。蛇の胴体、振り乱《みだ》した長い黒髪、爛々《らんらん》と光る蛇の瞳。長い舌先は二つに分かれていて、牙の生えた喉の奥から火を吐く姿はあまりにも悍《おぞ》ましいが、それでもその顔立ちは人の名残《なごり》を残している。

「……ヒルガオ様です」

予想通りの答えに、シラユキの身体がびくりと震えた。

俺は胸にしがみついている子供の身体を軽く抱きしめる。

「シラユキ王子」

「……はい」

「今から、貴方の母上だった大蛇を討伐いたします。無理なようでしたら、見なくても構わない。どうあっても、心に深い傷を負うのは避けられません」

「っ……いいえ！」

ぎゅっと握りしめられた小さな掌《てのひら》が、俺の胸を叩《たた》く。

「見届けます……！　シラユキは、シラユキはこの国の長となると、決めたのです。ヒノエに仇《あだ》なす存在ならば、私が先頭に立って、打ち倒さねばなりません」

涙に濡れた榛色《はしばみいろ》の瞳は悲壮に揺れて、それでも、強い決意の輝きに満ちている。

俺は頷《うなず》き、見上げてくるシラユキの額《ひたい》に軽く口づけてから、その足元に跪《ひざまず》いた。

「御意に、ヒノエの聡明なる新たな大王《オオキミ》よ。パルセミス王国より、陛下の名代として八岐大蛇《ヤマタノオロチ》討伐に派遣されました騎士団長ヨルガ・フォン・オスヴァイン。その従者を代表して、一時的にではありますが、彼が貴方様の配下となりますことをここに誓います」

俺の宣誓と同時に、控えていた護衛騎士達も同様にシラユキの前に跪《ひざまず》く。名代を務めるヨルガだけは立ったままだが、腰のベルトに下げた刀に軽く手をかけ、いつでもそれを振るえるのだと、シラユキと視線を合わせて頷《うなず》き返した。

「……アンドリム様。ヨルガ様」

「さぁ、ご命じください。私達は、貴方様の臣下です」

促《うなが》す言葉に背中を押されて、シラユキは初めて、君主としての言葉を、ヨルガに投げかける。

「パルセミス王国騎士団長、誉高き王国の盾、ヨルガ・フォン・オスヴァイン様。ヒノエを救うために、貴方様のお力添えをいただきとうございます。都を破壊する女妖を……我が母の転じたあの大蛇を、どうか、討伐していただけないでしょうか」

「……拝命仕《つかまつ》る」

ふ、と小さくシラユキに微笑《ほほえ》みかけたヨルガは、片手を胸に当て、恭《うやうや》しく頭を下げた。服の上からでも分かる逞《たくま》しい身体が見せる所作は、このような緊急事態においてさえ、優雅で美しい。

「アンリ、充分に離れていてくれ。巻き込みたくないからな」

「あぁ、分かっている……油断するなよ」

「無論だ」

動き易いようにと襟を緩めた手で軽く引き寄せられ、人前ではあるがまぁ良いかと閉じた瞼《まぶた》の上に、口づけが下りてくる。丁寧にも俺の左右の瞼《まぶた》にそれぞれ唇を押しつけてから、ヨルガは身を翻《ひるがえ》し、護衛騎士の数人を連れて大蛇が暴れる大通りへ走り出た。

「っ……オスヴァイン様⁉」

「騎士団長殿！」

駆けつけたヨルガに一瞬気を取られた隙に、鱗《うろこ》に覆われた大蛇の尻尾が、南天の胴を打ち付ける。瓦礫《がれき》の山に突っ込んだ身体に追撃をかけようと振りかぶられた一撃は、北臣が何とか跳ね返した。

「……二人とも、下がっていろ」

刀の鯉口《こいくち》に手をかけたヨルガが姿勢を低くしたまま足に力を込め、大蛇の足元まで一気に距離を詰める。新たに現れた敵に大蛇が火を吐こうとする前に、鞘《さや》引きとともに抜き払われた強靭《きょうじん》な一撃が、大蛇の胴を薙ぎ払った。

ヨルガの【竜を制すもの《クイスタシス》】は諸刃の大剣であり、刀である【龍屠る剣《ほふ》】とはまるで扱いが違う得物のはずだ。それをいとも簡単に、長年共にあった愛刀のように扱えるのは、これも武神に愛されているがゆえか。

凄《すさ》まじい叫び声とともに振り下ろされた大蛇の腕をヨルガは軽く身体を捻《ひね》って躱《かわ》し、下から掬《すく》い上げた刃で、その腕を二本ともを斬り飛ばす。

『ギャアアアアア!!　ガアアアァアア!!』

傷を負った大蛇が怯《ひる》んだ気配を逃さず、更に踏み込んだヨルガの一撃が、長くのたうつ大蛇の蛇身を断ち切っていた。

『グギィイィ!!』

熱を孕《はら》んだ空気を震わせる、耳が痛くなるような、絶叫。

黒百合の二人は思わずといった風に耳を掌《てのひら》で覆い、ヨルガも微《かす》かに瞳を眇《すが》める。

その僅《わず》かな隙をつき、生臭い血を夥《おびただ》しく流しながら身体をくねらせた女妖の大蛇は、地面を割った亀裂の隙間に身を躍らせていた。

† † †

モトナリが、後に妻となるヒルガオと出会ったのは、五歳の時のことだ。

父のモトチカに連れられ、アズマから馬の背に揺られて辿り着いた郊外の桃園には、敷地の周りをぐるりと鉄柵で囲まれた、美しい屋敷が建っていた。

モトチカを出迎えた女性達は誰もがとても麗《うるわ》しく、たどたどしい言葉で挨拶をするモトナリに微《ほほ》笑《え》みかけてくれる。

モトチカの弟の家だと教えられた屋敷の裏庭には睡蓮の浮いた池があって、モトナリよりも幼い童女が側女《そばめ》に連れられ、小さく千切った麩《ふ》を鯉《こい》に与えては、きゃらきゃらと笑っていた。

「あの子が、ゆくゆくは、お前の妻となるのだよ」

モトチカにそう教えられた振り分け髪の童女はとても愛らしく、モトナリは一目で、彼女に恋をした。

あんなに愛らしい子が、自分の妻となってくれるのだ。頑張って、父の跡を立派に継いで、あの子に相応《ふさわ》しい跡目になろう。そう決意すると、嫌々だった剣術の修業も、国主となるための英才教育も、何とか乗り越えることができる。

十三歳で嫁《とつ》いできてくれたヒルガオとは、それまでにも年に一度は顔を合わせ、交流を深めていた。モトナリを兄のように慕うヒルガオは、美しい少女に成長していた。

「兄様《あにさま》の北の方になれて、本当に嬉しいです。ヒルガオは、果報者です」

十五の歳《とし》で元服してすぐのモトナリと、裳《も》着《ぎ》を終えたばかりのヒルガオは、互いを支え合い、夫婦としての歳月を重ねていく。

あの頃が、モトナリとヒルガオにとって、一番幸福な時期だった。

嫡男のスサノイが生まれてまもなく、通例で娶《めと》っていた側室の一人が長女のヒフミを産み、すぐに、病でこの世を去ってしまう。ヒルガオはヒフミのことを我が子と等しく可愛がり、ヒフミもヒルガオによく懐いた。やがてヒルガオが次女であるフタバを生むと、モトナリは当時まだ国主であったモトチカから、更に二人の側室を娶《めと》るように言い渡される。

跡取りとなるべき男子がスサノイ一人だけでは、心許ないと思われたのかもしれない。

ヒルガオもいずれは国主となる王子の妻として、夫が複数の妻を持つことに、不満を持ったりはしなかった。モトチカは幼馴染《おさななじみ》のトモエと左大臣の娘アマトを側室に迎え、程なくして、次男のセイジと三男のトキワが生まれる。

それでも何故《なぜ》か、父であるモトチカの不満は尽きないようだった。

「……あぁ、此度《こたび》もまた、違う。あれが目を覚さない」

あれとは、何か。

思い返せば、昔からモトチカは何かとササラギ家の血統にこだわっていた。

跡目である自分は武芸の才に恵まれず、【龍屠る剣《ほふ》】に選ばれることができない。それで父を悩ませているのではないかと考えていたモトナリであったが、モトチカの思惑《おもわく》は別のところにあった。

やがて三女のミユキをトモエが、四女のシオリをアマトが、五女のサツキをヒルガオが産むと、モトチカは益々何かを考え込むようになる。彼は旧い文献を紐解き、都の北東に住む陰陽師であるアベ一門の所に足繁く通いつめたのだ。

そして、ある日。ヒルガオの懐妊を伝えられたモトナリは、愕然《がくぜん》とした。

その頃、父の国営を手伝うようになっていたモトナリは都の治水事業に追われていて、ヒルガオと過ごす時間が殆《ほとん》ど取れないでいたのだ。毎日疲れ果てて屋敷に帰り、出迎えてくれたヒルガオの膝枕で眠る夜はあっても、夫婦の営みに及ぶ体力は残されていなかった。

それなのに、どうして。

モトナリの苦悩に気づくことなく、ヒルガオのほうは、胎の子の父親はモトナリだと信じて疑っていないようだった。

そして月日は、瞬《またた》くように過ぎ去り。

やがてヒルガオは、珠のように美しい王子を出産する。

そして、シラユキと名付けられた王子の産声に呼応するように。八つの頭と山さえ跨《また》ぐ胴体を持ち鬼灯《ほおずき》の瞳を光らせた巨大な八岐大蛇《ヤマタノオロチ》が、大地震とともに甦《よみがえ》ったのだ。八岐大蛇《ヤマタノオロチ》に襲われた村は一晩で壊滅し、噂を聞いた国民は混乱して逃げ惑い、ヒノエの国内は大いに乱《みだ》れた。

そんな中、国主のモトチカだけは、歓喜の雄叫《おたけ》びを上げる。

「やっとだ！　やっと、俺よりも濃いササラギの血を持つ吾子《あこ》が生まれた！　出来損ないのスサノイのように、兄妹の間で子供を産ませてみても、血が薄れたのか上手くいかなかった！　ならば父娘であればどうかと試してみた甲斐《かい》があった！」

その、残酷な言葉が告げるものは。モトナリとヒルガオの関係を、愛し合う夫婦に隠されていた互いの血筋を、何よりも如実に伝えるものだった。

そして何より、モトナリを愛するヒルガオにとって。眠っている間に、モトナリに抱かれて孕《はら》んだと思っていたシラユキが、モトチカの子であるということは。そしてモトチカが、自分とモトナリの実父であるという真実は――

とてもではないが、正気で受け入れることができないものだった。

モトチカが何故《なぜ》、あそこまでササラギの血を濃く残そうと努めたのか。

それは悲願であると同時に、指標でもあるからだ。

濃いササラギ家の血を嗅ぎつけ、蘇《よみがえ》ってくる八岐大蛇《ヤマタノオロチ》。ササラギ家は代々に亘《わた》り、その妄執を利用して、討伐した八岐大蛇《ヤマタノオロチ》の血肉から霊薬を作り出そうとしていたのだ。

――人から神へと戻ることが叶うと言われている、古《いにしえ》の秘薬を。

モトナリは、初めて自分の意志で殺《あや》めた父の残した手記から、それを知った。

遠い異国よりユジンナ大陸に流れ着いたササラギ一族を追いかけ、海を渡ってきた八岐大蛇《ヤマタノオロチ》。何度退治されようとも滅びず、ただ、地中深くに眠るだけだ。その大蛇を目覚めさせるほどに色濃く香るササラギの血を、大蛇にとって仇《かたき》となる一族の血を、薄めずに後世に継いでいくこと。そしていつの日か、神に戻り、火山の噴火で海深く沈んだ祖国の大地を、甦《よみがえ》らせること。

それが、ササラギ一族に伝えられてきた、滑稽《こっけい》で馬鹿げた使命。

父を殺したモトナリは国主の座につき、一年に一度八岐大蛇《ヤマタノオロチ》に贄《にえ》を捧げながら、それを倒す術《すべ》を探し続けた。

真実を知ったヒルガオは生まれたばかりのシラユキを拒絶し、次第に心を病んでいく。

シラユキは乳母の手で育てられたが、後に真実を知った乳母もヒルガオの抱え続けた苦しみを思い、シラユキを害する側に立ってしまった。実の息子であるアサギに薬だと言い含め、シラユキの食事に少しずつ鉛を混ぜさせたのも、乳母の所業だ。それでも、兄弟の中でササラギの血を一番濃く宿したシラユキは、儚《はかな》くも美しい少年に成長し続けた。

「アァ、厭《いや》ァ……アァ、アァ……私ハ、ワタシハ、穢《けが》ラワシイ……アノ子ガ、アノ子ガイナケレバ……」

心を病んだヒルガオは、屋敷の奥深くに閉じ籠り、怨嗟の言葉を吐き続ける。

その言葉は少しずつ彼女の身体に妖気を呼び込み、モトナリの愛したヒルガオは、見るも悍《おぞ》ましい大蛇の女妖へと姿を変えていった。

「ヒルガオ」

「ギギ、アァ……憎イ……憎イ……シラユキ、アノ子ガ、憎イ……」

醜《みにく》い姿と化したヒルガオには、もはや、モトナリの言葉も届かない。屋敷には都の地下に広がる鍾乳洞に続く道があり、ヒルガオは夜な夜な蛇の胴体をくねらせ、地下を這《は》いずり回る。それでもモトナリはヒルガオを愛し続けたが、疲弊した心は容赦なく、彼の心も砕いていった。

やがて、疲労の目立つモトナリの身を案じた右大臣サモンが、歳《とし》の離れた自分の異母妹をモトナリに輿入れさせる。良くも悪くも朴訥なサモンの妹は、モトナリに暫《しば》しの癒《いや》しを与えてくれた。

しかしその時間は、彼女が第五王子のイツガエを産むと、終わってしまう。スサノイという優秀な第一王子がいるとは言え、王子は既《すで》に四人もいる。これ以上新たな火種は要らないと、トモエとアマトが結託し、サモンの妹を追い出してしまったのだ。


それから、更に月日が巡り。遂《つい》に、運命の日が来た。

国境の領地を治めさせていたスサノイが、【龍屠《ほふ》る剣】に選ばれなかったスサノイが、その実力のみで、八岐大蛇《ヤマタノオロチ》を倒したのだ。スサノイの大蛇討伐に同行したヨイマチから報告を受け、流石《さすが》のモトナリも喜びの声を上げる。

だが、それも長くは続かない。

屋敷に戻ったモトナリが見つけたのは、虚《うつ》ろな瞳をゆらゆらと揺らし、両手と唇を息子の血で赤く染めた、蛇と化したヒルガオの姿だった。

第十一章　終演

地割れの中に逃げ込んだ大蛇を捕らえ損ね、ヨルガは、チ、と小さく舌を鳴らす。

闇雲に追いかけても無駄だと判断して、【龍屠《ほふ》る剣】の刀身に纏《まと》わりついていた大蛇の血を軽く振るい落とし、腰のベルトに下げていた鞘《さや》に静かに納める。ひとまずは安心だろうとヨルガに声をかけられ、シラユキを連れた俺は、瓦礫《がれき》の山と化した大通りの中心に移動した。

シラユキは、都の住民達を守るために大蛇を必死に食い止めていた黒百合のもとに急いで駆けつける。互いの肩を借りて何とか立ち上がった南天と北臣の献身を心から褒め称え、祝詞《のりと》を唱えて彼らに治療術をかけてやっていた。

一方俺のほうは、地面に片膝をつき、大蛇が逃げた地割れの中をつぶさに観察する。

俺達が落ちた空洞と同じ程度の深さがあるその奥底にまでは光が届かず、暗闇の中から水の流れる音が聞こえてくる。どうやらこの先も、ヒノエの地下に広がっていたあの鍾乳洞と繋がっている可能性が高い。

「ふむ、どうしたものか」

あの時、俺を抱えたまま水中に落ちたヨルガは、運良く人の手が加わった痕跡のある場所に泳ぎつくことができたわけだが、他の場所も同じとは限らない。大蛇の逃げ延びた方向は血痕が指し示してくれてはいるものの、闇に包まれた地下では、その痕跡を辿ることすら困難になるだろう。

「……難儀なことでございますね」

地割れの中を覗き込む俺達の背後から、ふいに声がかけられた。振り返るとそこには、狩衣《かりぎぬ》を身に纏《まと》った翁が一人、何処《どこ》か痛ましげな表情で佇《たたず》んでいる。

「貴殿は……？」

「お初にお目にかかります、最後の賢者殿。私めはアベノハルアキと申します。貴方方の国の呼び方でありますと、ハルアキ・アベと申しましょうか」

「っ！」

俺は小さく、息を呑んだ。

成るほど、ここで出てくるのか。

ヒノエでササラギ家の次に旧い歴史を持つ、アベ一門。彼らは都の北東の一角に屋敷を構え、鬼門である北東から都に入り込もうとする厄災を防ぐ役目を代々担《にな》っているのだと聞く。アベ一門の現当主ハルアキとヒノエの前国主モトチカは友人のように親交が深く、何か事《こと》あるごとに相談を持ち込む間柄でもあったらしい。

「斯様《かよう》な惨事をヒノエに招きましたこと、このハルアキにも原因の一端があるのは明白でございます。老ぼれの我が身と命、次期国主となられますシラユキ様のご下命とあらば、いくらでも差し出す所存。……しかしその前に、あの大蛇だけは、倒してしまわねばなりません」

ハルアキは懐《ふところ》から、紐に繋がれた小さな錘《おもり》を取り出した。掌《てのひら》の上からすとんと地面に向かって吊り下げられたその錘《おもり》は、紐が繋がっていない先端のほうが三角錐になっている。彼が何か呪文を口の中で唱えつつ大蛇の血痕の上に錘《おもり》を掲《かか》げると、ぐるりと円を描いた錘《おもり》の先端がピンと紐を引いて浮き上がり、何かに引き寄せられるように一定方向を指し示した。

「この先に、あの大蛇が……ヒルガオ様が、いらっしゃいます。そしておそらくは……モトナリ様も」

前国主であるモトチカと友のように親しかったと聞くから、ハルアキの年齢は、彼と等しく、俺達の父親ぐらいだろうか。モトチカの凶行がハルアキの助言によるものだとしたら、確かに彼にも責任の一端はある。

「大蛇の居所は、アズマの地下に広がる鍾乳洞でしょう。……私がご案内いたします」

錘《おもり》の導きに従い一部が延焼した国主の屋敷に辿り着いた俺達は、混乱に乗じて建物の中に入り込み、北対の一番奥で地下に続く通路を発見した。大蛇が消えたことで急速に消火作業が捗《はかど》った甲斐《かい》もあってか、残りの避難と救助をヒノエの兵士達に任せたトキワも、俺達が地下に潜《もぐ》る寸前に屋敷に駆けつけている。

「……では、行こうか」

ハルアキを促《うなが》し、北対に隠された通路から地下へ、そして地下からアズマに広がる鍾乳洞の中へと。

入り口の守衛を頼んだ黒百合の南天と北臣を狛犬のように残し、ハルアキを先頭に俺とヨルガ、シラユキと手を繋いだトキワと二人を護《まも》るヨイマチ、殿《しんがり》を務める護衛騎士二人の全部で八人は、松《たい》明《まつ》を掲《かか》げ、錘《おもり》が指し示す方向へと歩みを進めていく。

それから、一時間ほど歩いただろうか。やがて、天井が高くなった地下空洞に辿り着くと、ハルアキが手にしていた錘《おもり》が、くんと斜め上のほうを指した。

「ググゥ……ギ、グギィ……」

錘《おもり》が指し示す先から聞こえてくる、苦悶《くもん》の呻《うめ》き声《ごえ》。俺達が見上げた先では、傷ついた大蛇が鍾乳石に溜まった地下水に身を浸すようにして横たわっていた。棚田状に連なる鍾乳石の縁から溢《こぼ》れる地下水は、大蛇の身体から流れ出た血で赤く染まっている。

「……ヒルガオ」

傷の痛みに苦しむ大蛇の傍《そば》には、その身体に寄り添うモトナリの姿があった。

地割れに落ちた際に負傷したのか、彼もまた、背中に大きな裂傷を負っている。身につけていた直衣《のうし》の大半を赤く染めあげた出血は、その傷が致命傷に近いものだと物語っていた。

「モトナリ殿……」

ハルアキの呟《つぶや》く言葉に顔を上げたモトナリは、俺達のほうに視線を向け、小さく息を吐く。侵入者の気配を感じ、唸《うな》りつつも再び鎌首を擡《もた》げようとする大蛇の人の形を残した部分を、彼はそっと抱きしめた。

「もう、良い……ヒルガオ、もう、良い」

「ギ、ギギ……」

「終わりに、しよう……もう、止めにしよう。……私も、一緒に逝くから」

「ガガゥ……」

「苦しまなくて、良い。壊そうとしなくても、良いんだ」

優しく、優しく繰り返される言葉。

牙を剥《む》き出《だ》した険しい女妖の表情が、次第にあどけないものに変わっていく。

「……モトナリ、サ、マ」

「あぁ……ヒルガオ」

「……ワタシ、ノ、アニ、サマ」

「そうだよ……愛してる、ヒルガオ。ずっと、一緒だ」

大事そうに、大切そうに、モトナリが頬を摺《す》り寄《よ》せた腕の中。柔らかい女性の声が、「私もです」と、嬉しそうに返す。そのままゆっくりと、榛色《はしばみいろ》をした目が、閉じられる。同時にヒルガオの蛇を象《かたど》った身体から青白い妖火が巻き起こり、それは見る間に寄り添う二人を炎に包み込んだ。

「っ……父上！」

「お父様！　お母様！」

叫んだトキワは飛び出そうとしてヨイマチに止められ、同じように駆け出そうとしたシラユキを、俺が抱きとめる。

「嫌です！　お父様！　お母様！」

一度も愛してくれなかった父を、腕の温もりさえ与えなかった母を、それでも必死に呼び募《つの》る、シラユキの声。

モトナリは炎の中からシラユキを見つめ、何か物言いたげに、小さく唇を開く。俺は泣き叫ぶシラユキの頭を自分の胸に抱え込み、その視界を塞いで、モトナリと視線を絡めた。

一瞬の、視線の邂逅《かいこう》。

俺は滅びゆく彼に向かって、艶《あで》やかに、微笑《ほほえ》みを浮かべてみせる。

『……あぁ。そうだった、のか』

その表情に、全てを悟ったのだろう。

諦念《ていねん》混じりの苦笑を浮かべたヒノエの国主は、俺に軽く頭を下げて……

最愛の妻と共に、静かに燃え尽きていった。

†　†　†

その男が崙観村を訪れたのは、崙観の花が咲き始めた頃のことだ。

崙観村は温泉が有名ではあるが、ヒノエとリサルサロスの国境近くに位置し、都からは遠く離れた郊外にある。そんなこの崙観村にさえも、幼くも新しい国主となったシラユキ王子の話は、かなり広まっていた。

十年もの間、ヒノエの国民達を恐怖に陥《おとしい》れ、贄《にえ》を求め続けていた八岐大蛇《ヤマタノオロチ》。

前国主モトナリの世嗣《よつぎ》、スサノイ王子は、八岐大蛇《ヤマタノオロチ》との死闘の果てに命を落としてしまった。サラギ家に代々伝わる霊刀【龍屠《ほふ》る剣】に認められる武勇の者は、モトナリの父であったモトチカを最後に、ヒノエの国内に誰一人現れない。

そんな時、モトナリの四男であるシラユキ王子が苦難の旅を乗り越えパルセミス王国に辿り着き、

【龍屠《ほふ》る剣】に認められた稀代の武人、騎士団長ヨルガ・フォン・オスヴァインの助力を得る。更に、長らくヒノエと小競り合いが絶えなかった隣国リサルサロス王国との間にも和睦を結び、盲目の凶王、ノイシュラ・ラダヴ・ハイネから後見を得ることにも成功した。

しかしシラユキ王子がアズマに戻ってみると、父である国主モトナリと正室のヒルガオは、我が子を贄《にえ》に差し出し続ける苦痛から心を病み、妖魔に魅入られてしまっていたのだ。

大蛇の化身と化したヒルガオは、炎を吐いて都の中で暴れ回り、騎士団長ヨルガの【龍屠《ほふ》る剣】によって討伐された。彼女を庇った国主モトナリも同じく、炎に包まれ、命を落としたと言う。

その結果、新たに国主の座に就いたシラユキ王子は、齢《よわい》十歳ながらも聡明な頭と決断力を持ち合わせている。元右大臣のサモンや陰陽寮のアベ一族達にも助けられ、かつての兄を筆頭家臣として傍《そば》に置いたシラユキの指示で、破壊された都は見事な復興を遂《と》げた。

国主シラユキに数多く差し伸べられた助力の一つに、パルセミス王国から騎士団長ヨルガに随従してきていた最後の賢者、アンドリム・ユクト・アスバルの叡智《えいち》がある。

彼は国主シラユキの足元を盤石とするために、腐敗した貴族達の締め上げを行い、国家の中枢に蔓延していた膿を、徹底的に絞り出した。同時に、木造建築への知見から都の整備にも意見を述べ、碁盤の目状の街並みは、更に機能的で美しい都へと昇華された。

そして、本来であれば崙観の花が咲く今の時期は、八岐大蛇《ヤマタノオロチ》に新たな贄《にえ》が捧げられる祭事が近い。祭りでは、誰しもが贄《にえ》に選ばれた乙女の不幸を嘆き、せめてその御魂《みたま》が安らかにありますようにと、ただただ祈りを捧げるのみだった。

しかし今年からは、そんな祈りも意味を変える。

第四王子シラユキが正式に国主と定められた日を讃える祭りとして、各地で盛大に催されることになったのだ。

ああ、何とも、素晴らしい話じゃないか！

口々にシラユキを褒め称える村人達の話を聞きつけた男――ひどい火傷《やけど》を負った顔面を布で隠し、腕をなくした着物の片袖を揺らした元左大臣マコバは、布面の下で、忌々《いまいま》しげに唇を噛む。

あの、国主の屋敷前で大蛇に襲撃を受けた際。地割れの中に落ちたマコバは、あまり深くまで落下しなかったことが幸いしてか、重傷を負いながらも自力で地上まで這《は》い上がった。

しかし地上に戻ってみれば、アズマの都は火の海と化しているではないか。

我先にと逃げる途中、燃え崩れた建物の瓦礫《がれき》に挟まれ、顔と上半身に大火傷《おおやけど》を負い、片腕も失った。

意識が朦朧《もうろう》としたまま彷徨《さまよ》っていたところを子飼いの密偵に発見され、郊外の寺院に運ばれて治療を受けたのだ。

そこで密偵から、贅を尽くした左大臣の屋敷は燃え尽き、不正が発覚してマコバの財産は全て没収となったこと、娘のアマトもシラユキを襲おうとして息子のトキワに阻止され、そのまま失脚したことを聞かされる。

絶望するマコバにその密偵が差し出したのは、かつてヒノエの外れにある崙観村に滞在していたスサノイが、天井裏に残していた手紙と資料の束だった。

これをシラユキの荷物からくすねておいたと言った密偵は、何かマコバ様のお役に立つものかもしれないと思い手に入れておきましたと頭を下げる。古い紙束に目を通すにつれ、マコバの表情は少しずつ、生気を取り戻していった。

「おぉ……何という僥倖《ぎょうこう》だ！」

それは、過去に第一王子スサノイが命懸けで手に入れた、世にも珍しい宝の在処《ありか》を示したものだった。八岐大蛇《ヤマタノオロチ》を倒した直後に、その両瞳から得られる霊鏡【大蛇の鏡】。

それを用《もち》いれば一度だけ、どんなものであろうとも、壊れたものを元に戻すことができる。

例えばそれが、傷ついたマコバの身体であろうとも。炭と燃え尽きた、大きな屋敷であろうとも。

スサノイには最初から、我が身に降りかかる凶事の予感があったのかもしれない。二つの宝は側近のキクオカに託され、キクオカはスサノイが殺されるより先に崙観村に逃げ延びた。

そして崙観村から三つほど山を越えた先にある、誰も越えられない毒沼の向こう側に宝を運び、そこに宝を隠したのだ。

「鏡を使えば、儂《わし》の財産も、身体も、元通りだ。準備を整え、シラユキ達に反旗を翻《ひるがえ》してやろう」

村人達から聞いた話と残されていた資料を合わせて読み解けば、件《くだん》の毒沼を越えられるのが今の時期だと分かる。常時沼の上に立ち込めている靄《もや》が薄くなり、その向こう側に聳《そび》え立つ岩山が見えるようになる瞬間が、毒沼を渡れる合図だ。

マコバを崙観村まで導いた密偵はいつの間にか姿を消していたが、特に問題はない。片腕をなくしたとはいえ、若い頃は武士として戦場で活躍していたこともあり、馬術にも足腰にも自信がある。

マコバが村に宿を取り、崙観の花が咲くのを待ち続けていたある日のこと。

崙観村から見渡せる澄み切った青空の向こう側に、大きな岩山の姿が薄《うっす》らと見え始めたのだ。

マコバは慌てて馬を駆り、山を越えて、毒沼の畔《ほとり》に駆けつける。折しも毒沼の上からは綺麗に靄《もや》が消え去っている頃合いで、沼の向こう岸に、緑の草原が広がっているのが見えた。足を踏み入れてみれば沼はそこまで深いものではなく、馬に乗ったままでも充分に越えられそうだ。

マコバは怯《おび》える馬の尻を鞭《むち》で叩《たた》き、何とか沼を越えさせることに成功した。万が一にも鏡を割ってしまう可能性を考え、草原の入り口で馬を降り、崙観村に住む村人の誰もが足を踏み入れたことのない場所に進んでいく。急いでいたので宿屋の女将に準備を任せた草鞋《わらじ》が濡れているのか、一足歩くごとに、ぬちゃりと湿った音を立てた。

それから小一時間ほど、草原の中を彼方此方《かなたこなた》と探して回った末。

マコバは遂《つい》に、求めていたものを見つけ出す。

草原の一角に群生している美しい崙観の花に囲まれて、漆を重ね塗りした丈夫そうな木箱を抱きしめるように、物言わぬ骸骨《がいこつ》が、草の上に静かに横たわっていた。骸骨《がいこつ》が身につけた着物は擦り切れて襤褸《ぼろ》になっているが、生地の上に僅《わず》かに残された菊の染め抜きが、それがスサノイの側近であったキクオカのものだと教えてくれる。

「フン……宝を隠し、スサノイの後を追ったか。律儀なことだ」

マコバは片腕でキクオカの骸《むくろ》から重みのある木箱を取り上げ、留金のかけられた蓋をゆっくりと開いた。

木毛《もくもう》が敷き詰められた箱の中には、予想通り二枚の鏡が納められている。飾り気のない鏡の表面は、木箱の中とは言え数年間雨晒《あまざら》しだったにもかかわらず、曇り一つない。

マコバは笑みを浮かべ、丁寧に蓋を閉めた木箱を抱え上げる。

そのまま草原の入り口に待たせておいた馬のところに戻ろうとした時、馬が泡を噴き草叢《くさむら》の中に倒れていることに気づく。

「何だと……!?」

驚愕《きょうがく》に叫ぶ言葉と同時に、喉に感じる息苦しさ。

慌てて逃げようとしても、既《すで》に手足には力が入らない。

「あ、ぐあ、が、が……!!」

鏡を納めた木箱を足元に落とし、マコバは白目を剥《む》き、草原の上に転がる。

喉を掻《か》き毟《むし》り痙攣《けいれん》した身体は、何度か四肢を硬直させ突っ張った後。だらりと力をなくし、動かなくなった。

第十二章　終焉

盃の中に映る、真円の月。

月の輪が崩れぬよう、俺はそっと朱塗の盃を指先で持ち上げ、金箔が施された器《うつわ》の縁に唇を押し当てた。

一口呷《あお》ると、喉の奥に滑り落ちる清酒とともに飲み下した望月《もちづき》も、腹の奥へと落ちていく。

前国主のモトナリが正妻のヒルガオと共に没した後。

大蛇の暴挙で大きな被害を受けたアズマの都は、極度の混乱と喧騒《けんそう》に包まれた。

最後は乱心に終わったとはいえ、その統治において民草を苦しめたことはなく、賢王と慕われていたモトナリを、静かに偲《しの》ぶ者。この混乱を好機と捉え、政権の中枢に潜《もぐ》り込もうと水面下で画策する者。これまで吸い続けていた甘い蜜が忘れられず、誘惑を仕掛けてくる者。

そんな有象無象を利用できる者と切り捨てる者に選別し、思ったよりも根深く蝕《むしば》んでいた白蟻《しろあり》のような貴族連中を中央から追い出し、都の再建計画にも案を講じてと忙しく働いている内に、ひと月の時間が瞬《また》く間に過ぎていた。

シラユキの国主継承の儀式は、陰陽寮に所属するハルアキと日程を調整した上で、前国主の喪に服す意味を込め、祝祭を省き静かに執り行われている。

儀式の中で、シラユキは参列していたヨルガから霊刀【龍屠《ほふ》る剣】を返却された。同じく参列していた俺に促《うなが》され、【龍屠《ほふ》る剣】の柄《つか》を掴んだシラユキが力を込めると、青白く光る美しい刀身が鞘《さや》の中からゆっくりと引き抜かれる。

幼くも、国造りの神と等しく治癒の力を持ち、【龍屠《ほふ》る剣】にも認められたシラユキ王子。

ヒノエの国民達が新たな国主の誕生を心から言祝《ことほ》ぐ中、シラユキは国主を継承した。

そしてひと月の後に、この十年余り八岐大蛇《ヤマタノオロチ》に贄《にえ》を捧げる悲しみの祭事が行われていたその時期に合わせて、国を挙げての祝祭が催されることになったのだ。

一方、俺とヨルガは、生き延びていた左大臣マコバを敢えて泳がせ、その動向について彼の元密偵に報告させていた。いずつ屋に残されていたスサノイの手紙と資料がマコバの手に渡るようにして、彼が【大蛇の鏡】を手に入れるべく動くように誘導する。予想通りに【大蛇の鏡】を探して毒沼の対岸に渡ったマコバは、キクオカの骸《むくろ》が護《まも》っていた遺物を草原の中で見つけ出したものの、風向きの変化に気づかず、その場で命を落とした。

火山性の有毒ガスに多い硫化水素は腐卵臭が特徴だが、濃度が高ければ一瞬で嗅覚を麻痺させ、逆に無臭と感じることもある。

家族を頼れなかったスサノイは、手に入れた【大蛇の鏡】を誰にも知られることがない場所に一旦隠し、余裕ができてから再びそれを持ち出して、ノイシュラに直接手渡したかったのだろう。

結果的にそれは叶わなかったが、どれくらいの時間で毒沼の風向きが変化するか、いずつ屋の二階からスサノイが毎年観察した結果のまとめは、彼が残した資料の中にあった。当然ながら俺はマコバに与えた資料から、その部分だけを抜き取っている。

宿の女将に頼み、マコバの草鞋《わらじ》には、夜光虫の体液を染み込ませた布を底に仕込ませていた。

マコバが草原の中を探し回る間、俺達は二つほど離れた山の天辺から、遠眼鏡を使って彼の動向を見守っていたのだ。靄《もや》が消えたとはいえ背の高い草が生えた草原の中、歩く度に光るその足跡は、マコバがどの位置にいるかを追うのにとても役に立つ。

やがて目的のものを見つけたマコバが息絶えると、俺達は一旦その日は崙観村の宿に帰り、靄《もや》が晴れる時間を待った。

翌日、顔と上半身を繋ぎ目のない一枚布で隙間なく覆い、ゴーグル型のメガネをかけて呼吸用の革袋を背負ったヨイマチが、毒沼の対岸に挑んだ。前日にしっかり場所の確認が取れていたことも功を奏し、彼は靄《もや》が晴れると同時に沼を渡ってマコバの骸《むくろ》を見つけ、その腕が抱えていた木箱を持ち上げ、風向きが変わる前に無事にこちら側に戻ってきた。

【大蛇の鏡】を手にした俺はまず、リサルサロス王国からいずつ屋に秘密裏に呼び寄せておいたノイシュラとタイガに、鏡の一枚を渡す。

実験台にするようですまないと詫《わ》びる俺に首を横に振って微笑《ほほえ》んだノイシュラは、スサノイが調べていた手法に則《のっと》り、満月の光を鏡の中に映し込む。そして鏡からあふれる金色の光の中で、「この眼を元に戻してほしい」と、静かに希《こいねが》った。

「……っ！」

固唾を呑んで見守る俺達の目の前で、左右の目の間と目尻に傷跡が残るノイシュラの瞼《まぶた》が開き、醜《みにく》い裂傷が消えた縹色《はなだいろ》の瞳が、その下から姿を現す。

「ノーラ……？」

恐る恐る彼の名を呼ぶタイガの顔に、一度瞬《またた》いた美しい瞳が、視線を合わせる。

そして盲目の凶王は、花が綻《ほころ》ぶように、微笑《ほほえ》んだ。

「タイガ？　タイガ……なのか？　お前の顔が、見える。ちゃんと、見えるよ。タイガ……嬉しい」

「っ、ノーラ……！」

ほろほろと涙を溢《こぼ》し、タイガの顔に触れ、啜《すす》り哭《な》くノイシュラ。タイガも感極まったのか、ノイシュラを渾身の力で抱きしめ、雄叫《おたけ》びのような声を上げて泣きじゃくる。

俺とヨルガは頷《うなず》き合い、固く抱きしめ合っている二人を置き、残りの鏡を入れた鏡匣《きょうこう》を抱えて部屋の外に出た。

俺はこんなことになるだろうと予測して、予め、いずつ屋の別の部屋をもう一つ押さえていたのだ。スサノイが居続けた二階の角部屋とは違い、一階にある贅沢な部屋は広々としていて、部屋についた内湯に続く濡れ縁には手桶に入れられた酒が用意されている。

まずは一献、と隣り合わせに座った俺とヨルガは互いに盃を酌み交わし、ふぅと、一つ息を吐く。

「……ヨルガ」

月光が降り注ぐ、静謐《せいひつ》な世界の中で――

隣に座る逞《たくま》しい身体に寄り掛かった俺は、ぽつりと言葉を紡《つむ》ぐ。

「話を聞いてくれるか、ヨルガ」

その気配を感じていたのだろう。

俺の頼みに、ヨルガは「あぁ」と短い応えを返す。

「【大蛇の鏡】は、おそらく、俺にかけられた呪いには使えない」

「……そうなのか」

「あの鏡が持つ力は、【壊れたものを、元に戻す】ものだ。カリス猊下《げいか》がかけた『二十二歳で生命を落とす』という呪いは、賢者アスバルの手で『五十五歳で生命を落とす』と歪《ゆが》められている」

俺はそっと、自分の心臓の上に掌《てのひら》を押しつけた。

「カリス猊下《げいか》のお力で作られたのに、その管轄ではなくなった呪いは、歪《ゆが》められているがゆえに簡単には解呪できない。『二十二歳で生命を落とす』という元の呪いに戻すことが叶えば、カリス猊《げい》下《か》がそれを解いてくださるとお約束いただいている。【大蛇の鏡】は、呪いを元の姿に戻すことができると思う」

「ならば、何故《なぜ》」

ヨルガの疑問に、俺は僅《わず》かに苦笑する。

「もう、手遅れだからだ。俺は既《すで》に、二十二の歳《とし》を超えている。見た目こそ変わらないが、この身体は呪いに蝕《むしば》まれて久しい。今更呪いが元に戻る――『二十二歳で生命を落とす』という本来の呪いに戻れば、俺はその瞬間に、息絶える」

「……っ」

身体を硬直させる背中を宥めるように撫《な》でて、微笑《ほほえ》む。

「だが、ジュリエッタならば、話は別だ。あの子はまだ呪いに冒されていない。身体に流れるアスバルの血に、呪いがかかっているだけの状態だ。それを元に戻せば……カリス猊下《げいか》が呪いを解いてくださる」

「そうか。ならばこの【大蛇の鏡】は」

「あぁ。パルセミス王国に持ち帰り、ジュリエッタのために使わせてもらおうと思う。これであの子は……シグルドとともに歩む未来を、憂いなく過ごせるようになる。自らの時を止めたまま進む、期限付きの未来ではなくなる」

「……善哉《ぜんざい》だ」

ジュリエッタは、シグルドの実父であるヨルガにとっても、たった一人の可愛い娘だ。

俺の提案に頷《うなず》いたヨルガは、ゴロリと濡れ縁の上に仰向《あおむ》けに転がり、空に浮かぶ月に視線を向ける。

「ならば、アンリにかかっている呪いを解く術《すべ》は、また探し直しだな」

「……ヨルガ」

「ユジンナ大陸は広い……呪いを解く方法が、何処《どこ》かに必ず存在する」

「……なぁ、ヨルガ」

「まだ十年は余裕もある。気負わずに見つければ良い」

「……分かっているのだろう？　ヨルガ」

俺に台詞《せりふ》の続きを、言わせないために矢継ぎ早に被せられたヨルガの言葉を。

俺はその頬を両手で挟むことで、封じ込む。

「終わりに、するんだ」

「……アンリ」

「俺のことは、もう良い。俺の抱えた呪いは、解かなくて良い」

そうしなければ、ならない。

「物事には終焉が必要だ。終わったという、明確な証左が必要だ。それがなくては、何処《どこ》かに綻びが生じる」

繰り返し甦《よみがえ》り続ける、八岐大蛇《ヤマタノオロチ》のように。

「俺が、その終焉なんだ。勇者パルセミスに代わり呪いを負った、賢者アスバルの血統を継ぐ、最後の一人。ジュリエッタが血統に流れる呪いを捨てて生き残り、そして俺が呪いに殺されてこそ、アスバルの歴史に終焉が訪れる」

「っ……」

ヨルガの瞳が、薄《うっす》らと涙で滲む。

固く結ばれた唇の内側で、噛みしめられた奥歯が音を立てて軋《きし》んだ。

「俺と共に在りたいと……願っては、くれないのか」

頑是《がんぜ》ない子供のように、震える声。

俺は寝転がるヨルガの胸に掌《てのひら》を置き、その顎《あご》や頬に、何度も口づけを落とす。

「……願わないと、思うか？」

いっそ、お前も同じ呪いに冒されてくれたら良いと、思うほどに。

「確かに、大陸全土をくまなく探せば、俺に掛けられた呪いを解く術《すべ》も見つかるかもしれない。終焉などと悲嘆を背負わず、共に歳月を重ねられるかもしれない。だが俺は、そんな砂漠に落ちた一粒の真珠を探すような旅よりも、お前と共に生きる毎日が欲しい」

「アンリ……」

「同じ寝台で眠り、同じ食事を摂りたい。他愛もない話を、二人で、ゆっくりと交わしたい。それこそ、俺にはまだ、十年以上の月日が残されているんだ。……その全てを、お前に捧げると誓うから」

だからどうか、赦《ゆる》してくれ。

俺が口にした、最初で最後の懺悔の言葉は。

重ねられた唇の間に、吸い込まれて消えた。

エピローグ

カラカラ回る風車。炎が揺れる丸い提灯《ちょうちん》。筵《むしろ》に並ぶ木彫りの面。

何処《どこ》からともなく聞こえてくる祭囃子《まつりばやし》の音色に、今宵《こよい》ばかりは夜更かしを許されているのか、子供達の笑い声が重なり響く。

砂糖の焦《こ》げる甘い香り。ぱちぱちと油が跳ねる高い音。ふわりと漂う酒精の気配。空を見上げるとある少しだけ縁を削《そ》ぎ落とした十六夜《いざよい》の月光が、参道の石畳を淡く照らし出す。

「……これが、ヒノエの祭りか」

「あぁ、盛況だな」

新しい国主を言祝《ことほ》ぐ祝祭は、都から遠く離れた崙観村でも、稲荷《いなり》神社を中心に大々的に催されている。元々湯治宿場でもある崙観村には、祭りの開催を聞きつけた旅客が多く訪れているようだ。参道の両脇には所狭しと屋台が並び、俺にとっては遠く懐かしい縁日の風景が、朱色に塗られた鳥居の根元まで続く。

下駄の歯を鳴らして練り歩く俺とヨルガの着流しは、ヒノエの国主、シラユキから贈られたものだ。アズマの都で政務の調整を手伝っていた時に、息抜きがしたいと我儘《わがまま》を口にしたシラユキに連れられて暖簾《のれん》を潜《くぐ》った先、災禍を免《まぬが》れたのか如何《いか》にも高級そうな呉服屋で手に入れた。好々爺《こうこうや》然とした店主に有無を言わさず反物を選ばれ、ヨルガと揃って採寸を受けた俺のもとには、美しく仕立てられた結城紬《ゆうきつむぎ》の着物一式が届けられた。シラユキ曰《いわ》く、いつかお忍びで祭りに行ける日が来た時に、一緒に行ってほしいとのこと。

俺はおそらくそんな日はもう来ないと分かりつつも曖昧に微笑《ほほえ》み、国主からの贈り物をありがたく拝領したのだった。

それにしても、ヨルガと俺が並んで歩くと、老若男女の注目を集めがちだ。特に、貝の口に帯を締めたヨルガの逞《たくま》しい腰回りと嫌味なほどに長い脚には、羨望と欲情の入り混じった視線が絶えず注がれ続けている。言うまでもなくその視線を注ぐ張本人の一人である俺は、宵闇の時間であるのを良いことに、ヨルガの手を握り、太い指に自らの指を絡めた。

驚いたのか一瞬丸い形に象《かたど》られた榛色《はしばみいろ》の瞳はすぐに三日月の形に変わり、絡めた指を確かめるように緩く握ってから、指の股を硬い指先で擦ってくる。

「っ……」

些《いささ》か強すぎる勢いで水掻きの名残《なごり》を抉《えぐ》る指先は、昨晩散々俺の胎を暴いたものだ。じとりと睨《ね》めつけると、見下ろす眼差《まなざ》しは既《すで》に興奮の兆《きざ》しを見せ始めていた。身体を屈め、顔の横で俺の名を呼ぶ低い男の声が、耳朶《みみたぶ》を甘く犯していく。

俺は繋いだ手を引き、人であふれた参道を逸《そ》れて、小さな林の中へ夫を連れ込んだ。

提灯《ちょうちん》の灯りと人の気配が遠のくや否や、俺の腰は太い腕に正面から引き寄せられ、もう片方の手で顎《おとがい》を掴まれる。唇を開いて迎え入れた分厚い舌が思うままに俺の口内を蹂躙《じゅうりん》し、着物の裾を割って差し込まれた膝頭は、股間をゆるゆると突き上げてきた。

俺は口づけに応えながらヨルガの背中に腕を伸ばし、手触りの良い生地の下に隠された、雄々しい筋肉の隆起を掌《てのひら》で楽しむ。右前の襟合わせから肌の上に手を差し入れ、戯《たわむ》れに乳首を指先で探り捏《こ》ねてやると、お返しと言わんばかりに尻を両手で鷲掴みにされた。

「あっ、ん……！」

割り開かれた脚の間に腰を擦《こす》りつけられ、いつの間に下帯の中から掴み出したのか、先走りを滴《したた》らせたペニスの先端が雄膣の入り口に押し込まれる。

「んん、ふっ、っあ……！」

夜明け近くまで男を咥《くわ》え込《こ》んでいたアヌスは、その切先を抵抗なく受け入れた。すっかり形を覚えた雄膣が、血管の浮いた太い幹を嬉々として締めつける。抱えられた右足から下駄が滑り落ち、カロンと音を立てて地面の上を転がった。次いでかろうじて爪先《つまさき》立ちをしていた左足も掬《すく》われてしまい、俺はヨルガと繋がったまま、完全に抱え上げられる。

「くっ……」

「あ、あぁ、や、深い。深い、ヨルガ……！」

「アンリ……！」

身体の中心を槍で貫かれるこの体位は、受け身側からのコントロールが殆《ほとん》どできない。ただただヨルガの腰に足を絡め、下から突き上げてくる強靭《きょうじん》な律動に身を任せるだけだ。

彼の頭を抱きしめ、赤みを帯《お》びた黒髪をくしゃくしゃと掻き乱《みだ》し、油断すると口をつきそうになる甘ったるい嬌声《きょうせい》を懸命に耐える。

ふうふうと繰り返される呼吸が喉を掠《かす》め、首筋に顔を埋めるようにして、焼印を舐《ねぶ》られた。途端にゾワリとした感触が背骨を伝って這《は》い上がり、俺は喉を反らせて大きく喘《あえ》ぐ。先端がずぐりと深みを犯す度に、そこにあるはずもない子宮の入り口を開け開けと求められている心地がして、腹の奥底から服従の悦《よろこ》びが込み上げてくるのが分かる。木の幹に押しつけられた背中が布越しに擦《こす》られる感触さえ官能を揺さぶり、俺の雄膣は夫の子種を求め、貪欲にペニスを締めつけ続ける。

やがて互いに昇り詰めた高みで、ヨルガは俺の中からペニスを引き抜き、大腿《ふともも》の内側に精液を吐きかけて達した。いつものように奥での種付けに及ばなかったのは、ここが屋外であることを考慮してくれたからか。

「……中でも、構わなかったの、だが」

そっと地面に足を下ろされはしたが、案の定、すぐには力が入らない。ヨルガの胸に寄りかかりながら口にした俺の言葉に、俺の額《ひたい》に滲んだ汗を指先で払い、乱《みだ》れた着物を整えてくれた彼は、小さく笑う。

「今宵《こよい》は、このままで。……だがパルセミスに帰ったら、お前が嫌がっても、胎が膨れるほど注いでやる」

……嫌な予感しかしないが、まぁ、楽しみにしておくとするか。

盛大な寄り道を終えた俺とヨルガは、そろそろ月も天頂に届こうという頃合いなのに少しも人が途切れない参道に二人で戻る。

俺は屋台の一つに美しい模様が施された狐の半面を見つけ、黒狐と白狐をそれぞれ買い求めた。少し勇ましい表情に見える黒の半狐面をヨルガに渡し、俺は白の半狐面を被り、朱色の紐を後頭部で結えて固定する。顔の半分を覆う形の面を被ると、祭りを巡る俺達の正体は、途端に朧《おぼろ》な気配を帯《お》びる。

射的の店では「試しにやってみるか」と玩具の吹き矢を構えたヨルガが陳列された景品の殆《ほとん》どを次々と落としたので、店主が絶望的な表情になってしまった。俺はやりすぎだと苦笑し、ヨルガとともに「軍人なので景品はいらない」と店主に伝えて手に入れた景品を全て店主に返却する。店主は恐縮しつつも俺とヨルガの厚意を受け入れ、「代わりと言っては何だが」と、赤く美しい林檎飴を一つ、俺にプレゼントしてくれた。

「これは店売りのものと違って、仲間の間で、景気づけに作ったものなんだ。林檎も水飴も、吟味した極上品だ。味は間違いないから、ぜひ、食べてみてくれ」

俺は店主に礼を言って林檎飴を受け取り、再び下駄の音を鳴らしながら、ヨルガと並んで歩く。

「……確かに、美味《うま》いな」

赤い林檎飴を齧る俺を見つめていたヨルガは、やがて静かに、自らも黒の半狐面を被る。

屋台の終わりを告げる鳥居の根元まで辿り着き、その先に足を踏み入れれば、そこはもう神域の一部だ。一歩進むごとに祭りの喧騒《けんそう》が遠ざかり、等間隔に吊るされた鈴が、風に遊ばれチリンチリンと音色を奏でる。

「……アンリ」

彼だけが使う呼び方で名を呼ばれ、俺が白の狐面越しに見上げた先には、夢と現《うつつ》の狭間に住むような何かが、俺にじっと視線を注いでいた。

「望みは、叶ったか」

その生き物は、静かな声で、俺に問いかける。

「お前は変わらない。シラユキがパルセミスを訪れた時点で、ヒノエは確実に、滅亡に向かっていた。【大蛇の鏡】を得るための情報を手に入れたら、後はただ、その滅亡を傍観していれば良かった。幼い子供《シラユキ》のためだからと、わざわざ危険を冒してまで、手を尽くす必要もない。だが……そうしなかった」

「……そうだな」

提灯《ちょうちん》の灯りを受けた榛色《はしばみいろ》の瞳が、狐面の下でゆっくりと瞬《またた》く。

「理由があると、考えた。アンリがそうまでして、シラユキ姫ではなく、ヒノエを護《まも》ろうとした理由が、何かある。それを考えていけば……答えが出た」

「……聞こうか？」

俺はまた一口林檎飴を齧り、唇の端についた飴の欠片《かけら》を、赤く染まった舌で拭《ぬぐ》い取る。

「俺の母親は【ミドリ】という名の女性で、出身はリサルサロスだと聞いているが、商団の護衛を務めていた傭兵だ。魔獣討伐の折に父と出会い、恋に落ち、俺が生まれた」

それは、有名な話だ。

堅物の騎士団長が惚れ込み求婚したのは、貴族の淑女達ではなく、ユジンナ大陸を転々としていた傭兵団の娘。パルセミスでは珍しい赤みを帯《お》びたヨルガの黒髪は、その母親譲りらしい。俺はヨルガと敵対していた時期にそれも調べ上げていたが、彼女の出自を辿っても祖先がヒノエにあるというだけで、それ以上のことはよく分からなかった。

「自分で言うのも何だが、俺は幼い頃から、人並み以上のことができた。剣術も、馬術も、弓術も、同輩達は俺の足元にも及ばない。周りは親から良い血筋を引いたのだ、流石《さすが》はオスヴァイン家の嫡子だと褒めてくれたが、両親は少し不安がっていた。あまりにも、常軌を逸していると」

「……武神に愛された子を持つゆえの、親の悩みだな」

「騎士団長を拝命し、【竜を制すもの《クイスタシス》】を受け継いだ時に、不思議な心地がしたのを覚えている。初めて手にした剣のはずなのに……長年使い込んだ剣のように、手に馴染《なじ》んだからだ」

今はシグルドのもとにある【竜を制すもの《クイスタシス》】の感触を思い浮かべているのか。ヨルガは何度か、拳《こぶし》を握ったり緩めたりを繰り返す。

「そしてシラユキ姫に請《こ》われ、【龍屠る剣《ほふ》】を手にした時も……同じような心地がした。違う国の間に代々伝わる剣が、形は違えど、同じ気配を持ち合わせているのならば……」

成るほど。ヨルガはそこから、糸口を得たのか。

「そうだ。おそらく【竜を制すもの《クイスタシス》】も【龍屠る剣《ほふ》】も、同じ鉄の塊《かたまり》から生まれたと考えられる……もう少し丁寧に言うと、同じ剣を溶かした鉄の塊《かたまり》から、だな」

二つの剣は、元を辿れば同じ、ササラギ家の祖先に辿り着く。

その昔。ササラギ家の祖先は、海を渡ってユジンナ大陸に辿り着いた——正しくは、逃げ延びた。

「八岐大蛇《ヤマタノオロチ》は、執拗《しつよう》にササラギ家を追い続けている。ササラギ家の祖先を海を越えてまで追いかけ、何度倒されても甦《よみがえ》るのだから、相当だ。その執着、憎悪の根源は……我が子を奪われたゆえではないかと、推察されているそうだ」

これは、モトナリを失ったヒノエの政務を立て直すために、ハルアキから借り受けた古い記録の中に記されていた。【竜を制すもの《クィスタシス》】と【龍屠る剣《ほふるけん》】の元となったヒヒイロカネの鋼《はがね》は……八岐大蛇《ヤマタノオロチ》の尾から生まれた『子供』を、鉄と同じ熔鉱炉《ようこうろ》で生きながら熔《と》かして得られたものだった。

「ヒノエは、ササラギ家が一から築き上げた国。ササラギ家が途絶えれば、ヒノエは終わる。その逆もまた、然り」

ヒノエの終焉は、ササラギ家の終焉でもある。

何度も甦《よみがえ》る八岐大蛇《ヤマタノオロチ》を、犠牲を払いながら倒し続ける覚悟を決めたのはシラユキ達の祖先だが、同じササラギ家の一員でありながらも、犠牲を払い続けての存続に何の意味があるだろうかと、大蛇から逃れるために国を出る決断をした者もいた。

彼らはユジンナ大陸を西へ西へと進み、やがて不毛の大地——古代竜カリスが君臨していた北の氷土に到達する。そして死闘の果てに古代竜カリスの魂の一部を削り取り、地底湖に封じ込め、その上に新たな国家を築いた。

それは古代竜カリスの力を利用するとともに、目眩しでもあったのだ。

王城の地下深くに幽閉された古代竜の齎《もたら》す恩恵は、パルセミス王国全土に遍《あまね》く広がる。それが八岐大蛇《ヤマタノオロチ》の嗅覚を鈍らせ、ササラギ家の血統を追いかけられないようにしていた。

「それが、パルセミス王国だ」

竜の恩寵を受ける国。勇者パルセミスと、賢者アスバルが作り上げた国。

そして、勇者パルセミスが手にしていた剣こそ、【龍屠《ほふ》る剣】の兄弟刀である【竜を制すもの《クイスタシス》】。

それはいつしか、代々の騎士団長が継承するようになったと言われているが——それが、変わっていないとしたら？

「——【竜を制すもの《クイスタシス》】の真の持ち主が、勇者パルセミスの血統のままであれば」

俺は翡翠《ひすい》色の瞳で、ヨルガの瞳を見つめる。

彼の瞳が持つ榛色《はしばみいろ》は、本当は、二色で彩られたものだ。

縹色《はなだいろ》の瞳に赤い花の虹彩を持つノイシュラ王と同じく、アースカラーと呼ばれる類《たぐい》のもの。ただ、榛色《ヘーゼル》のアースカラーは、一見ではそうと分かり難いものもある。俺はヨルガの瞳を近くで見つめる機会が多いので、最初からそれに気づいていた。

そしてヒノエの第四王子であるシラユキも、大蛇と化したヒルガオも。ヨルガとよく似た、榛色《はしばみいろ》のアースカラーを宿した瞳を、持っていた。

「導かれる答えは、一つ」

ヨルガ・フォン・オスヴァイン。

アスバル家が代々に宰相を務めてきたように、パルセミス王国に古くより伝わる、騎士団長の一族。

彼らが。王家を支え続けてきたと考えられている、彼らこそが。

「ヨルガよ……お前が真の、パルセミスの王だ」

古代竜の影響が強いパルセミス王国には八岐大蛇《ヤマタノオロチ》の執着も届かないとはいえ、やはりまだ不安が残る。だから勇者パルセミスは、もう一つ保険を掛けた。

王国を作り上げた勇者パルセミスは名を捨て、部下の一人に王の身分を託し、自分は騎士団長としてパルセミス王国を支えるようになった。いつしかその真実を知るものはいなくなり、今は騎士団長が代々引き継ぐ【竜を制すもの《クィスタシス》】だけが、その証《あかし》として残されていたのだ。

薄々とは、その事実に感づいていたのか。

ヨルガは狐の仮面の下で目を伏せ、そうか、と小さく呟《つぶや》く。

今更、王としての身分に欠片《かけら》も興味はなくとも、複雑な気分にはなるだろう。

しかしそれに気づいていたのならば、俺が何故《なぜ》ヒノエを滅ぼさないように尽力したかの理由も、自ずと知れてくるというもの。

「八岐大蛇《ヤマタノオロチ》は、ササラギ家の末裔《まつえい》を、その血筋を、執拗《しつよう》に追いかける。【龍屠る剣《ほふ》】は手にした者を試すと伝えられていたようだが……その実は、異なる。パルセミスに残してきたトリイチに聞いた話では、鞘《さや》から抜いた【龍屠る剣《ほふ》】は、誰の手にあっても青白い光を宿し、鋼《はがね》を切り裂く力を見せたそうだ。そして一度鞘《さや》から抜いてしまえば、次の使い手が見つかったとしても、鞘《さや》を封じる下げ緒は簡単に解けるようになる」

つまり、【龍屠《ほふ》る剣】そのものが、持ち主を選んでいるわけではない。

「選んでいるのは……鞘のほうだ。あの鞘《さや》は、ササラギ家の血統に対して、実に単純な問いかけを促《うなが》している。――『この国の中で、一番ササラギ家の血が濃い者は、誰だ？』と」

それはまるで、白雪姫の童話に出てくる鏡のように。

いつしか歪《ゆが》められたササラギ家の悲願を、試すかのように。


鏡よ鏡、鏡さん。

この国で一番、私の刀に相応《ふさわ》しいのは、誰？


「パルセミス王国においては、言うまでもなく、ヨルガ《お前》だろう。そしてヒノエでは……今は、八岐大蛇《ヤマタノオロチ》を目覚めさせるほどの濃い血統を持って生まれた、シラユキが該当する」

俺達と出会うまで、自分にそんな資格があるとは到底思いつかないシラユキが刀を抜いてみようとしなかったのは、ある意味幸運だったとも言える。

かくして、シラユキは俺に導かれるままに、国主の座に就いた。

何度でも甦《よみがえ》る八岐大蛇《ヤマタノオロチ》が向ける憎悪を、一身に背負う存在。

その生命が続く限り、ヒノエが滅びない限り、逃れられない呪い。

それでも、いくら目眩《めくらま》しがかかっているとはいえ、ヒノエが滅んでしまえば、八岐大蛇《ヤマタノオロチ》はパルセミス王国で受け継がれ続けていたササラギ家の血に気づくかもしれない。

つまりヨルガがヒノエに来た時点で、ある意味、モトナリの思惑《おもわく》は部分的に果たされていたことになる。おそらく彼は、ササラギ家に付《つ》き纏《まと》い続けた八岐大蛇《ヤマタノオロチ》の執着を、ヨルガに擦《なす》りつけたかったのだ。ヨルガが【龍屠《ほふ》る剣】を手にした状態でササラギ家が途絶えれば、その執着が彼に移る可能性は高かっただろう。

だからこそ。俺はシラユキを、大事にした。

決して、ヒノエが滅ぶことの、ないように。

パルセミス王国に――俺のヨルガに、その執着が届かないように。

「……これで分かっただろう？　ヨルガよ」

かしりと。

芯の近くまで齧りとった林檎の果肉を、口の中でゆっくりとすり潰す。

甘い蜜が唾液と交わり、喉を鳴らして飲み下すと、鼻腔に林檎の香りが満ちる。

白雪姫の命を奪う、甘い香りの毒林檎。

魔女が差し出し、半分を齧って安心させ、残りを齧った彼女を死に至らしめるもの。

赤く染まった唇で、俺は、艶《あで》やかに嗤《わら》った。

「シラユキ姫《あのこ》に毒林檎を与えたのは――俺だ」

この作品に対する皆様のご意見・ご感想をお待ちしております。
おハガキ・お手紙は以下の宛先にお送りください。

【宛先】
〒150-6019 東京都渋谷区恵比寿 4-20-3 恵比寿ｶﾞｰﾃﾞﾝﾌﾟﾚｲｽﾀﾜｰ 19F
(株) アルファポリス　書籍感想係

メールフォームでのご意見・ご感想は右のＱＲコードから、
あるいは以下のワードで検索をかけてください。

アルファポリス　書籍の感想　検索

ご感想はこちらから

本書は、「アルファポリス」(https://www.alphapolis.co.jp/)に掲載されていたものを、改題、改稿のうえ、書籍化したものです。

毒《どく》を喰《く》らわば皿《さら》まで　その林檎《りんご》は齧《かじ》るな

十河（とがわ）

2021年 7月 20日初版発行
2024年 4月　5日２刷発行

編集－黒倉あゆ子
編集長－倉持真理
発行者－梶本雄介
発行所－株式会社アルファポリス
〒150-6019 東京都渋谷区恵比寿4-20-3 恵比寿ｶﾞｰﾃﾞﾝﾌﾟﾚｲｽﾀﾜｰ19F
TEL 03-6277-1601（営業） 03-6277-1602（編集）
URL https://www.alphapolis.co.jp/
発売元－株式会社星雲社（共同出版社・流通責任出版社）
〒112-0005 東京都文京区水道1-3-30
TEL 03-3868-3275
装丁・本文イラスト－斎賀時人
装丁デザイン－AFTERGLOW
（レーベルフォーマットデザイン―円と球）
印刷－中央精版印刷株式会社

価格はカバーに表示されてあります。
落丁乱丁の場合はアルファポリスまでご連絡ください。
送料は小社負担でお取り替えします。

ISBN978-4-434-29109-8 C0093